La nouvelle aventure

TARA LAIN

DREAMSPINNER PRESS

La nouvelle aventure

TARA LAIN

Publié par
DREAMSPINNER PRESS

5032 Capital Circle SW, Suite 2, PMB# 279, Tallahassee, FL 32305-7886 USA
www.dreamspinnerpress.com

Édition e-book en français : 978-1-64080-947-5
Édition imprimée en français : 978-1-64080-948-2
Première édition française : juillet 2018
v 1.0

Édité aux États-Unis d'Amérique.

À Christie. Merci pour tes encouragements et ton soutien sans faille.
Et merci de m'avoir soufflé l'idée de Peter Pan
pour écrire un nouveau conte de Pennymaker.

I

C'ÉTAIT UNE véritable catastrophe. À ce rythme-là, il pouvait dire adieu à sa promotion. Il pouvait même dire adieu à son salaire.

Wen entrelaça férocement les doigts de ses deux mains sous la table de la salle de réunion, et afficha un sourire forcé. Il regarda défiler les images de la vidéo de leur dernière campagne de publicité : un couple de jeunes gens séduisants, accompagné de leur adorable progéniture, était en train de manger du beurre de cacahuète. Ils étaient tous blancs et blonds, bien entendu, le tout sur un fond de musique rap édulcoré, dans une vaine tentative d'être « dans le coup ». Wen jeta un regard anxieux à leur client qui fronçait les sourcils, et se retint tout juste de soupirer.

Graham Henderson, le PDG de Comfort Foods, autrement dit leur plus gros client, désigna l'écran d'un geste agacé du poignet, en secouant la tête.

— Je suis désolé, mais ça n'est pas du tout ce que j'attendais. Je vous ai commandé quelque chose de nouveau, de différent et vous me proposez les mêmes clichés prémâchés qu'on voit partout. J'ai l'impression d'avoir déjà vu exactement la même publicité des milliers de fois. Je veux que notre société se détache du lot, et si vous n'êtes pas fichu de nous y aider, je n'hésiterai pas une seule seconde avant de changer d'agence de communication.

Henderson se leva de sa chaise et récupéra son bloc-notes. Mark Allworth, le directeur de l'agence, bondit sur ses pieds.

— Vous êtes chez nous depuis plus de deux ans, Graham, et vous avez toujours été satisfait de notre travail.

Henderson parcourut du regard l'équipe assise tout autour de la table.

— Il faut croire que je suis devenu plus exigeant et que vous vous êtes reposés sur vos lauriers. J'exige quelque chose de révolutionnaire, Mark, sans quoi, mes cinq millions de dollars et moi irons chercher ailleurs.

Mark le suivit nerveusement jusqu'à la porte de la salle de réunion, jeta un regard mauvais au reste de l'équipe par-dessus son épaule, puis ils quittèrent la pièce sans un mot de plus.

Un silence assourdissant retomba sur la pièce, comme une onde de choc. Ils échangèrent tous des regards de malaise, avant de baisser les yeux vers le sol. Ils avaient tous espéré que cette proposition réussirait à convaincre leur client. Ils n'y avaient pas vraiment cru, mais ils avaient *espéré*.

Arnie Borsinski, le responsable de la création sur ce projet, gronda d'une voix bourrue à l'attention de son équipe :

— Tout le monde retourne à son bureau.

Arnie avait toutes les raisons du monde d'être inquiet. Cela faisait des mois qu'il faisait les yeux doux au poste de directeur de création de l'agence, mais s'ils perdaient le dossier Comfort Foods, la promotion lui passerait sous le nez. Wen était son assistant, et il avait le droit à tous les inconvénients du poste, sans aucun avantage. Une fois encore, Arnie allait sans doute trouver le moyen de l'accuser de cet échec.

Laila, la directrice artistique et la collègue préférée de Wen, marmonna à voix basse :

— Est-ce que je peux aller acheter une bouteille de whisky avant de retourner à mon bureau ?

— À une seule condition, tu m'en prends une au passage, répondit Wen entre ses dents.

Il se leva et reboutonna sa veste de costume. Très peu de gens portaient un costume au sein de l'équipe artistique, mais il mettait toutes les chances de son côté pour avoir l'air le plus adulte possible. Entre ses boucles blondes et ses grands yeux bleus, il savait qu'il ressemblait à un enfant de chœur à peine majeur, ce qui rendait parfois les choses compliquées pour être pris au sérieux.

Laila et lui quittèrent la salle de réunion pour rejoindre le département artistique. Elle tourna les yeux vers lui.

— Tu lui avais dit que ça ne fonctionnerait pas, que ce n'était pas assez solide, mais Arnie a refusé d'écouter. Mark devrait te confier le projet Comfort Food.

— Je ne sais même pas si j'en voudrais, répondit Wen en secouant la tête. Henderson est tellement déçu, il faudrait un miracle pour le reconquérir. J'ai bien peur qu'on ait perdu notre plus gros client.

Wen tenta de garder un air nonchalant en prononçant ses mots, mais il sentit son estomac se nouer. Lorsque la nouvelle se répandrait qu'ils avaient perdu le contrat Comfort Food, ils seraient la risée de la profession.

— Arnie va tout faire pour sauver sa peau, quitte à sacrifier le reste de l'équipe.

— Oh non, pas toute l'équipe. Seulement moi, je pense.

Ils franchirent les portes du département, et regagnèrent leurs bureaux en essayant de se faire tout petits. Comme si ça pouvait changer quelque chose à la situation.

À peine cinq secondes plus tard, la voix tonitruante d'Arnie retentit dans l'open-space.

— Tout le monde en salle de brainstorming ! Et prenez vos cerveaux avec vous pour une fois !

Wen poussa un long soupir. Il n'était pas certain qu'Arnie reconnaîtrait un cerveau s'il en croisait un. Il prit son PC portable avec lui, et se dirigea vers la grande salle, sous les regards compatissants des autres membres du département qui ne travaillaient pas sur le dossier Comfort Food, et qui remerciaient le ciel de ne pas avoir à travailler pour Borsinski.

Au moment où il franchissait le seuil de la salle, son portable vibra dans sa poche. Ce n'était pas le moment idéal. Il jeta un coup d'œil discret à l'écran. C'était Michaela. Il ne pouvait pas ignorer un appel de sa petite sœur.

— Michaela ? Est-ce que tout va bien ?

— Je voulais juste savoir si tu rentrais dîner ce soir.

Il laissa échapper un long souffle de fatigue. Il avait l'impression de passer son temps à la décevoir dernièrement.

— Je suis désolé. J'ai été retenu au travail, je risque encore de rentrer tard.

— Je fais des pâtes et des brocolis.

Le ton de sa voix sonnait faux, comme si elle se forçait à avoir l'air enjouée.

— Je regrette de manquer ça, dit-il d'une voix tendre. Mais j'en connais un à qui ça va faire très plaisir.

— Bon… à demain alors ?

— Sans faute. Et tu sais quoi, si on allait au ciné ce week-end ?

— Oui, c'est une bonne idée. D'accord.

Elle ne le croyait pas. Et il ne pouvait pas la blâmer. Depuis qu'il travaillait chez Allworth Communications, les week-ends étaient devenus d'autres jours de travail comme les autres. Bien trop souvent, Michaela se retrouvait toute seule à s'occuper du petit John. C'était une lourde responsabilité pour une adolescente de seize ans.

Wendell releva la tête et croisa le regard pincé d'Arnie Borsinski, puis l'expression terrifiée du reste de l'équipe, déjà installé dans la salle.

— Il faut que j'y aille, ma belle.

Elle soupira et un étau de culpabilité se resserra autour du cœur de Wen. Il raccrocha, et prit place sur la dernière chaise libre, juste à côté d'Arnie.

— Dis-le-nous si on te dérange, Darling, lança Arnie sur un ton sardonique en tapotant avec impatience sur sa tablette avec son stylet.

Le nom de famille à l'eau de rose de Wendell n'était pas tous les jours facile à porter. Et, malheureusement pour lui, il avait le physique du jeune premier pour aller parfaitement avec.

— Je suis désolé. C'était ma petite sœur, expliqua-t-il en accrochant sa veste sur le dossier de sa chaise.

Arnie le dévisagea des pieds à la tête avec un regard de dédain. C'était aussi ironique que désagréable, venant de quelqu'un qui ne portait jamais que des cols roulés à la Steve Jobs, alors qu'il n'avait pratiquement pas de cou.

— Tu permets qu'on se remette au travail ? demanda Arnie sur un ton faussement mielleux, avant de se tourner vers le reste de leur tablée pour s'adresser à tout le monde : Mark vient de m'annoncer que le client était prêt à nous donner une seconde chance, dans la mesure où il a toujours travaillé avec nous. Il va quand même commencer à prospecter auprès de la concurrence, mais il est ouvert à toute nouvelle proposition de notre part. Non pas que ça change grand-chose, puisqu'il semblerait que cet imbécile ait des goûts de chiotte, ajouta-t-il en grimaçant.

— Pourquoi pas un dessin animé ? proposa Jersey, l'un des directeurs artistiques. Un chien qui se retrouverait avec du beurre de cacahuète collé au palais ? Ça pourrait être amusant.

— Et comment on atteint le public cible de notre client avec ça ? demanda Norris, le gestionnaire de comptes.

— On pourrait plutôt essayer avec un vrai chien, suggéra Lila. Ça attirerait l'attention des générations Y et Z.

— Darling, des idées ? demanda Arnie en se tournant vers lui.

Wen rassembla tout son calme et son courage.

— Je pense qu'il nous faut quelque chose de complètement différent. Quelque chose de jamais vu.

— Si c'est du jamais vu, comment est-on censé le concevoir ? demanda sèchement Arnie en attrapant le gobelet en plastique rempli d'eau devant lui pour le lancer à travers la pièce, arrosant plusieurs personnes au passage.

Wen contracta les muscles de sa mâchoire, et sortit un mouchoir de sa poche pour le tendre à la jeune femme qui s'occupait des réseaux sociaux et qui avait les cheveux à moitié trempés.

— Il faut que nous trouvions un artiste avec un style unique et reconnaissable, quelqu'un qui sera capable de nous proposer quelque chose d'accrocheur, de novateur. Avec ça, nous pourrions offrir au beurre de cacahuète une nouvelle renommée et une toute nouvelle vie.

— Comme si on avait le temps !

— C'est bien pour ça que je propose d'agir vite. Je ne pense pas que nous parviendrons à proposer quoi que ce soit de satisfaisant au client sans un nouvel artiste. Quelqu'un qui ne s'est pas encore fait un nom, expliqua Wen en regardant ses collègues un à un. Cherchez un artiste émergeant, un talent tout neuf.

Arnie serra les doigts autour des bras de son fauteuil, puis se leva brusquement et quitta la salle en marmonnant.

— Pire qu'une chasse au dahu, n'importe quoi. La campagne qu'on leur a proposée ce matin était parfaite.

Tout le monde le regarda sortir sans un mot. C'était typique d'Arnie : quitter le navire au moment de prendre les décisions importantes, et revenir lorsque quelque chose ne va pas pour pointer un coupable du doigt.

— Tu nous conseilles de commencer à chercher, Wen ? demanda finalement Laila.

— Et sans trop tarder, acquiesça -t-il.

Ils quittèrent tous la salle, mus par la motivation d'avoir enfin une direction à suivre pour sauver leur campagne. Quatre heures plus tard, Wen éteignait enfin sa lampe de bureau, plongeant l'open-space tout entier dans l'obscurité. L'équipe artistique avait passé la majorité de la soirée à lui proposer le travail de différents artistes qu'ils avaient dénichés. Certains d'entre eux étaient plutôt bons, talentueux même, mais aucun d'entre eux ne l'avait époustouflé ou laissé croire à la renaissance du beurre de cacahuète. Peut-être qu'il avait mis la barre trop haut. Il avait une sale tendance à faire ça tout le temps, pour tout.

Il était déjà 21 h passé, il était trop tard pour dîner avec les enfants, mais s'il se dépêchait, il pourrait peut-être vérifier leurs devoirs. Il ferma à clé les portes du département derrière lui, et passa devant l'immense bureau qui occupait presque tout le douzième étage. Il y avait encore de la

5

lumière. Il posa son attaché-case sur le comptoir de l'accueil, et enfila son trench-coat. La météo avait annoncé de la pluie pour la soirée. Il n'avait pas vraiment pu vérifier depuis le box de son bureau, et de toute façon, il n'avait pas levé les yeux de son écran depuis des heures.

— Wendell, appela une voix sur sa gauche.

Wen se tourna et réprima une inspiration choquée.

— Bonsoir Mark.

Ce n'était pas tous les soirs que l'on croisait le PDG de l'agence.

— Vous avez une minute ?

— Bien sûr.

Il suivit Mark dans son bureau en pensant à John et Michaela, qui l'attendaient à la maison.

Mark désigna d'un geste de la main le fauteuil vide en face de son bureau, et Wen y prit place.

Mark passa une main sur son visage fatigué. Il avait les traits tombants, il faisait penser à un basset, et il portait perpétuellement cette étrange expression qui lui donnait l'air à la fois intelligent et sincère.

— Café ? demanda-t-il gentiment.

— C'est très gentil, mais une goutte de plus aujourd'hui, et je vais passer en groupe sanguin Arabica positif.

— Que s'est-il passé avec le dossier Comfort Food aujourd'hui ?

Droit au but.

— Oh, et bien… exactement ce que vous avez vu, je suppose. Nous avons sous-estimé l'envie de changement du client.

— Pas de langue de bois avec moi, Wendell.

— Trop de propositions faiblardes qui se ressemblent toutes.

— Pourquoi ? Et, à cause de qui ?

— Nous sommes une équipe, monsieur. Je ne vais pas vous donner de nom.

— Vous réalisez qu'Arnie n'hésiterait pas une seule seconde à vous désigner comme seul responsable ? demanda Mark en s'appuyant contre son bureau.

Ce ne serait ni la première, ni la dernière fois. Wen prit une grande inspiration, prêt à recevoir le discours d'un licenciement en bonne et due forme.

— Je ne contrôle pas les faits et gestes d'Arnie. Malheureusement, il peut faire ce qu'il veut.

— Pas dans mon agence, non. J'ai eu l'occasion de parler avec lui, mais également avec tous les autres membres de votre équipe. Disons simplement que leurs versions ne s'accordaient pas vraiment. Tout le monde a affirmé que vous aviez tout fait pour mener la campagne dans une direction plus novatrice, mais qu'Arnie n'a rien voulu entendre.

— C'est un peu facile de pointer du doigt après coup. Si la campagne avait plu au client, tout le monde vous aurait dit que j'étais un imbécile à vouloir lui donner une autre direction.

— Mais il s'avère que le client n'a pas du tout aimé la campagne, lui rappela Mark.

— Je sais.

— Et pourtant, vous n'avez pas l'air surpris du tout.

Wen ne dit rien.

— Je vous ai observé pendant la présentation.

Il resta obstinément silencieux.

Mark soupira, et contourna son bureau pour se laisser lourdement tomber dans son fauteuil.

— Si nous avions fait ne serait-ce qu'un petit effort sur cette campagne, Henderson nous aurait donné une seconde chance sans nous faire l'affront d'aller voir la concurrence. Mais dans l'état actuel des choses, je sais qu'il a déjà contacté Wellington.

— Rude compétition, répondit Wen en grimaçant.

— C'est le moins qu'on puisse dire. Nous n'avons pas le droit à l'erreur si nous voulons convaincre Henderson de revenir. Il nous faut nous surpasser. Toutes les agences de pub du pays vont vouloir se jeter sur ce dossier.

Cet homme avait un don pour énoncer les problèmes de la façon la plus claire et terrifiante possible.

— Je compte sur vous, Wendell.

— J'en suis conscient, monsieur.

— Je n'en suis pas si sûr. Je compte *vraiment* sur vous.

Wen secoua la tête en soupirant, sans même essayer de masquer sa lassitude.

— Arnie nous fait déjà travailler plus de quatorze heures par jour. J'ai une famille, je ne peux pas les abandonner.

— Une famille ? répéta Mark, étonné. Je croyais que vous étiez gay.

— C'est le cas. Mais j'élève mon frère et ma sœur. Ils ont onze et seize ans seulement, ils ont encore besoin qu'on s'occupe d'eux. Et vous savez, être gay n'exclut pas d'avoir une famille, ajouta-t-il en haussant un sourcil et en souriant.

— Vous avez raison, je suis désolé. Vous êtes toujours tellement… sérieux. J'ai tiré des conclusions hâtives, j'ai cru que vous n'étiez marié qu'à votre travail.

— Ah, non. J'ai bien peur que vous ayez raison sur ce sujet.

— Écoutez Wendell, je vais être parfaitement honnête avec vous. Arnie a des clients très fidèles, mais Henderson n'en fait pas partie. Je ne peux pas prendre trop de liberté, surtout si on finit par perdre le dossier Comfort Food, mais je vais lui demander de vous céder la direction de ce projet. Voyons si vous êtes capable de le sauver.

— Je… Vous réalisez que c'est terriblement compromis ? Henderson pense que nous sommes incapables de créer quoi que ce soit d'original. Les chances ne sont pas vraiment de mon côté.

— Et pourtant, je vous les donne. Si je ne croyais pas en vous, je me contenterais de laisser Arnie Borsinski se débrouiller avec cette histoire.

— J'imagine, répondit Wen, dubitatif.

Mark se releva. C'était la fin de ce petit entretien.

— Haut les cœurs, Wendell. Si on tournait un film, ce serait le moment où la doublure a l'occasion de passer sous les projecteurs et de s'attirer l'amour du public et des critiques.

Wen répondit par un maigre sourire.

— Je suis sûr que vous avez ce qu'il faut, dit-il en tapant d'une main enthousiaste sur son bureau.

Wen étudia attentivement son visage. C'était un mensonge éhonté. Il ne voulait tout simplement pas qu'Arnie, l'enfant chéri de l'agence, porte un échec de cette envergure.

— Merci pour cette occasion. Je tâcherais de ne pas vous décevoir.

Wen quitta le bureau avec la sensation désagréable qu'il allait se prendre un couteau dans le dos dans les jours à venir.

Une fois dans l'ascenseur, il s'appuya contre le mur du fond. Est-ce qu'il était victime d'un coup monté ? Est-ce qu'on allait lui faire porter le chapeau pour le fiasco du dossier Comfort Food ? Il ne doutait pas un instant que Mark tienne à garder Henderson, après tout c'était son plus gros client. Mais il devait également être conscient de l'état de la situation, et quitte à perdre la face, ce serait beaucoup moins scandaleux d'accuser l'assistant du responsable de la création.

Arrivé au rez-de-chaussée, Wen traversa le grand hall marbré de l'immeuble, et poussa la porte-tambour pour retrouver l'air tiède de l'extérieur. Il ne pleuvait pas, mais l'humidité ambiante était si dense qu'il était presque difficile de respirer. Les phares des voitures se reflétaient sur la route mouillée. Wen retira son trench-coat et s'engouffra dans la bouche de métro. À cette heure-ci, John serait déjà couché, mais peut-être qu'il réussirait à croiser Michaela.

Sur le quai du métro, il observa en silence les gens aux mines fatiguées qui rentraient eux aussi du travail. Il se passa une main sur la nuque pour tenter de dénouer ses cervicales, et aperçut une place libre sur un banc, à côté d'une jeune femme qui avait l'air d'une œuvre d'art à elle toute seule.

Il frissonna malgré lui, et songea à leur mère pendant ses derniers jours. Elle avait depuis longtemps franchi le stade de l'excentricité pour entrer à pieds joints dans la folie pure. La jeune femme sur le banc portait un tutu vert et un caleçon à rayures, des bretelles rouges, et elle tenait une ombrelle au-dessus de sa tête. Elle avait une coupe afro d'un rose vif.

Wen n'avait pas besoin de payer un psy pour s'entendre dire qu'il avait un rapport complexe avec les gens qui lui rappelaient sa mère. Et par complexe, il entendait essentiellement haineux. Sa mère s'était montrée parfaitement incapable de les élever. Dans ses jours les plus généreux, Wen voulait bien admettre qu'il tenait peut-être d'elle sa créativité. Une chose était certaine, il ne la tenait pas de son ennuyeux comptable de père. Wen baissa les yeux vers ses chaussures, enfonça la tête dans les épaules, et marcha d'un pas ferme vers le banc pour aller s'asseoir.

Il croisa brièvement le regard de la jeune femme à l'ombrelle, puis elle détourna les yeux et s'écarta légèrement de lui. Oh, visiblement elle avait peur que son conventionnalisme déteigne sur elle.

Wen ferma les yeux et se pinça l'arête du nez. Comment allait-il s'en sortir ? Bien souvent, être anonyme signifiait aussi être protégé, et Mark venait de lui faire perdre son anonymat. L'équipe venait de passer un après-midi tout entier à lui soumettre des propositions artistiques, mais il n'avait toujours rien. En tout cas, rien qui ne soit à la hauteur des attentes d'Henderson.

Wen s'appuya contre le mur, et un morceau de métal cassé qui dépassait du banc s'enfonça dans son dos. Il sursauta, se retourna, et leva lentement les yeux, ébahi.

Juste là, sur le mur derrière le banc, c'était exactement ce qu'il cherchait. Un brasier flamboyant, des nuées d'oiseaux en vol, des montagnes en explosion et des planètes en collision remplissaient l'intégralité du mur. De la créativité à l'état pur jusqu'aux quatre coins de ce pan de mur, dans une magnifique fresque réalisée par un De Vinci anonyme qui avait le potentiel de changer le monde. Ou du moins, de changer celui de Wen.

II

Wen ne parvenait pas à reprendre son souffle ni à réguler les battements erratiques de son cœur. Il sentit comme un picotement sur sa nuque, et se retourna pour trouver l'étrange regard couleur d'ambre de la jeune femme à l'ombrelle. Elle le fixa, impassible, comme si elle attendait quelque chose.

Un bruit strident de métal rompit le charme. Le métro arrivait. Et le prochain n'était que dans trente minutes, il n'avait plus de temps. Il fallait qu'il rentre retrouver Michaela.

La jeune femme à l'ombrelle ne le lâchait pas du regard, et Wen ne pouvait pas détacher le sien de l'immense fresque qui s'étendait derrière eux. Il chercha désespérément une signature, un indice, n'importe quoi qui pourrait l'aider à trouver l'auteur.

Il se tourna vers la jeune femme, fébrile, et lui demanda :

— Est-ce que vous savez qui a fait ça ?

Elle sourit, ce qui ne fit qu'ajouter à l'étrangeté de son apparence. Autour d'eux, les gens qui montaient et descendaient du métro se pressaient dans tous les sens.

— J'ai besoin de savoir, connaissez-vous le nom de l'artiste ? insista-t-il avec urgence.

Elle ne répondit rien, et Wen aperçut la dernière personne dans la file grimper dans le métro. Il se leva précipitamment, et se jeta entre les portes, juste au moment où elles se refermaient. Il tourna la tête une dernière fois en direction de la fresque, alors que le métro redémarrait. C'est alors qu'il l'aperçut. Une signature, tout en haut. Ça ressemblait à un prénom.

S'il en avait eu la possibilité, il se serait jeté hors de la rame pour retourner sur le quai. Mais le métro prit de la vitesse et la station, le quai, la fresque, tout se brouilla sous l'effet de la vitesse. La dernière chose qu'il vit fut la jeune femme à l'ombrelle, debout immobile, qui lui souriait.

Wen poussa un soupir désespéré et s'écroula sur lui-même. Il fallait qu'il retrouve cet artiste. Mais comment ? Même la police n'était pas capable de retrouver les graffeurs du métro, alors comment était-il censé s'en sortir ? Est-ce que la jeune femme savait ? Peut-être que c'était elle l'artiste.

Wen se laissa tomber sur un siège vide, et sentit le jugement des regards des autres passagers peser sur lui. Comparé à ce qui pouvait parfois se passer dans le métro, son attitude n'était pas si étonnante que ça, malgré tout, un type en costume avec un attaché-case qui avait l'air à peine majeur et qui se jette dans la rame la tête la première, ça ne manquait pas d'attirer l'attention. Et le fait qu'il ait passé les premières minutes du trajet à regarder à travers la vitre comme s'il venait d'être témoin d'une apparition ne devait pas aider non plus.

Le trajet pour rejoindre Brooklyn durait environ une vingtaine de minutes. Une fois arrivé, il sortit de la bouche de métro et s'engagea dans les rues animées de son quartier, au cœur duquel se mêlaient des devantures de commerces en espagnol et en chinois.

Eddie Hernandez, l'un des vendeurs de rues préférés de Wen, le héla et lui fit signe de s'approcher.

— Yo, amigo.

— Yo, toi-même, répondit-il en souriant. Il faut que je me dépêche de rentrer, les enfants m'attendent.

— Tu travailles beaucoup trop mon pote. Tu veux des tacos pour rapporter à la maison ?

Il devait faire peine à voir, car Eddie lui tendit une énorme boîte en ajoutant :

— Tiens, je les ai préparés pour mes gamins, mais je crois que tu en as nettement plus besoin que moi. Je vais en refaire avant de partir de toute façon.

— Tu es le meilleur, Eddie.

Wen sortit deux billets de vingt de sa poche et les posa sur le comptoir de son petit stand.

— C'est beaucoup trop.

— Ce n'est jamais trop, le corrigea Wen. Merci encore.

Il attrapa la boîte, et se pressa jusqu'à l'immeuble dans lequel il avait réussi à trouver un T3 pour un prix raisonnable. Le prix du loyer était en partie dû à l'absence d'ascenseur, mais Wen avait décidé que ce serait l'occasion de faire du sport sans payer un abonnement à une salle de gym. Il monta les marches quatre à quatre, glissa les clés dans la serrure, et entra sans faire de bruit pour ne pas risquer de réveiller le petit John, tout en espérant secrètement qu'il serait encore levé pour le voir.

Il sentit son cœur se serrer lorsqu'il les aperçut tous les deux roulés en boule sur le canapé, devant la télévision.

— Désolé, murmura Michaela en se redressant lentement et en se frottant les yeux. On ne voulait pas aller se coucher sans te voir.

John se rassit également, fronçant le tissu de son pyjama à carreaux qui tenait à peine sur ses hanches maigrichonnes.

— On ne s'est presque pas vu ce matin, et tu as passé tout le petit-déjeuner collé à ton téléphone, grommela John avec une petite moue boudeuse.

Il était évident que Michaela avait joué de son influence maternelle pour inspirer un petit vent de rébellion. Ils avaient tous les trois tellement d'années d'écart, qu'ils avaient développé des relations plus parentales que fraternelles.

— Eh bien, figurez-vous que je suis très content de vous voir encore debout. Devinez ce que j'ai là ? dit-il en souriant et en levant la boîte devant lui.

Un sourire menaçait de venir troubler la grimace boudeuse de John.

— On dirait des tacos, dit-il en croisant les bras.

— Mais j'imagine que vous avez tous les deux déjà beaucoup trop mangé ce soir. Je vais m'enfiler ces petites beautés tout seul, dit-il en ouvrant lentement la boîte pour les narguer.

— Ah non ! On a toujours de la place pour des tacos.

— Vraiment ? Il faut tester cette théorie pour en être sûr, alors, dit-il en se dirigeant vers leur minuscule kitchenette pour attraper des assiettes.

— Laisse-moi mettre la table, dit gentiment Michaela en posant une main sur son bras. Va te changer.

— Merci, répondit Wen en la serrant brièvement contre lui avec un sourire.

Cette gamine le faisait passer pour un incompétent, et ce n'était pas chose facile. Elle était déjà tellement responsable à son jeune âge.

Wen se faufila dans la chambre de John pour accrocher son costume dans la petite armoire qu'ils partageaient tous les trois. Là où une personne normale rêvait d'une nouvelle voiture, ou même d'un yacht, tout ce que Wen voulait, c'était une chambre pour lui seul, avec une armoire digne de ce nom. Son amour des vêtements était sans doute le seul cliché gay qu'il était prêt à concéder. Il enfila un bas de jogging et un tee-shirt, puis suivit l'odeur délicieuse qui venait du salon. John et Michaela étaient assis par terre, devant la table basse qu'ils avaient construite en sciant les pieds d'une table que quelqu'un avait laissée aux encombrants. Ils n'avaient pas de salle à manger, seulement ce petit coin salon dans lequel ils se serraient

13

pour prendre tous leurs repas. Les enfants lançaient des regards affamés à la boîte de tacos, mais ils ne l'avaient pas ouverte sans lui. Wen s'assit en tailleur entre eux.

— Servez-vous.

— Qu'est-ce qui s'est passé au travail ? demanda curieusement Michaela en attrapant la boîte. Il y a eu un problème avec la présentation de votre dernière campagne ?

Comment était-il censé leur expliquer la situation sans les inquiéter ?

— On peut dire ça comme ça. Le client ne l'a pas trouvée assez novatrice, expliqua Wen en leur servant une assiette.

— C'est une mauvaise nouvelle ça, non ? demanda le jeune garçon en fourrant une fourchette pleine dans sa bouche.

— Cela dépend. Le client a décidé de nous laisser une deuxième chance, et devinez à qui on a confié la direction du projet ?

— À toi ? demanda Michaela en souriant.

— Yeap.

— C'est génial. Ça veut dire que tu as trouvé une nouvelle idée ?

Michaela n'était pas du genre à perdre le nord.

— En quelque sorte. J'ai vu une fresque ce soir dans le métro en rentrant. Elle était incroyable. Je me vois bien utiliser le style de cet artiste pour la campagne.

— Tu veux dire, comme des graffitis ? demanda la jeune fille en fronçant les sourcils.

— Pas vraiment le genre de graffitis auquel on a l'habitude. Le dessin était unique, le style stupéfiant. C'était une véritable œuvre d'art.

— Tu vas demander au graffeur de dessiner pour toi ? questionna John en se léchant les doigts.

— Si je réussis à le ou la trouver, oui. Mais j'ai peu d'espoir, je ne sais même pas par où commencer.

— Certains des graffeurs de la ville sont de véritables célébrités, commenta Michaela. Peut-être que tu devrais appeler les journaux locaux, il y a eu beaucoup d'articles sur l'art de rue ces derniers mois.

— Je sais, j'en ai lu quelques-uns, mais rien qui ne se rapproche de près ou de loin de ce dont est capable cet artiste.

John loucha sur les restes dans l'assiette de sa sœur, et elle lui sourit avec indulgence.

— Vas-y, tu peux finir. Je n'ai plus faim.

Il se saisit de son assiette et mordit dans le taco qui restait à pleines dents.

— La plupart des graffeurs font ça la nuit, dit-il la bouche pleine, un bout de salade au coin des lèvres.

Michaela s'essuya la bouche avec sa serviette en hochant la tête.

— C'est vrai, mais les agents d'entretien de la ville nettoient tout ce qu'ils trouvent dès le matin.

— Tu as raison, murmura Wen, le regard dans le vague. Toute trace de cette fresque pourrait bien avoir disparu demain matin.

— Tu devrais partir à la recherche de ce gars tout de suite, dit John en ouvrant grand les yeux et en fourrant le dernier morceau tout entier dans sa bouche.

— Il est hors de question que je vous laisse seuls. Je viens juste de rentrer, dit-il en tâchant d'ignorer la frustration qui faisait rage en lui.

— John a raison, ajouta Michaela. Tu devrais y aller ce soir, on peut se débrouiller. On fermera à clé derrière toi, on ira se coucher et on te retrouve demain matin. C'est peut-être ta seule chance de trouver cette personne.

Elle n'avait pas tort.

WEN S'ADOSSA au pilier et poussa un énorme bâillement qui fit craquer sa mâchoire. Il aurait dû prendre un coussin avec lui pour s'asseoir par terre. Il jeta un coup d'œil à sa montre. Deux heures qu'il attendait. Il avait suivi le conseil de son frère et de sa sœur, et les avait mis au lit, avant de courir jusqu'au métro pour rejoindre la station où il avait vu la fresque. Lorsque le métro s'arrêta au bon arrêt, son cœur battait la chamade, et il ne fut soulagé qu'une fois après avoir constaté de ses propres yeux que la fresque était toujours là.

Il était plus de 2 h du matin, et le quai était presque désert. Deux sans-abris étaient endormis sur un banc à quelques mètres, et un agent de sécurité passait de temps en temps. Wen jeta un coup d'œil au mur de la fresque, caché derrière son pilier. Toujours rien. Il scruta la signature en haut à droite. On aurait dit la lettre P, ou peut-être deux P entremêlés. Il pencha davantage la tête pour mieux voir, mais il était incapable de déterminer s'il s'agissait vraiment d'une signature ou d'une partie du dessin.

Des idées pour la campagne de Comfort Food fusaient à toute allure dans sa tête. Il était tellement inspiré par le style de l'artiste, il brûlait de lui donner vie. Il imaginait déjà un court métrage avec des gens de la vie de tous les jours, et pas des drones sans aucune émotion comme Arnie. Il voyait un paysage de formes et de couleurs telles que celles sur le mur, et les gens mangeraient du beurre de cacahuète qui apparaîtrait partout ; sur les fleurs, sur les pierres, comme dans une sorte de rêve surréaliste.

Un bruit de pas le sortit de ses pensées. Quelqu'un s'approchait. En se penchant discrètement pour regarder, il s'attendait à trouver l'un des deux sans abris, et fut surpris de trouver la jeune femme à l'ombrelle. Elle se tenait immobile devant la fresque, un énorme sac en toile suspendu à l'épaule. C'était donc elle l'artiste. Wen sentit son cœur se remettre à cogner à toute vitesse contre sa poitrine. La jeune femme fredonnait. Elle pencha la tête sur le côté en étudiant la fresque.

Wen hésita. Est-ce qu'il fallait qu'il aille lui parler ? Ou fallait-il attendre de voir ce qu'elle allait faire ?

Elle replia son ombrelle, la posa sur le banc avec son sac, puis s'avança jusqu'au mur pour poser une main dessus. Elle examina attentivement l'endroit où était sa main, un croisement de formes et de couleurs, comme une explosion, et secoua la tête d'un côté puis de l'autre, faisant rebondir sa chevelure rose bonbon. Peut-être s'apprêtait-elle à ajouter quelque chose à son œuvre. Ce serait tellement grisant de la voir travailler en direct. Wen ne tenait presque pas en place.

Elle recula, ouvrit grand les bras, et se mit à danser, comme si elle suivait la musique d'un orchestre invisible. Elle dessinait de grands cercles en se balançant dans un semblant de valse. Elle avait troqué le tutu vert fluo qu'elle portait plus tôt dans la soirée contre une jupe patineuse bleue à pois blancs, et un chemisier blanc aux plis si rigides qu'il avait l'air en plastique. Elle portait par-dessus une veste à motif léopard. Si elle s'était changée, cela signifiait sans doute qu'elle n'était pas sans abri.

Elle continua ainsi à danser au son de la musique qui résonnait probablement dans sa tête. Confus, Wen se demandait si elle comptait se mettre à peindre à un moment.

Un éclat de rire provenant des escaliers retentit. La jeune femme tourna la tête dans cette direction, sourit, et continua de danser, imperturbable. Wen suivit son regard.

Un type à la carrure de sumo descendait les escaliers avec un maniérisme exagéré à la Baryschnikov, vêtu d'un pantalon en jean extra moulant et d'un tee-shirt qui s'étirait sur l'étendue impressionnante de son torse. C'était déjà en soi une vision hors du commun, mais comment lui prêter attention une fois que l'on avait vu l'autre type qu'il portait à bout de bras, au-dessus de sa tête, comme une espèce de ballerine en plein envol ? Le jeune homme n'avait pas l'air très vieux, mais Wen savait mieux que personne que les apparences pouvaient être trompeuses. Il s'étirait dans les airs dans une position parodique de Superman. Il portait lui aussi un pantalon noir moulant, ainsi qu'un tee-shirt vert qui faisait d'autant plus ressortir le rouge vibrant de sa chevelure. Un rouge si intense qu'on aurait dit qu'ils étaient peints. Les traits de son visage étaient tout simplement captivants. Il ressemblait à un lutin ou un elfe. Ses yeux immenses et légèrement en amande lui donnaient une expression féline et perpétuellement amusée, et le noir de ses cils épais était intensifié par l'eye-liner qu'il portait. Il avait un petit nez en trompette, des pommettes saillantes, une fossette au menton et des lèvres parfaitement dessinées. Tant d'informations particulières et différentes sur le même visage n'auraient pas dû s'accorder, et pourtant, il ressemblait à une œuvre d'art vivante.

Derrière ce numéro de voltige, trois autres jeunes hommes descendaient les escaliers, tous vêtus de noir. Le premier avait la peau noire comme l'ébène et il était d'une beauté presque irréelle. Le deuxième était métis, dans un mystérieux mélange de ce qui semblait être des origines africaines et asiatiques. Quant au troisième, d'une plus petite stature que les autres, il devait être hispanique. Ils formaient à eux seuls un mélange ethnique plus varié que l'agence de communication de Wen tout entière.

L'énorme type qui ouvrait la marche transporta l'elfe sur le quai en faisant de grands cercles, tandis que le jeune homme au-dessus de lui battait des bras. Puis il le fit sauter dans les airs. Wen retint son souffle, mais l'elfe tournoya gracieusement dans les airs, et retomba avec légèreté entre les bras de son porteur. Il balança la tête en arrière et s'exclama :

— Tadam !

Puis il descendit et se dressa sur ses deux pieds. Il devait mesurer près d'un mètre soixante-quinze. Un mètre soixante-quinze de pure perfection, des épaules musclées, des hanches étroites et de grandes jambes élancées. Il se courba dans un salut exagéré sous les applaudissements de sa bande de joyeux trublions. Wen inspira brusquement. Il avait également un derrière à se damner. Rebondi et musclé. Ce type ne pouvait pas être réel.

L'elfe se redressa avec un geste théâtral du bras.

— Très bien, mes gentes dames et gents damoiseaux, mettons-nous au travail. Nous avons honoré la populace de notre talent pendant suffisamment longtemps.

Mon Dieu, sa voix… Elle évoquait le cours d'un ruisseau, le chant des oiseaux et la mélodie d'une mystérieuse berceuse.

La jeune femme à l'ombrelle ouvrit son sac et en sortit des bombes de peinture. Elle en tendit une à chacun des garçons.

Wen se crispa. Que s'apprêtaient-ils à faire au juste ?

L'elfe s'avança à grands pas jusqu'à la fresque, leva le bras qui tenait une bombe de peinture, et traça une grande ligne blanche au beau milieu de l'œuvre.

— Stop ! Attendez ! Ne faites pas ça ! s'écria Wen en surgissant de derrière son pilier pour courir vers eux.

À quelques pas du groupe, il s'arrêta brusquement, comme s'il venait seulement de réaliser qu'ils étaient cinq, et qu'il était tout seul. Dans le métro, au beau milieu de la nuit.

Le jeune elfe s'immobilisa lui aussi, et fixa Wen de ses grands yeux félins. Il se rapprocha imperceptiblement de son compagnon au physique de lutteur de sumo. C'était peut-être son petit-ami.

Personne ne dit rien. La tension sur le quai était presque palpable. Wen décida de rompre le silence. Il leva une main, comme pour calmer un chien dangereux.

— Désolé, je ne voulais pas vous surprendre, mais je ne peux pas vous laisser ruiner cette œuvre d'art. Je vous en prie, elle est magnifique, je… Je voudrais seulement m'entretenir avec l'artiste. Est-ce que c'est vous, mademoiselle ? demanda-t-il en tournant la tête vers la jeune femme à l'ombrelle.

Elle pencha la tête sur le côté, la bouche légèrement entrouverte, et le fixa comme s'il avait perdu la raison.

— Hé mec, t'es flic ou quoi ? demanda l'un d'entre eux.

— Pardon ? Rétorqua Wen perplexe, avant de baisser les yeux sur sa tenue : un jean et une chemise blanche. Non, non, je ne suis pas de la police.

— Alors pourquoi tu harcèles notre gars comme ça ?

— Harceler ? Non, vous ne comprenez pas, je suis un admirateur. Quel gars ?

L'elfe fit un pas dans sa direction. Il était suffisamment près pour que Wen puisse discerner son odeur très particulière de bois et d'agrumes.

— Qu'est-ce que tu nous veux au juste ?

— C'est toi qui as peint ça ?

— Ça dépend. Qui veut savoir ? Qui t'a envoyé ? demanda-t-il, la mine sombre.

Le magnifique jeune homme noir tapota gentiment l'elfe sur le bras.

Wen profita de cet instant pour faire un pas de plus, et le groupe tout entier recula instinctivement, comme un seul animal sauvage.

— Personne ne m'envoie. Je m'appelle Wendell Darling.

La jeune femme, qui examinait ses ongles d'un air ennuyé, leva les yeux vers lui en gloussant.

— C'estuneblague ? demanda-t-elle de sa petite voix de Chipmunk.

— Malheureusement non. Je travaille pour une agence de communication et nous sommes à la recherche d'un nouveau style. Quelque chose de révolutionnaire et d'époustouflant. Quand j'ai vu cette fresque, j'ai immédiatement su qu'il fallait que je trouve l'artiste. Alors je suis revenu dans l'espoir de la croiser à nouveau, dit-il en désignant la jeune femme de la tête. Elle se souvient de moi, j'ai pris le métro de 21 h. Je lui ai demandé si elle connaissait l'artiste. Tu te souviens ? lui demanda-t-il.

L'elfe tourna la tête vers elle.

— Peut-êtrebien, dit-elle en haussant les épaules.

— Qu'est-ce que tu nous veux avec ton agence de com' ? demanda le jeune métis.

— Monter une campagne de pub pour du beurre de cacahuète.

— Et tu es prêt à payer combien pour ça ?

— Et bien, il faudrait en discuter, négocier un prix. Habituellement, nous proposons un forfait.

— Ça sent l'arnaque, Peter, dit l'un d'entre eux en se penchant vers l'elfe.

L'elfe, *Peter* visiblement, observa Wen pendant un long moment, le regard brillant, mais indéchiffrable. Ils avaient tous des looks et des personnalités si hauts en couleur, Peter n'aurait pas dû se démarquer. Pourtant, l'arrogance qui émanait de lui était telle, qu'on ne pouvait pas le quitter du regard, c'était comme un effet magnétique.

— C'est quoi le nom de ton agence ? demanda le jeune métis.

— Quoi ? Oh, c'est Allworth Creative Communications.

— Jamais entendu parler.

Peter tourna la tête vers lui en souriant et demanda :

— Parce que tu connais beaucoup d'agences de com' ?

— Non, aucune, répondit le jeune homme en haussant les épaules.

Ils éclatèrent de rire, et Peter se retourna vers Wen.

— De toute façon, ça n'a pas d'importance, mon art n'est pas à vendre, dit-il en traçant une deuxième ligne blanche sur la fresque.

19

— Non, non, s'il te plaît !

Sans réfléchir une seule seconde, Wen se précipita vers l'avant, fendit leur petit groupe et se jeta contre le mur, comme pour protéger la fresque de son corps.

— Je vous en prie, ne la détruisez pas.

Il était à présent face à face avec Peter, moins d'un mètre les séparait. De près, son visage était encore plus captivant. Ses cils plus épais, ses pommettes plus tranchantes, ses lèvres plus pulpeuses. Et ses yeux… ses yeux étaient plus verts que l'émeraude. Peter pencha la tête sur le côté.

— Si on ne la recouvre pas, les agents du métro s'en chargeront. Pourquoi est-ce que je devrais laisser un parfait inconnu détruire mon art ? demanda-t-il dans un rictus suffisant. Cette ville est ma toile blanche, c'est moi qui décide ou, quand et comment.

— Est-ce que… est-ce que je peux au moins prendre une photo avant ?

— Fais-toi plaisir.

Wen sortit son téléphone de sa poche.

— Est-ce que tu voudrais bien poser devant ?

— Certainement pas, je ne suis pas à vendre mon pote. Prend ta photo maintenant, dans quelques minutes il sera trop tard.

Wen mitrailla la fresque autant qu'il le put, mais très vite Peter s'interposa.

— C'est bon, ça suffit comme ça. Au travail les gars, dit-il en s'adressant au reste de son groupe.

Ils entreprirent alors tous les cinq de recouvrir le pan de mur avec leurs bombes de peinture blanche. À mesure que les couleurs vibrantes et les formes extraordinaires de la fresque disparaissaient, Wen recula jusqu'à ce que son dos vienne heurter le pilier derrière lequel il s'était initialement caché. Il enroula ses bras autour de lui. C'était un crime de vandaliser une œuvre aussi merveilleuse.

Enfin, Peter fit un pas en arrière, contempla le mur à présent entièrement blanc, et jeta sa bombe de peinture dans le sac en toile. Il se retourna et sembla surpris de trouver Wen toujours là.

— Tu en fais une tête.

— Je n'arrive pas à croire ce que vous venez de faire.

— Écoute, tu as déjà vu les mandalas de sable des moines tibétains ? Ces trucs sont incroyables, une perfection de lignes et de couleurs, mais au moindre coup de vent, pouf, il n'y a plus rien, expliqua-t-il en souriant et en écartant les bras. Il faut apprendre, mon pote.

Le type gigantesque s'avança derrière lui, le prit dans ses bras, et le hissa de nouveau au-dessus de sa tête. Peter reprit sa pose de super héros volant, et toute leur petite compagnie s'engouffra dans l'escalier.

Wen quitta son pilier, confus.

— Apprendre quoi, au juste ? cria-t-il en direction des escaliers.

— L'art est éphémère, bébé. Si tu veux qu'il vienne à toi, il ne faut pas le retenir, répondit l'écho mélodieux de la voix de Peter en se réverbérant contre les murs du métro.

— Attends ! Où est-ce que je peux te trouver ?

— Personne ne me trouve. Je vis au Pays Imaginaire.

Et aussi vite qu'ils étaient apparus, ils s'évaporèrent dans l'ombre des marches, comme un nuage de poussière. De poussière de fée.

Wen laissa échapper un long soupir, son corps tout entier vibrait d'une énergie étrange, un mélange d'horreur, d'incrédulité et de... magie. Est-ce qu'il venait de rêver ? Est-ce que cet étrange jeune homme aux cheveux rouges et ses drôles de compères existaient vraiment ? Il leva les yeux vers le grand mur blanc et vide. Blanc et vide, comme son dossier pour la campagne de pub.

III

SI TRAÎNER dans une station de métro à 2 h du matin lui avait semblé être une excellente idée sur le coup, à la lumière du jour, il regrettait amèrement cette décision. Il était tellement fatigué qu'il avait l'impression de s'être fait écraser par le métro. Et le plus frustrant, c'est qu'il n'était pas plus avancé.

Des dizaines de photos d'œuvres d'artistes venant de partout à travers le monde étaient ouvertes sur son écran d'ordinateur. Il était incapable de prendre du recul. Tout lui semblait pâlir en comparaison de la fresque du métro.

En comparaison de Peter, ce fascinant jeune homme.

Il fallait qu'il se fasse à l'idée qu'il n'y avait à présent plus de fresque, et qu'il ne recroiserait sans doute jamais Peter.

De dépit, il laissa lourdement tomber sa tête contre son bureau.

— Et bien, tu as l'air très motivé.

Wen se redressa brusquement et découvrit Laila, appuyée contre la paroi de son box de travail.

— Je n'ai pas très bien dormi la nuit dernière, se défendit-il.

— Est-ce que les enfants vont bien ? demanda Laila, inquiète.

Elle avait gardé John et Michaela quelques fois, pour permettre à Wen de sortir un peu.

— Ils vont bien, la rassura-t-il en soutenant son regard. Aussi bien que puissent aller deux gamins à l'avenir incertain, concéda-t-il avec un sourire en coin, pour tenter de dédramatiser la situation.

— Toujours rien ? demanda-t-elle en désignant son écran du menton.

— Toujours rien, confirma-t-il en haussant les épaules et en se passant une main sur le visage. Ou alors peut-être que si, mais que je suis incapable de le voir. J'ai croisé une œuvre incroyable, et je n'arrive pas à me la sortir de la tête. Tu as un peu de temps devant toi ? Tu ne veux pas venir regarder et faire le tri avec moi dans tout ce que j'ai reçu ?

Laila attrapa une chaise libre et la fit rouler jusqu'à son bureau. Elle lui prit la souris des mains, et commença à parcourir les images les unes après les autres.

— Je ne comprends pas, si cette œuvre est aussi géniale, pourquoi on cherche encore.

— L'artiste n'est pas intéressé.

— Sérieusement ? La plupart des artistes émergents se damneraient pour un contrat avec une agence de communication. La majorité d'entre eux peut à peine payer ses factures.

— Mais celui-ci n'est *vraiment* pas intéressé.

— Tu peux me montrer son travail ? Tu as un lien ?

— L'œuvre n'existe déjà plus.

La simple pensée de cette création fantastique recouverte par les bombes de peinture blanche lui soulevait encore l'estomac.

— Comment ça ? Qu'est-ce que tu veux dire ? Elle a déjà été achetée ?

— Non, l'artiste a repeint par-dessus, expliqua Wen en soupirant et en secouant tristement la tête.

— Je te demande pardon ? Mais pourquoi ? Où est son studio ?

— Dans le métro.

— Le métro ? Je ne comprends plus rien, dit-elle en riant.

Wen se laissa aller contre le dossier de son siège.

— En rentrant hier soir, j'ai aperçu cette fresque extraordinaire sur l'un des murs du métro. J'y suis retourné tard dans la nuit, dans l'espoir de tomber sur l'artiste en pleine action.

— Tu veux dire que la fresque était un graffiti ?

— Oui. L'artiste est arrivé, et il a bombé la fresque en quelques minutes. Il a dit que de toute façon, si ce n'était pas lui qui s'en chargeait, les employés du métro le feraient, et que l'art était fait pour être éphémère.

— Qu'est-ce qu'il avait fumé ?

— Honnêtement, je ne sais pas, mais c'était une rencontre complètement surréaliste.

Il repensa à son arrivée, porté au-dessus de la tête de ce gigantesque type, poing en avant.

— À quoi ressemblait cette fresque ?

Wen sortit son téléphone de sa poche et lui montra une photo.

— Fais abstraction des deux grandes traînées de peinture blanche au milieu. J'ai réussi à prendre ces photos in extremis, juste avant qu'il ne la recouvre entièrement.

— Oh mon dieu, murmura Laila.

— Impressionnant, hein ?

— C'est…

— Je sais.

— Et tu es en train de me dire qu'il l'a détruite ?

— Complètement recouverte, acquiesça Wen.

— Il faut le retrouver, dit-elle très sérieusement en levant les yeux vers lui.

— Comment ? Je ne serais même pas où commencer à chercher. Je lui ai demandé comment on pouvait le joindre et il m'a envoyé promener avec une réponse ironique. J'imagine qu'il ne retournera pas de sitôt dans cette station de métro, il sait que je vais essayer de le retrouver. Tout ce que je sais c'est qu'il s'appelle Peter, et encore, même ça je n'en suis pas sûr. J'ai entendu quelqu'un de leur petit groupe l'appeler comme ça.

— Leur petit groupe ?

— Oui, il a débarqué avec une flopée d'énergumènes aux looks incroyables.

— Plus ça va et plus ça ressemble à la description d'une bande de drogués.

— Mais si vraiment c'était un junky, tu ne crois pas qu'il aurait accepté l'argent de l'agence pour acheter davantage de drogue ? demanda Wen en scrutant les yeux noirs de sa collègue.

PETER PANACHEK se tenait debout dans l'allée entre les box de bureaux de la gigantesque agence de communication. S'il se penchait juste un peu, il pouvait apercevoir deux rangées plus loin la silhouette assise de Wendell Darling, le séduisant jeune homme qui avait attendu dans le métro toute la nuit, juste pour le voir. Installé à son bureau, il était plongé dans une intense discussion avec une femme aux cheveux noirs. Il se demanda distraitement s'il s'agissait de sa petite-amie.

Il réajusta ses lunettes de soleil sur son nez, et passa dans son autre main la boîte de pizza qu'il avait utilisée comme excuse pour pouvoir entrer. Si seulement il pouvait s'approcher plus près…

La chevelure blonde de Wendell brillait dans la lumière. Son visage aux traits juvéniles était animé par le sujet de la conversation, et ses mains accompagnaient son discours dans un ballet semblable aux gestes d'un chef d'orchestre. Il était gracieux, et malgré son ridicule costume, il sortait du lot. Peter ne pouvait s'empêcher de le dévorer des yeux.

— Hé gamin, qu'est-ce que tu fais avec ça ? Tu n'es pas censé la livrer en salle de pause ?

— Quoi ? Oh, si, si bien sûr, répondit nonchalamment Peter en se tournant vers le petit homme trapu qui portait un col roulé donnant l'impression que sa tête sortait directement de son torse.

Il hocha la tête en se retenant de rire. L'envie le démangeait de sortir son crayon et son carnet de croquis pour le dessiner. Il se demandait pourquoi la majeure partie des gens qui travaillaient en agence de communication avait ce genre de dégaine prétentieuse et ridicule.

— C'est sur ta gauche, au bout de l'allée. Ne traîne pas là, tu déranges.

— Bien sûr. Désolé, monsieur.

Il marcha rapidement dans la direction indiquée, passant box après box d'employés courbés sur leur ordinateur, alignés les uns après les autres, comme des caisses ou des cartons dans un entrepôt. Il frissonna en les observant. Comment pouvait-on faire quoi que ce soit de créatif dans un endroit pareil ? C'était un concept qui le révoltait ; comme si on pouvait invoquer la créativité sur demande, à des horaires bien précis, assis à un bureau.

Il aperçut l'écriteau qui indiquait la salle de pause, et jeta un regard par-dessus son épaule. Le type au col roulé était déjà occupé à autre chose. Peter se glissa dans un box vide. Plia en quatre la boîte de pizza vide et la fourra dans la corbeille sous le bureau. Puis il remonta l'allée en sens inverse et se rapprocha du box de Wendell Darling.

Il baissa la visière de sa casquette noire pour dissimuler son visage, et s'avança d'un pas décidé vers sa cible. Arrivé à quelques pas du bureau, il ralentit pour écouter la conversation. La voix de la jeune femme brune parvint jusqu'à ses oreilles.

— Qu'est-ce que tu penses de celle-ci ? Je pense qu'elle a le genre d'intensité et de pouvoir que tu recherches.

Peter attendit la réponse de Wendell en retenant son souffle.

— Ça se prend trop au sérieux, ça manque de malice, de fantaisie. Il nous faut plus de vie, surtout si on décide de rester sur l'idée d'un film d'animation.

Peter laissa échapper un long soupir au son de sa voix. Il l'aimait déjà tellement, c'était à n'y rien comprendre.

— Celle-ci alors ? proposa la jeune femme.

— Je ne sais pas… Qu'est-ce que tu en penses, toi ?

— C'est nettement en dessous du travail de ton petit génie du métro, concéda-t-elle avec un reniflement ironique.

Peter se figea. Pourquoi parlaient-ils du métro ?

25

— Il faut se rendre à l'évidence, soupira Wendell, on ne remportera cette campagne qu'avec une proposition extraordinaire. Henderson s'est déjà mis en tête que nous étions une bande de has-been incompétents, il va lui falloir un séisme de plus de neuf sur l'échelle de Richter pour le faire changer d'avis.

Peter s'appuya contre la paroi du box pour mieux les entendre. Le bruit des gens qui pianotaient sur leur clavier autour lui rappelait vaguement le cliquetis des mandibules d'insectes. Personne ne semblait lui prêter la moindre attention. Il pencha la tête au maximum pour se rapprocher sans être vu.

Il se demandait s'ils étaient en train de parler de lui. Est-ce qu'ils avaient l'habitude de repérer des artistes dans le métro ? Est-ce que Wendell pensait que son art était l'équivalent d'un neuf sur l'échelle de Richter ?

— Dis donc gamin, qu'est-ce que tu fais encore là ?

Peter se retourna et vit l'homme au col roulé avancer vers lui à grandes enjambées.

Il avait intérêt à déguerpir sans traîner. Il bondit de derrière la paroi juste au moment où la jeune femme brune sortait du box de Wendell, et la percuta de plein fouet. Elle heurta un autre box en tombant vers l'arrière.

— Désolé, vraiment désolé, dit-il précipitamment.

— Arrêtez-moi ce gamin ! s'écria l'homme au col roulé.

Wendell sortit la tête de son box, et leurs regards se croisèrent.

— Qu'est-ce que… Mais tu es…

Peter sprinta dans l'allée sans attendre une seconde de plus. Il slaloma entre les employés, bondit par-dessus le chariot du courrier, et fonça sur les portes battantes de la sortie. Il s'engagea dans le couloir, puis enfonça la porte qui donnait sur la cage d'escalier sans un regard en arrière.

Il s'y adossa violemment, la respiration haletante, puis se pencha en avant et prit appui sur ses cuisses pour reprendre son souffle.

Qu'est-ce qu'il lui avait pris de venir ici ? Son estomac se serra. Il détestait ce genre d'endroit.

Une fois son rythme cardiaque revenu à la normale, il releva la tête et ferma les yeux, savourant le silence absolu des escaliers de service, avec leurs horribles murs gris en béton. Il peinait à croire que Wendell puisse travailler dans un endroit pareil. Il y régnait une ambiance de peur et d'angoisse en tension permanente. Il n'avait pas sa place ici.

Peter inspira profondément. Après tout qu'en savait-il ? Si Wendell était ici, c'était bien qu'il l'avait choisi. Il regrettait d'avoir cédé à l'impulsion stupide de franchir la porte de cet endroit infernal à cause d'un type qu'il ne connaissait même pas. Un type prêt à vendre son âme à une grosse machine obsédée par l'argent, et pour laquelle l'art n'était qu'une marchandise.

Peter leva les yeux vers le plafond et revit l'image du jeune homme qui se jetait sur sa fresque pour la protéger de son corps.

Wendell avait vu quelque chose dans son art, quelque chose que très peu de personnes étaient capables de percevoir. Peter ne pouvait pas le laisser se faire broyer par les rouages de cette horrible machine.

WEN FRANCHIT les portes de l'immeuble avec la sensation désagréable d'en porter le poids tout entier sur les épaules. Il ouvrit son parapluie d'un geste sec, et l'une des baleines se brisa. Le tissu s'affaissa, et de l'eau de pluie coula sur son épaule.

Les épaules aussi affaissées que son parapluie, il longea la rue parsemée de flaques d'eau qui menait à la bouche de métro. Après des heures de recherche, ils avaient fini par mettre quelques idées sur papier, et les responsables artistiques devaient leur proposer des croquis dans les jours à venir. Il n'était pas très confiant. Certaines des œuvres qu'ils avaient finalement retenues étaient excellentes, et sans doute que s'ils les avaient proposées à Henderson en premier lieu, ce dernier en aurait choisi une. Mais à présent ? S'ils ne dénichaient pas le prochain De Vinci de New York, il pouvait s'asseoir sur le dossier Comfort Foods.

Il venait de passer un après-midi vraiment bizarre. Il aurait pu jurer que le livreur de pizza ressemblait comme deux gouttes d'eau à Peter. Ce n'était pas facile à dire avec ses lunettes de soleil et sa casquette noire, pourtant son visage lui avait paru familier. Mais qu'est-ce que Peter pourrait bien faire dans les locaux d'Allworth ? L'espace d'un instant, lorsque leurs yeux s'étaient croisés, le cœur de Wen s'était mis à battre très fort et son esprit s'était emballé. Peut-être que Peter avait changé d'avis, peut-être qu'il était venu le chercher. Mais finalement, le type s'était sauvé comme un criminel déguisé en livreur de pizza. *Vraiment bizarre.*

Wen descendit rapidement les marches de la station de métro. Il était déjà tard, malgré tout, il y avait encore foule sur les quais. La cohue du vendredi soir. Tous les gens qui étaient restés en ville pour boire un verre après le travail se pressaient comme des adolescents penauds, pour retrouver leurs enfants ou leur conjoint exaspéré. Un peu comme Wen d'ailleurs, sauf que lui, c'était tous les soirs, et qu'il n'avait jamais vraiment le temps pour aller boire un verre. Coincé au milieu de la foule qui attendait le prochain métro, il se laissa bousculer de droite à gauche. Il n'avait même plus la force de se battre pour être tout devant et s'assurer une place assise.

Les petits cheveux sur sa nuque se dressèrent, comme si quelqu'un était en train de l'observer, mais lorsqu'il se retourna, il ne constata rien d'anormal. Le métro arriva à quai dans un bruit de ferraille assourdissant, et la foule se pressa aussitôt contre les portes.

Un corps se heurta au sien avec force. Wen s'avança instinctivement, mais le contact perdura. Il se tourna de nouveau, mais personne ne rencontra son regard. Il continua à avancer, et la pression contre son dos se fit plus insistante. Qui que ce fût, il était visiblement très pressé.

La masse de corps s'engouffra rapidement dans la rame de métro, et Wen sentit qu'on le poussait encore dans le dos. Il n'y avait plus que quelques pas avant qu'il puisse monter à son tour. L'homme juste devant lui enjamba le marchepied, et au moment où Wen s'apprêta à le suivre, il sentit quelque chose de chaud contre son cou. Instinctivement, il tenta de se retourner, trébucha, et tomba dans la rame en se rattrapant in extremis à la barre en métal devant lui. Il se redressa et parcourut frénétiquement la foule du regard. Il n'y avait que des gens à la tête baissée ou à l'air ennuyé, fatigué. Wen se tourna vers la femme juste derrière lui qui s'apprêtait à enfiler ses écouteurs, et lui demanda :

— Est-ce que vous avez vu quelque chose derrière moi ?

— À part moi vous voulez dire ? répondit-elle avec un sourire en coin.

— Oui, je... Quelqu'un m'a...

Le métro redémarra lentement et Wen se contorsionna pour regarder sur le quai à travers les vitres.

— Quelqu'un m'a touché le cou.

— Je peux vous assurer que ce n'était pas moi, dit-elle en riant.

— Oh non, bien sûr, je sais.

— Mais j'avoue que j'aurais bien aimé, ajouta-t-elle malicieusement.

— Ah, merci, enfin je crois, répondit Wen en riant à son tour.

— Le seul ennui c'est qu'il faudrait ensuite que j'explique ça à mon mari et à nos trois enfants.

Wen éclata de rire.

— Je me suis suffisamment fait peloter dans les transports pour avoir un peu de retenue, ajouta-t-elle plus sérieusement.

— Merci, répéta-t-il en souriant sincèrement.

Elle enfila ses écouteurs en lui rendant son sourire, et ferma les yeux pour profiter tranquillement de sa musique. Wen posa le front contre la barre en métal et inspira profondément en se forçant à se détendre. Il n'arrivait pas à se défaire de la sensation étrange que quelqu'un l'observait. Il avait des fourmillements dans le cou, à l'endroit où on l'avait mystérieusement effleuré.

PETER SE pressa contre la porte vitrée qui séparait la rame dans laquelle il était de la suivante, dos à Wendell. Il pouvait le voir dans le reflet de la vitre. Sa dégaine était presque comique ; il ressemblait à un gamin qui avait piqué les vêtements de son père pour jouer aux hommes d'affaires. Ses cheveux blonds mi-longs juraient avec le reste de son apparence qui se voulait sévère. Son joli minois de chérubin semblait cousu d'étoiles et de rêves, ombragé par un voile de doute et d'inquiétude.

Peter secoua la tête. Voilà qu'il composait des odes au visage de ce type à présent. Il jeta un coup d'œil discret à son reflet.

La nuit précédente, Peter avait cru que Wendell les espionnait. Mais lorsqu'il avait posé les yeux sur la fresque, son visage s'était illuminé, comme s'il venait d'être témoin d'un miracle. Si Wendell Darling était un espion, c'était également un excellent acteur.

Deux arrêts plus tard, Wendell descendit du métro. Peter attendit le dernier moment pour bondir entre les portes de la rame et le suivre. Il se cacha derrière un pilier et regarda Wendell monter les escaliers. En se détachant du pilier, il aperçut une affichette collée dessus. Son cœur se mit à battre plus fort, puis s'arrêta un instant, comme s'il hésitait à repartir. C'était un avis de disparition. Encore un gamin. Peter essayait chaque fois de les ignorer, mais c'était plus fort que lui. Il fallait qu'il les lise. Il parcourut les mots du regard, et son estomac se révolta. La photo d'un adolescent avec une coupe très courte, une expression sérieuse et un uniforme de soldat. Son cœur cognait à tout rompre dans sa poitrine. Il arracha l'affichette du pilier, la roula en boule et la jeta dans la première poubelle venue.

WEN QUITTA la bouche de métro et leva son parapluie cassé au-dessus de sa tête. Il était persuadé que quelqu'un lui avait touché le cou dans le métro. Mais qui ? Au fond de lui, il savait pertinemment pourquoi cet incident l'obsédait, et il savait qui il voulait que ce soit. Mais c'était ridicule. Comme si Peter se souvenait de lui. Comme s'il allait le suivre jusque chez lui.

Mais, et si ? Et si c'était vraiment lui qui était venu à l'agence aujourd'hui ? Qu'est-ce que ça pouvait vouloir dire ? Puisqu'il ne voulait pas vendre son art, pourquoi est-ce qu'il l'aurait suivi ?

Toutes ces questions hantaient l'esprit de Wen, si bien qu'il faillit manquer le trottoir et s'étaler de tout son long sur l'asphalte mouillé. Pourquoi diable espérait-il secrètement que ce tordu à moitié fou, et probablement drogué, lui ait touché le cou ? Avec la famille qu'il avait, il devrait pourtant avoir retenu la leçon. Comme s'il avait besoin d'une autre personne aussi fiable qu'un conte de fées pour jeter de la poudre de chaos et déception sur sa vie.

Il se força à respirer calmement et à se débarrasser de toute la tension qu'il avait accumulée aujourd'hui, avant de rentrer chez lui pour retrouver les enfants. Ce soir, Eddie n'était pas à son stand et Wen dut faire le chemin sans son visage souriant pour lui remonter le moral. Il remonta la ruelle qui menait à son immeuble et scruta l'obscurité. Il devenait parano. Il n'y avait personne.

Il passa une main dans ses cheveux humides. Il avait vraiment envie de croire en son équipe créative, il avait envie de croire qu'ils réussiraient à reconquérir Henderson, qu'il serait le chevalier blanc de son agence et qu'on lui donnerait la promotion de sa vie. Mais il avait probablement autant de chance de réussir que de croiser une licorne.

Il ferait mieux de commencer à envoyer son CV à d'autres agences. Il ne pouvait pas se permettre d'être sans emploi. Leur père ne leur avait pas laissé beaucoup d'argent. Leur mère en avait dépensé la majorité en Inde pour sauver les tigres ou acheter des œuvres d'art à des artistes inconnus dont elle était persuadée qu'ils seraient les stars de demain. Des artistes qui finissaient souvent par mourir d'overdose, emportant avec eux dans la tombe un morceau du cœur fragile de leur mère.

Un bruit de pas le sortit de ses pensées. Le bruit léger provenait de derrière lui et se confondait presque avec celui de la pluie sur le sol. Wen se retourna et aperçut un couple pelotonné l'un contre l'autre sous un parapluie. Rien de très menaçant. Pourtant, la sensation de fourmillements dans son cou persistait…

IV

WEN SE pressa jusqu'à son immeuble, glissa la clé dans la porte du hall, vérifia le courrier et monta les escaliers en parcourant les enveloppes de factures et les publicités des pizzerias du coin.

Lorsqu'il entra dans l'appartement, une odeur d'ail et d'oignon lui chatouilla les narines.

— Hé, Wen, le salua Michaela depuis le coin-cuisine, le dîner est presque prêt. Tu as le temps d'aller te changer si tu veux.

— Merci, ma puce, dit-il en se dirigeant vers la chambre de John pour atteindre le placard.

Il dormait sur le canapé pour permettre aux enfants d'avoir chacun leur chambre. Il estimait qu'il leur devait au moins ça. Bien sûr, ce n'était pas vraiment sa faute si leur enfance avait été aussi compromise, mais il se faisait un devoir d'y remédier. Il se laissa tomber sur la petite chaise en bois dans le coin de la chambre, et enfouit son visage dans ses mains.

John passa la tête dans l'entrebâillement de la porte.

— Tu as passé une mauvaise journée ?

— Non, non, ça a été, le rassura-t-il en relevant la tête. La journée a été plutôt intense.

— Toujours sur le beurre de cacahuète ?

— Toujours.

— Tu as retrouvé ton graffeur ?

— Il a fallu que je me débrouille sans lui.

— Oh, murmura John avec une expression soucieuse.

— Et si tu allais donner un coup de main à Michaela ? Je vous rejoins dans une minute.

Il hocha la tête et sortit de la chambre.

Il ne tenait pas à ce que les enfants portent le poids de sa précarité professionnelle sur les épaules. Ils n'étaient pas censés avoir à se soucier de ces choses-là.

Il retira ses vêtements, s'étira longuement pour chasser les courbatures d'une journée passée assis derrière un bureau, puis enfila un bas de jogging et un tee-shirt avant d'aller rejoindre John et Michaela. Un quart d'heure plus tard, ils étaient tous assis autour de la table basse, une assiette fumante de pâtes avec des brocolis et un coulis de tomate aux oignons, à l'ail et aux olives, le tout saupoudré de parmesan. Michaela avait le don pour créer des plats à la fois délicieux et bon marché.

Wen avait un salaire raisonnable, mais vivre à New York coûtait très cher. Une fois les cours de chant de Michaela et les cours d'arts plastiques de John déduits de sa paye, les fins de mois devenaient vite difficiles.

— Tu n'as pas retrouvé ton graffeur, alors ? s'enquit Michaela entre deux bouchées.

— Et bien si.

John releva la tête de son assiette en fronçant les sourcils.

— Mais je croyais que…

— J'ai dit que je m'étais débrouillé sans lui. Je l'ai retrouvé, mais il n'a aucune intention de vendre son art.

— Encore un qui se croit trop bien pour la publicité ? demanda Michaela en grimaçant.

— Peut-être, je ne sais pas. Je crois sincèrement que l'argent ne l'intéresse pas.

— Il est comment ? demanda-t-elle en s'accoudant à la table, la tête posée contre la paume de sa main.

— Sauvage. Extraordinaire. Il a les cheveux rouge vif. Il a débarqué dans le métro au-dessus de la tête d'un type gigantesque qui le portait à bout de bras, en position allongée, poing en avant, comme s'il était en train de voler, raconta-t-il en secouant la tête, comme s'il n'y croyait toujours pas.

— Comme moi ! s'exclama John, enchanté. Enfin, sauf pour les cheveux.

Depuis tout petit, John était obsédé par l'idée de voler.

— Un peu comme toi, c'est vrai, acquiesça Wen en souriant.

— Tu l'as bien aimé ?

— C'est un bien grand mot. Je ne l'ai vu que quelques minutes et il a trouvé le moyen de complètement détruire la fresque que j'avais repéré dans le métro. Lui et sa bande l'ont entièrement recouverte de blanc.

— Mais tu vas avoir besoin de lui, pas vrai ? Si tu veux réussir à convaincre le type qui vend du beurre de cacahuète ?

— Je ne sais pas, Michaela. Pour être honnête, je ne suis même pas certain que notre client ait la sensibilité nécessaire pour apprécier le travail de Peter, dit-il en repoussant son assiette.

Il n'avait subitement plus très faim.

— Peter ?

— C'est comme ça que ses amis l'appellent.

— Et son nom de famille ?

— Je ne sais pas.

— Est-ce que tu vas perdre ton travail si tu ne réussis pas à le convaincre ? demanda John.

Ses grands yeux interrogateurs dévoraient son minuscule visage de petit garçon. Wen ne savait pas quoi lui répondre.

— C'est un peu plus compliqué que ça. Que je réussisse à le convaincre ou non, rien ne nous garantit que le client sera satisfait de toute façon.

Ce n'était pas une réponse, mais John était trop petit pour se rendre compte du subterfuge.

— Et s'il n'est pas satisfait, alors tu perdras ton travail ? insista-t-il.

Pas si petit, et pas si dupe que ça.

— Pas forcément.

— Tu es sûr que tu as fait tout ce que tu as pu pour convaincre ce Peter de travailler avec toi ? demanda John en l'attrapant par le bras.

— Je crois oui. Je n'ai pas vraiment eu l'occasion de lui parler en privé, mais j'ai fait de mon mieux, compte tenu des circonstances.

— Il faut réessayer !

John avait l'air sincèrement bouleversé. Wen posa gentiment sa main sur celle de John qui était agrippée à son bras.

— Si je pouvais, je le ferais, mais quand je lui ai demandé où je pourrais le trouver, il m'a répondu qu'il vivait au Pays Imaginaire, et puis il a quitté le métro. Il me semble évident qu'il n'a pas envie qu'on le trouve.

— Peut-être que si, rétorqua John en fronçant les sourcils.

— Et qu'est-ce que je suis censé faire ? Prendre la deuxième étoile à droite, et filer tout droit jusqu'au matin pour lui proposer un contrat avec mon agence ?

— Je ne sais pas ce que c'est que ton charabia, mais pourquoi tu ne vas pas tout simplement au Pays Imaginaire en demandant s'il y a un Peter ? insista John.

— Quoi ? Je ne comprends rien, dit Wen en se tournant vers Michaela.

— Tu devrais faire ce qu'il dit, ajouta-t-elle avec un sourire en coin. Va là-bas et essaye de le retrouver. On sait tous que tu es capable de convaincre n'importe qui quand tu le veux vraiment. Il faut que tu réessayes avec ce type.

33

— J'ai l'impression d'avoir raté un épisode, dit Wen en les regardant tour à tour.

— Tu n'as qu'à y aller ce soir, le pressa John, visiblement exaspéré. On est vendredi en plus, tout le monde sera là bas.

— Là bas, où ? s'exclama Wen en se laissant aller contre le canapé et en levant les bras dans un geste de frustration.

— Au Pays Imaginaire ! répondirent John et Michaela à l'unisson.

— Attendez une minute, dit-il en tendant un bras, paume vers l'avant. Vous voulez dire que le Pays Imaginaire est un endroit qui existe vraiment ?

— Évidemment, répondit Michaela en secouant la tête, c'est une boîte de nuit à Brooklyn. Tous les jeunes ne parlent que de cet endroit. Je donnerais n'importe quoi pour y aller, mais ils servent de l'alcool alors je ne suis pas prête de pouvoir entrer, maugréa-t-elle.

— Une boîte de nuit ?

— Tu croyais qu'on parlait de quoi ? demanda Michaela en se levant pour débarrasser la table.

— Un roman de… Tu sais quoi ? Laissons tomber pour ce soir. Je vous le lirai un de ces jours. Vous croyez vraiment qu'il parlait de cet endroit ?

— Forcément.

— Il n'est pas encore 21 heures, remarqua Wen en regardant sa montre.

— Ça te laisse tout le temps de te préparer, dit John en l'attrapant par le bras pour le tirer vers la chambre.

— D'accord, d'accord, tenta de le calmer Wen en riant.

Et si finalement Peter voulait qu'il le retrouve ?

IL NE fallut qu'une dizaine de minutes à Wen pour descendre à l'arrêt de Brooklyn auquel se trouvait la fameuse boîte de nuit. C'était le genre de quartier qu'on voulait bien visiter, mais dans lequel peu de gens accepteraient de vivre au jour le jour : les loyers y étaient aussi hauts que le taux de criminalité, il y avait du bruit tout le temps et les rues étaient pour la plupart très sales. Il observa rapidement les alentours, le temps de prendre ses repères, et s'engagea dans la rue qui devait le mener à la boîte de nuit.

On ne pouvait pas la manquer. C'était un gigantesque entrepôt rectangulaire, à la peinture écaillée, avec un grand panneau qui indiquait *Le Pays Imaginaire*. Les gens qui faisaient la queue devant les portes avaient l'air tout droit sortis d'un conte de fées. Wen avait presque peur qu'on refuse de le laisser entrer parce qu'il avait l'air trop normal. Mon dieu, sa mère aurait adoré cet endroit.

La file d'attente qui s'étirait devant le bâtiment était impressionnante. Un videur vérifiait les pièces d'identité, dans le hall derrière lui, un autre type tenait la caisse. Wen n'avait aucune envie d'être là. Cet endroit lui rappelait trop l'époque où il avait dû parcourir tous les bars et toutes les boîtes de nuit de leur quartier pour retrouver leur mère.

Mais il n'avait pas le choix. Il fallait qu'il trouve Peter. Si vraiment il était là, cela signifiait peut-être qu'il lui avait volontairement laissé une porte ouverte. Peut-être qu'il était prêt à négocier. Ou bien peut-être aussi que Wen avait raison depuis le début et que Peter l'avait envoyé promener.

Le videur laissa entrer un petit groupe de jeunes, tous vêtus de noir, portant un tee-shirt sur lequel on pouvait lire « I'm Lost [1] ». Wen n'en doutait pas une seule seconde ; avec leurs looks d'une autre planète, ils avaient tous l'air complètement perdus.

Le groupe de jeunes filles qui attendait juste devant lui était en train de faire les yeux doux au videur. Le type qui avait une carrure impressionnante vérifia leurs papiers d'identité en fronçant les sourcils. Puis il redressa la tête, aperçut Wen, et lui fit un signe de tête.

— Toi là-bas, tu peux entrer.

— Moi ? demanda-t-il bêtement en regardant autour de lui.

— Oui, toi. Vas-y, rentre.

Wen se faufila à l'intérieur sans demander son reste. Peut-être qu'il avait l'air assez vieux pour ne pas avoir à sortir sa carte d'identité. Il s'avança jusqu'à la caisse, paya les vingt dollars du prix d'entrée, et franchit enfin le seuil du Pays Imaginaire.

C'était tout simplement incroyable. L'endroit était fidèle à son nom. Des corps à demi nus, couverts de peintures fluorescentes, de paillettes et de plumes, se contorsionnaient sous les stroboscopes, comme une crise d'épilepsie collective. Le volume de la musique faisait vibrer les oreilles de Wen, et une voix métallisée avec un écho exagéré entonnait une chanson comptant les effets de pilules qui faisaient grandir et rapetisser. Sur la gauche de la piste, un bar immense longeait le mur. Des lampes LED étaient accrochées tout le long du comptoir, et les employés du bar jonglaient habilement avec les bouteilles pour servir la foule de clients qui se bousculait.

1 « Je suis perdu »

Les barmans étaient censés tout savoir, peut-être que l'un d'entre eux pourrait l'aider à trouver Peter. Wen prit une profonde inspiration, descendit les quelques marches qui menaient à la piste de danse, et s'enfonça dans la masse de corps entremêlés qui pulsait au rythme de la musique. Il n'avait pas fait cinq pas lorsqu'une grande et mince jeune femme aux cheveux blond platine, vêtue d'une combinaison moulante argentée, se glissa devant lui et commença à danser.

— Je suis désolé, mais je vais au bar, lui dit Wen en secouant la tête.

— Pas de problème, bébé, je sais ce que c'est. Quand on a besoin d'un verre, on a besoin d'un verre. Pour moi ce sera une bière, ajouta-t-elle en s'agrippant à son bras et en battant de ses immenses faux cils.

— Oh, non, je n'y vais pas pour boire. Je cherche quelqu'un.

— Et tu m'as trouvé, dit-elle en souriant, découvrant des dents blanches parfaitement alignées sous son rouge à lèvres carmin.

— Non, je cherche un artiste. Je voudrais l'engager.

Elle fit un pas de côté, mais sans lâcher son bras.

— Tu préfères les garçons. Ce n'est pas un problème, on peut s'arranger.

— Non, je veux dire oui. Je préfère les garçons, enfin les hommes, mais ce n'est pas de ça qu'il s'agit. Je suis à la recherche d'un artiste en particulier, il faut vraiment que je lui parle.

À chaque pas qu'il faisait, il se heurtait à un nouveau corps moite de transpiration.

— Quel artiste ? demanda-t-elle en fronçant ses sourcils parfaitement dessinés.

— Il s'appelle Peter, c'est tout ce que je sais.

Ses sourcils bondirent dans le sens inverse.

— Peter ? Tu es à la recherche de Peter ? demanda-t-elle en criant, attirant l'attention de plusieurs danseurs autour d'eux.

— Oui, répondit-il en regardant le petit groupe de curieux qui était en train de se former autour d'eux. Tu le connais ?

La jeune femme croisa les bras et s'adressa au reste du groupe.

— Ce type préfère les hommes et il est à la recherche de Peter, annonça-t-elle.

Un grand gaillard qui portait un châle à plumes rétorqua :

— Peter ne vend pas ses services, mon pote. Si tu es intéressé par ce genre de prestation, tu ferais mieux de faire appel à… moi, conclut-il en prenant une pose suggestive.

— Non, vraiment, je suis flatté, mais je ne suis pas venu pour ça. Je veux vraiment lui parler de son art.

— Je peux peindre ta bite avec ma langue, proposa le gars musclé avec un regard lubrique.

— Je peux tracer ton corps avec mes mains, ajouta la jeune femme en gloussant.

Un jeune homme de petite stature avec des cheveux verts s'avança.

— Mon deuxième non c'est Arthur, mais tu peux m'appeler Art.

— J'ai des abdos dignes d'une statue grecque, renchérit le grand type en soulevant son tee-shirt pour révéler une musculature qui avait en effet l'air taillée dans le marbre.

Quelqu'un surgit derrière Wen et l'attrapa par l'épaule.

— Je m'appelle Michael et mon petit ami s'appelle Angelo.

Wen se dégagea et recula en tendant les bras devant lui.

— D'accord, d'accord, j'ai compris votre manège, mais je ne partirais pas tant qu'on ne m'aura pas dit où je peux trouver Peter.

Tout à coup, un bruit de larsen strident retentit. Beaucoup de gens se bouchèrent les oreilles en grimaçant, puis le groupe présent sur la scène se lança dans une chanson envoûtante et viscérale, la voix presque gémissante. Wen se tourna vers la scène. Ce n'était pas le même groupe que lorsqu'il était arrivé. Ils étaient tous vêtus de noir ; un jeune hispanique séduisant à la guitare, un type aux origines aussi multiples que mystérieuses au chant, un claviériste asiatique à la carrure de sumo, aux percussions un jeune homme noir d'une beauté incroyable, et un tambourin entre les mains, le regard perdu dans le vague comme si elle avait des visions, la jeune fille à l'ombrelle. Il venait de les trouver !

— Qui sont-ils ? cria-t-il pour se faire entendre par-dessus la musique, en pointant un doigt vers la scène.

Le grand type qui portait des plumes lui lança un regard incrédule.

— Qu'est-ce que tu fais ici ce soir si tu ne sais même pas qui ils sont ? Ce sont les Lost Boys [2].

Wen se fraya un chemin à travers la foule en jouant des coudes pour se rapprocher de la scène. Les odeurs entêtantes de parfum et de transpiration qui flottaient dans la foule et le volume assourdissant des enceintes lui

2 « Garçons Perdus », ou « Enfants Perdus » ; référence directe à l'univers de Peter Pan, créé par J.M. Barrie.

brouillaient les sens. Tout autour de lui, les gens dansaient comme s'ils étaient possédés par la musique.

Le groupe portait bien son nom : leur musique vibrante s'insinuait dans les corps, jusqu'à ce que toute connexion avec la réalité soit perdue. Presque inconsciemment, Wen se mit à danser lui aussi, les paupières mi-closes. Pourquoi chaque minute de sa vie ne devrait-elle être remplie que par des obligations et des contraintes ? Il voulait juste danser et oublier l'espace d'un instant. Il laissa la musique couler dans ses veines, comme un plasma électronique.

Le tempo se fit plus lent et les basses plus puissantes. Wen leva les bras en l'air et laissa son corps suivre le rythme des pulsations.

Une paire de mains glissa sur son dos, se faufila autour de son torse et se mit à bouger devant lui, comme un serpent sorti de son panier. Wen se demanda distraitement à qui elles pouvaient bien appartenir, mais la pression du corps derrière lui était trop agréable, trop excitante pour qu'il s'en soucie vraiment. Les bras se refermèrent autour de lui, et il sentit un poids entre ses épaules, comme si quelqu'un venait d'y poser la tête. Le corps derrière lui se pressa plus près encore, parfaitement moulé au sien, et le sexe de Wen se réveilla, comme une fleur qu'on venait d'arroser après une très longue période de sécheresse.

Ses hanches se mirent à bouger instinctivement.

Une petite voix dans sa tête protesta faiblement. Il fallait qu'il arrête, il fallait qu'il se retourne. Il fallait…

Pourquoi fallait-il toujours qu'il soit raisonnable et qu'il fasse ce qu'on attendait de lui ? songea-t-il rageusement. Il serra la mâchoire. Il savait pourquoi. Parce qu'il ne voulait pas finir comme sa mère.

Il attrapa fermement les mains qui l'enserraient, et se retourna, une expression déterminée sur le visage.

Ce regard félin, ce nez de lutin et ces lèvres de sirène, étirées dans un sourire malicieux. Il les connaissait.

— Bonsoir, Wendell Darling. Il paraît que tu me cherches ?

38

V

WEN SE força à détourner le regard de ces irrésistibles yeux verts. Il fronça les sourcils et prit son air le plus sérieux.

— Je te l'ai dit l'autre nuit, j'ai une proposition de travail pour toi.

Peter enroula ses bras autour des épaules de Wen et se rapprocha de lui.

— J'écoute ta… proposition.

— Je suis sérieux, insista Wen en se dégageant de son étreinte. J'ai besoin de ton aide, et tu seras très bien payé.

— Je ne suis pas ce genre de garçons, répondit Peter en battant des paupières avec exagération, une main sur la hanche.

— Je suis venu pour ta peinture, pas pour ton corps, lui dit Wen, exaspéré.

— Quel dommage, rétorqua Peter avec un sourire en coin qui fit frissonner Peter. Il faut te détendre un peu, tu sais, Wendell Darling. Après tout, tu es au Pays Imaginaire.

— Comment savais-tu que je viendrais ?

— C'est magique, répondit Peter dans un sourire mystérieux. Offre-moi un verre, dit-il en prenant le bras de Wen.

Wen inspira profondément. Il fallait qu'il reste calme et patient. Il savait mieux que personne que l'on n'attrapait pas les mouches avec du vinaigre.

— D'accord, acquiesça-t-il.

Peter le tira jusqu'au bar. La foule s'ouvrit naturellement sur son passage et tout le monde lui souriait.

— Salut Peter, dit une jeune femme en posant une main sur son avant-bras.

Il lui sourit.

— Hé, Double P, le salua un type au visage recouvert de paillettes.

Peter lui fit un petit geste de la main.

Double P. Deux lettres P entrelacées ; c'était la signature que Wen avait cru apercevoir sur la fresque.

Lorsqu'ils arrivèrent au bar, les gens leur firent aussitôt de la place. Tout le monde ici semblait connaître Peter. C'était incroyable compte tenu de la taille de l'endroit. Le charisme qu'il exsudait était tout simplement surnaturel. Il acceptait les marques de reconnaissance de la foule avec une gratitude presque suffisante. Quelqu'un lui libéra un tabouret, et il invita Wen à s'y asseoir.

— Qu'est-ce que tu veux ? demanda Peter en s'approchant tout près de lui.

— Pourquoi pas une bière, répondit Wen en se retenant de soupirer.

Peter leva une main pour attirer l'attention d'une barmaid aux allures d'Amazone avec des cheveux bleus. Elle hocha la tête, disparut derrière le bar, et ressurgit avec un verre de bière et un autre verre, rempli d'une boisson rose fluo qui pétillait.

— Qu'est-ce que c'est que ça ? demanda Wen en sirotant sa bière.

— De l'élixir de fée. C'est pour rester jeune.

— Parce que tu ne l'es pas déjà assez, peut-être ? demanda Wen incrédule.

Un éclair de douleur traversa les traits de son visage elfique, et disparut presque aussitôt derrière un sourire.

— Je ne veux pas vieillir, c'est tout.

— Je crois que c'est un combat perdu d'avance.

— Mais est-ce que cela vaut la peine de se battre quand même ?

— Le prix à payer est souvent cruel.

Peter ne répondit rien. Wen déglutit, et l'elfe sourit à nouveau.

— Ne sois pas rabat-joie Wendell Darling, ici on fait la nique aux années, c'est notre loi.

— Tu n'es probablement même pas majeur, grommela Wen.

— C'est l'hôpital qui se fout de la charité, rétorqua Peter en posant un coude sur le comptoir, le visage appuyé contre sa main.

— J'ai vingt-trois ans, annonça Wen.

— C'est terriblement vieux.

— Et toi ?

— Je suis assez vieux pour boire de l'élixir de fée, répondit-il en finissant son verre cul sec.

Deux mains couvertes de bagues se glissèrent autour du torse de Peter, puis le visage pâle d'une jeune femme se posa sur son épaule. C'était la jeune femme à l'ombrelle.

Wen ne put s'empêcher de lui sourire. Il avait l'impression de revoir une vieille amie.

Elle pencha la tête sur le côté, et l'examina sans rien dire en plissant le front.

Peter porta une main à ses cheveux roses et tira gentiment dessus.

— Je te présente Clochette.

Wen fut brièvement tenté de lui demander si elle était sa petite-amie, mais le souvenir de l'érection de Peter pressée contre ses fesses quelques minutes plus tôt semblait être une réponse suffisante. À moins que Peter ne fasse pas de distinction de genre. Ce qui était fort possible.

— Salut, Clochette.

— Est-cequetuesvenupourconvaincrePeterdepeindrepourtoi ? demanda-t-elle en parlant si vite que ses mots étaient à peine compréhensibles.

Elle avait la voix si aiguë que Wen était convaincu qu'elle pourrait briser du verre en criant.

— Je... oui, je voudrais qu'il accepte de travailler avec moi sur un projet.

— PersonnenetravailleavecPeter. Personne.

— Pourquoi ? demanda Wen en les regardant tous les deux, tour à tour.

— Peternepeintjamaispourdel'argent. Jamais, jamais.

— Alors de quoi est-ce que Peter vit ?

— D'élégance et d'eau fraîche, répondit Peter avec un geste désinvolte du poignet.

— Soyons sérieux une minute. Pourquoi refuser de toucher de l'argent pour utiliser ton don ?

— Pourquoi pas ? répondit Peter avec un sourire froid.

— C'est ridicule, protesta Wen en haussant les épaules. Je ne vois pas en quoi peindre sur un mur de métro est une forme d'art plus pure que peindre pour une agence de communication.

— Pourquoi devrais-je utiliser mon art pour convaincre les gens d'acheter un produit dont je me fiche éperdument ? Les agences de com', vous pratiquez un sophisme manipulateur qui sombre même parfois dans le mensonge sans aucun scrupule.

— Tu ne crois pas que tu exagères ? C'est juste de la publicité.

— Si c'est tout le cas que tu fais de ton métier, pourquoi continuer ? demanda Peter en haussant un sourcil.

— Parce que j'ai des bouches à nourrir ! s'énerva Wen.

Ce n'était pas ce qu'il avait voulu dire, mais à présent il était trop tard. Son cœur se serra dans sa poitrine. Il était dans une voie sans issue. Il avait retrouvé Peter, mais à quoi bon ? Il courba les épaules, finit sa bière et sortit son portefeuille de sa poche.

Peter posa une main sur la sienne pour l'arrêter, et le contact l'électrifia.

— Pas la peine, dit-il simplement.

— Pourquoi ? demanda Wen en fronçant les sourcils. La bière et l'élixir de fée sont gratuits au Pays Imaginaire ?

— Tu es en colère contre moi, fit remarquer Peter en scrutant son visage avec une expression émerveillée, comme si c'était la première fois de sa vie qu'une chose pareille arrivait.

— Non, je suis en colère après l'univers tout entier ! Je croyais avoir trouvé le moyen de régler mes problèmes, et au lieu de ça, me revoilà à la case départ, dit-il en descendant de son tabouret et en observant la foule de danseurs devant eux.

— Tous à vous prendre pour des flocons de neige uniques et merveilleux.

Il écarquilla les yeux, surpris d'avoir dit ça à voix haute, puis fendit la foule et se dirigea à grandes enjambées vers la sortie.

Il bouscula les gens sur son passage sans leur prêter attention. Quelques-uns lui lancèrent un regard mauvais, ou un retour de coup de coude amplement mérité. Il sortit rapidement, avant d'avoir le temps de se sentir coupable. Lui qui était d'ordinaire toujours si poli et si gentil.

Il souffla avec force, et traversa la rue pour aller se tenir sous un vieil arbre biscornu. Ses branches se tordaient dans tous les sens comme s'il était à l'agonie ; Wen compatissait. Se rendre dans ce genre d'endroit, fréquenter ce genre de personnes, c'était une véritable torture pour lui. Il ne supportait pas cette faune nombriliste qui n'avait aucun respect pour les responsabilités du quotidien sous prétexte d'être différents, d'être des artistes. Il ne fallait rien attendre de ces gens, la plupart d'entre eux n'avaient jamais vraiment travaillé. Wen porta une main à sa poitrine et serra le poing autour de sa chemise en essayant de calmer le rythme de son cœur.

Quelqu'un lui toucha le bras. Il sursauta en se retournant, animé par un étrange mélange d'espoir et de colère. C'était la jeune femme à l'ombrelle. Quel était son nom déjà ? Clochette ?

— Qu'est-ce que tu veux ? demanda Wen, méfiant.

— Laisseletranquille.

— Il va vraiment falloir que tu ralentisses si tu veux qu'on communique.

— Laisse-le… Tranquille.

— Non, ça j'avais compris.

— C'estdangereux.

Cette remarque piqua sa curiosité.

— Comment ça ? Dangereux pour qui ?

Elle haussa les épaules et rentra au Pays Imaginaire à reculons.

DEBOUT DEVANT l'entrée du Pays Imaginaire, Peter vibrait d'une énergie qui fourmillait intensément dans tout son corps. Ce n'était pas le genre de fourmillements qui rendait heureux et auquel il était habitué. C'était contrariant. Il ne savait pas quoi faire. Il observa la silhouette à l'air abattu de Wendell qui s'éloignait lentement. Il se demandait ce que Clochette avait bien pu lui dire. Et qu'est-ce qu'il entendait par « j'ai des bouches à nourrir » ?

Quelqu'un pressa son épaule et Peter serra les dents. Il plaqua un sourire forcé sur son visage et se força à apparaître le plus détendu possible. Il leva les yeux et rencontra le regard envoûtant de Vadon Hooker. *Envoûtant.* C'était un adjectif qu'on employait aussi pour parler de dangereux reptiles.

— Vadon, ça baigne ?

— À merveille, mon cher, et toi ?

— Ça va, juste une embrouille avec un type. J'avais besoin de prendre l'air, dit-il sur un ton faussement léger.

— Une embrouille ? Avec le séduisant jeune homme qui t'accompagnait à l'intérieur ? Vous m'aviez pourtant l'air de bien vous entendre.

Une goutte de sueur froide perla le long du dos de Peter.

— Tu as mal vu alors. Il me harcèle pour que je bosse pour lui. Il m'a suivi jusqu'à la boîte pour essayer de me persuader. Je l'ai envoyé se faire voir.

— Que tu bosses pour lui ? répéta Vadon en haussant l'un de ses élégants sourcils noirs. Et qu'est-ce qu'il voudrait exactement ? demanda-t-il en détaillant Peter de la tête aux pieds.

— Pas ce genre de travail, répliqua Peter, agacé. Il a vu une de mes fresques dans le métro et il veut que je lui dessine une campagne de pub. Pour du beurre de cacahuète. Quelle espèce de cinglé !

Vadon éclata de rire et enroula un bras autour du cou de Peter.

— Hors de question que ma petite fée préférée tombe entre les griffes du mercantilisme. C'est trop commun, trop ennuyeux pour toi, tu y perdrais tes ailes, dit-il en lui ébouriffant les cheveux.

Peter dut faire un immense effort pour ne pas se dégager instinctivement de son étreinte. Vadon se tourna vers lui pour lui faire face et l'attrapa par les épaules.

— J'ai un nouveau produit. Pas très puissant, mais les effets sont fantastiques, tu veux essayer ?

Peter répondit par un éclat de rire forcé.

— Je ne crois pas que ce soit nécessaire. Je plane assez comme ça.

— Il n'y a pas de limite, lorsqu'il s'agit de planer, Peter.

Un rictus terrifiant se dessina sur le visage de Vadon. Peter lui fit un petit geste désolé de la main en gloussant, et rentra de nouveau dans la boîte de nuit, en essayant d'avoir l'air aussi inoffensif que possible.

Une fois à l'abri à l'intérieur, il prit une grande inspiration, le souffle tremblant.

— Tout va bien ? demanda Samu en s'approchant aussitôt de lui.

La simple présence de sa silhouette massive rassura Peter.

— Oui je… Vadon, chuchota-t-il.

— J'ai vu, répondit Samu en passant un bras autour de lui pour l'entraîner à travers la foule.

Le niveau de décibels avait considérablement baissé. Sur la scène, les Lost Boys venaient de prendre une pause.

— Je préférais largement cet endroit quand c'était Mouche le patron.

— Je ne sais pas comment Hooker l'a convaincu de lui laisser la place…

— Il est passé par Dudish. Et tu sais comment fonctionne Dudish, il est tout le temps shooté au blue [3], il ne peut pas passer une journée sans cette drogue. Vadon sait parfaitement comment user de cette faiblesse.

— C'est mauvais, c'est très mauvais. On ne peut pas laisser Dudish à sa merci comme ça.

— Qu'est-ce que tu veux faire ? Il est beaucoup trop séduisant pour son bien. Il aime les femmes, les femmes l'aiment, et elles sont l'arme préférée de Hooker.

3 Argot pour parler de l'oxycodone, un analgésique stupéfiant très puissant de la famille des opioïdes.

Peter secoua tristement la tête. Ils étaient coincés. Lux Mouche, le propriétaire du Pays Imaginaire, faisait souvent jouer les Lost Boys dans sa boîte de nuit. Il était difficile d'obtenir des dates de concert à Brooklyn, et le groupe s'était fait une renommée au Pays Imaginaire. Sans cet endroit, ils n'étaient rien d'autre qu'un énième groupe de rock à la rue. Pas de nourriture, pas d'endroit où dormir. Mais depuis que Mouche s'était associé avec Hooker, Peter se retrouvait forcé de céder à toutes ses demandes sous la menace. S'il refusait d'attirer les jeunes dans la boîte pour leur vendre sa drogue, alors lui et ses petits copains pouvaient dire adieu à l'accès au Pays Imaginaire.

— Qu'est-ce qui s'est passé avec le blondinet du métro ? Darling, c'est ça ? Je t'ai vu discuter avec lui.

— La même rengaine. Il veut que je participe à sa campagne de pub. J'ai dit non et il s'est énervé, expliqua impatiemment Peter en passant une main nerveuse dans ses cheveux rouges.

— Reconnaît au moins qu'il a l'œil. Il a tout de suite repéré ton talent. Pourquoi ne pas accepter de bosser avec lui ? Je te connais, ajouta Samu en lui donnant un petit coup de coude, tu as un faible pour lui.

Samu ne faisait qu'effleurer la surface de l'iceberg. Et le reste du groupe n'avait pas la moindre idée des casseroles que Peter se traînait. Il était hors de question qu'ils découvrent toute l'histoire.

— Si je travaille avec lui, Hooker va venir renifler dans les parages, et tu sais que c'est une mauvaise idée.

Pire encore, quelqu'un de son passé pourrait tomber sur la campagne de pub et reconnaître son art.

Les yeux grands ouverts dans l'obscurité, fixés sur le plafond du salon, Wen se demandait ce qui l'empêchait de dormir. Est-ce que l'un des enfants était malade ? Au fil des ans, et à force d'occuper le rôle de père et de mère, Wen était devenu comme connecté à John et Michaela. Il était capable de détecter jusqu'au plus petit changement : une respiration encombrée, des reniflements d'allergie, les cauchemars. Principalement les cauchemars.

Il quitta le canapé, et s'engagea à pas de loup dans le petit couloir étroit qui menait aux chambres. Il entrouvrit d'abord légèrement celle de John, mais n'entendit que le son de Michaela et tendit l'oreille : rien non plus. Peut-être que les bruits de la circulation l'avaient tiré de son sommeil.

Il se laissa retomber sur le canapé en soupirant. Il fallait vraiment qu'il dorme un peu.

Il ferma les paupières et entendit un bruit. Comme une respiration.

Il se concentra sur le bruit. Pas de doute, quelqu'un d'autre était dans la pièce.

Que fallait-il qu'il fasse ? Et s'il s'agissait d'un fou caché derrière les rideaux avec un flingue ? Non, c'était ridicule. Même John ne pouvait pas se cacher derrière leurs rideaux miteux.

La respiration se fit saccadée, comme si la personne venait de rire. Ça venait de derrière lui, en direction de la porte d'entrée. Wen aurait donné n'importe quoi pour être armé à cet instant. Il glissa son regard vers la table basse sans bouger la tête, et aperçut le plateau dont Michaela s'était servie pour amener le dîner. C'était un plateau en céramique épaisse. Il venait de trouver son arme improvisée.

Il balança les couvertures au sol d'un geste sec et rapide, bondit sur ses pieds, attrapa le plateau et s'élança en direction de la porte. Il s'arrêta juste à temps en découvrant Peter, plaqué contre le mur avec un regard effrayé, les mains levées pour se protéger.

Wen fixa le jeune elfe sans comprendre et chuchota furieusement :

— Mais enfin qu'est-ce que tu fais ici ?

Non. Il s'était trompé. Ce n'était pas la bonne question.

— Attend, je veux dire, comment tu es entré ?

Peter pointa du doigt une fenêtre légèrement entrouverte. Wen s'avança jusqu'à la fenêtre, l'ouvrit en grand et baissa les yeux vers le vide de quatre étages qui les séparait du sol, puis vers la vieille gouttière rouillée. Il retourna auprès de Peter, l'attrapa par le bras et le força à s'asseoir sur le canapé. Peter s'exécuta sans protester.

Wen alluma la petite lampe sur le guéridon à côté du canapé, et se dirigea ensuite vers le coin-cuisine. Il servit deux grands verres d'eau et revint jusqu'au canapé. Il tendit un verre à Peter.

— J'imagine que tu as soif après cette cascade. Veux-tu bien m'expliquer par quel miracle tu as pu grimper le long de cette vieille gouttière sans tomber ?

— Je suis un alpiniste chevronné, répondit malicieusement Peter.

Wen mourrait d'envie de hurler, mais il se mordit la langue et pensa aux enfants.

— Mais pourquoi ? Je t'ai demandé de l'aide il y a seulement quelques heures et tu m'as très bien fait comprendre que tu n'étais pas intéressé alors, que fais-tu là ? Tu sais que tu aurais pu mourir en escaladant ce mur ? Pire encore, tu es entré par effraction dans l'appartement où je vis avec mes enfants !

— Tes enfants ? répéta Peter en écarquillant ses étranges yeux de chat. Tu as des enfants ?

— Mon petit frère et ma petite sœur, expliqua Wen. Ils sont à ma charge. Je suis souvent obligé de les laisser tout seuls, et maintenant je découvre que n'importe quel cinglé peut s'introduire chez nous en passant par la fenêtre.

— Pas n'importe lequel, non, rétorqua Peter avec un sourire en coin.

— Ce n'est vraiment pas drôle.

— Non, je sais. Excuse-moi. Mais plus sérieusement, n'importe qui d'autre aurait arraché cette gouttière sous son poids. C'est beaucoup trop haut.

— N'importe qui d'autre que toi, souligna Peter exaspéré en posant les poings sur les hanches.

— Et bien... oui, admit Peter en haussant les épaules avec un petit sourire contrit.

Wen voulait rester fâché, mais c'était un peu compliqué devant ce sourire.

— Pourquoi risquer ta vie et monter jusqu'ici ? demanda-t-il en soupirant.

— J'aime te regarder dormir, répondit-il simplement en sirotant son verre d'eau. J'aime te regarder tout court, en fait.

Wen reposa fermement son verre sur la table basse, et demanda en essayant de rester calme et silencieux :

— Comment ça, tu aimes me regarder ?

— Je te suis souvent, dit-il en souriant.

Son sourire était au moins aussi agaçant qu'il était dévastateur.

— J'imagine que c'était toi le livreur de pizza louche sur mon lieu de travail.

— C'était moi. Je ne fais que te rendre la monnaie de ta pièce. C'est toi qui m'as tendu une embuscade dans le métro en premier.

Wen se laissa lourdement tomber sur l'une des vieilles chaises en bois qui traînaient dans le salon. Elle grinça douloureusement sous son poids.

— Sauf que je ne suis pas entré illégalement dans ton domicile pour te regarder dormir comme un pervers !

— Pourquoi tu dors sur le canapé ? demanda Peter en ignorant sa remarque.

— John et Michaela sont jeunes, ils ont besoin d'intimité.

— Tu es obligé de t'occuper d'eux ?

— On s'occupe les uns des autres. Nous sommes une famille.

— C'est d'eux que tu parlais quand tu m'as dit que tu avais des bouches à nourrir ?

— C'était un peu mélodramatique, reconnut Wen en grimaçant. Je risque de perdre mon travail, mais je pense que je devrais en retrouver un rapidement. J'espère.

— Tu vas perdre ton travail si je refuse de peindre pour toi ? demanda Peter, horrifié.

— C'est plus compliqué que ça. Si je ne parviens pas à proposer un concept original à mon patron pour la campagne de pub du beurre de cacahuète, je serai sans doute renvoyé.

— Et tu n'en as pas ?

— Pas de quoi ?

— De concept original.

— J'en ai des milliers, mais je doute fortement qu'ils soient à la hauteur.

— Pourquoi est-ce que c'est toi qui élèves ton frère et ta sœur.

Peter passait du coq à l'âne comme un enfant hyperactif. Tenir une conversation avec lui donnait le tournis à Wen.

— Nos parents sont décédés.

— Oh. Désolé.

Il n'avait pas vraiment l'air désolé.

— C'était il y a longtemps. C'est moi qui suis responsable des enfants maintenant.

— Je peux peut-être t'aider, dit-il en posant à son tour son verre sur la table.

— Je croyais que tu préférais mourir plutôt que de jouer le jeu du consumérisme et vendre un produit en lequel tu ne croyais pas ?

C'était rude et cynique, mais Wen était à court de patience.

— Peut-être que tu pourrais essayer de me convaincre d'y croire, répondit Peter en s'installant confortablement en tailleurs sur le canapé.

— Si je réussis à te convaincre, tu accepteras de peindre pour moi ?

— Non, désolé.

— À quoi bon alors ?

Wen avait envie de lui tordre le cou. Ou bien de l'embrasser, il n'était plus sûr de rien.

— D'une part, peindre un projet est un travail de longue haleine. D'autre part, je ne peux pas prendre le risque de peindre quelque chose à destination du grand public. Si quelqu'un reconnaissait mon style, je pourrais avoir de très gros ennuis.

— Comment ça ?

Peter fronça les sourcils et Wen leva aussitôt les mains en signe de reddition.

— Laisse tomber, oublie ce que je viens de dire. Mais tu remarqueras que c'est illogique. Les gens dans le métro voient bien ton art.

— Mais ils n'ont aucun moyen de remonter jusqu'à moi. Il n'y a eu que toi pour percer le mystère, ajouta-t-il avec un sourire encadré de fossettes irrésistibles.

— Je ne comprends pas ce qu'il y aurait de si terrible à ce que l'on reconnaisse ton style.

— Je ne veux pas en parler.

— Et si on ne mentionne ton nom nulle part ? Si on garde ton identité secrète ?

— Comment ?

Le cœur de Wen se mit à battre plus fort. Était-ce une lueur d'espoir qu'il percevait ?

— Tu pourrais le peindre caché chez toi ?

— Impossible. J'ai beaucoup de colocataires et très peu de place. Encore moins d'intimité.

C'était une information intéressante.

— Ici alors. Tu pourrais t'installer…

Il examina rapidement la pièce qui servait de cuisine, de chambre et de salon.

— La chambre de Michaela. Elle pourrait partager la chambre de John le temps que tu finisses.

— Je croyais que tu tenais à ce qu'ils aient leur propre espace.

— Tu n'en auras pas pour des années, argumenta Wen en se frottant les yeux. Ils sont tellement terrifiés à l'idée que je perde mon emploi, c'est eux qui m'ont poussé à te retrouver. Je ne savais même pas que le Pays Imaginaire était une boîte de nuit. Ils ont été obligés de m'expliquer.

— L'odeur de la peinture est très forte.

— Tu garderas ta porte fermée.

— Qu'est-ce que tu voudrais que je peigne ? demanda Peter en baissant les yeux vers son verre vide.

Wen déglutit péniblement. Il savait qu'il était inutile de se faire trop d'illusions.

— Quelque chose dans le style de la fresque que tu as recouverte l'autre soir dans le métro. Le même dynamisme, la même énergie malicieuse, les mêmes explosions de formes et de couleurs, expliqua-t-il, le cœur battant.

— Et le beurre de cacahuète ?

— Oublie le beurre de cacahuète. L'idée serait d'animer ton travail, expliqua-t-il en agitant les bras. On intégrera le beurre de cacahuète à ce moment-là. La pâte en elle-même m'importe peu, ce que je veux communiquer c'est l'idée de nutrition saine liée au réconfort d'un produit fun, qui a bon goût. La société qui nous a passé commande fabrique du beurre de cacahuète bio, sans sucre et sans additifs. Ils ciblent principalement les jeunes de ta génération.

— Tu veux dire *notre* génération, corrigea Peter en levant vers lui ses grands yeux verts. Et tu me promets que personne ne pourra jamais savoir qui est l'artiste derrière l'animation ?

Il avait l'air tellement inquiet.

— Je te le promets, acquiesça Wen.

— Et ça vous aidera si je fais ça ? Toi et les enfants ?

— Tu n'imagines même pas à quel point, répondit Wen à voix basse en serrant les mains.

— Tu as un petit ami ?

— Je te demande pardon ?

— Tu sais, un gars que tu embrasses et avec lequel tu couches, un petit ami quoi.

— Je... Non.

Peter se leva brusquement.

— Je vais y réfléchir, annonça-t-il avant de traverser le petit salon en trois grandes enjambées, et de sortir par la porte d'entrée.

Wen se demanda s'il venait d'halluciner. Il ne parvenait pas à déterminer si Peter était un artiste excentrique ou un véritable désaxé. Pourquoi craignait-il autant que quelqu'un reconnaisse ses peintures ?

Tiraillé entre l'espoir et la peur d'être déçu, Wen devait également faire face à son attirance indéniable pour le jeune homme. C'était stupide, et il savait déjà qu'il allait le regretter. Il ne pouvait pas se permettre de placer toute sa confiance entre les mains d'un artiste inconstant. Il ne savait que trop bien ce qui en découlerait. Autant compter sur une luciole pour éclairer New York.

VI

QUELQUE CHOSE le chatouillait, mais ce n'était pas désagréable. Il sourit.

C'était une sensation étrangement réelle pour un rêve, presque comme si…

Wen se frotta l'oreille pour chasser le chatouillement, et entra en contact avec une masse de cheveux qui ne lui appartenait pas. Il se redressa aussitôt en position assise, et se cogna contre un obstacle qui sentait divinement bon. Il ouvrit grand les yeux et se retrouva nez à nez avec un visage très familier.

— Peter !

Peter étouffa son cri en posant ses lèvres contre les siennes. Wen porta machinalement ses mains sur ses épaules pour le repousser, et fut surpris de rencontrer une résistance d'une force insoupçonnable. Et Dieu que ses lèvres étaient douces.

Il fit taire ses pensées confuses, et s'abandonna à l'étreinte. Il passa ses bras autour de la taille de Peter, et se laissa retomber en arrière en le tirant au-dessus de lui. Leurs deux corps s'emboîtèrent parfaitement, comme deux pièces d'un puzzle, et ils se mirent à onduler en rythme. Cela faisait tellement longtemps que Wen n'avait pas connu d'activité sexuelle autre que sa main droite. La langue de Peter glissait sensuellement contre la sienne et son érection frottait contre la sienne de la plus délicieuse des façons. Peter laissa échapper un gémissement, et le cerveau de Wen retrouva subitement toutes ses fonctions.

C'était une très mauvaise idée. Au prix d'un immense effort, il sépara leurs deux corps languides, se redressa sur les coudes, et jeta un regard anxieux en direction du couloir. Peter lui lécha le cou.

— Qu'est-ce que tu fais, au juste ? demanda Wen en le repoussant à nouveau.

— Si tu poses la question, c'est que je le fais mal, répondit Peter dans un murmure.

Wen secoua la tête, s'extirpa du canapé, et s'assit sur la même chaise que la veille. Peter se tourna sur le dos et s'étira de tout son long comme un gros chat paresseux.

— Il faut que tu arrêtes de jouer avec moi, comme ça.

— Je croyais qu'on jouait ensemble, répondit Peter en lui lançant un regard sulfureux, les yeux mi-clos.

Wen fronça les sourcils et détourna les yeux.

— Je ne vais pas mentir, c'était très agréable, mais les enfants dorment à quelques mètres seulement, et je ne me suis pas donné autant de mal à te retrouver simplement pour coucher avec toi. Il est évident que je te trouve extrêmement séduisant. Mais je suis venu vers toi parce que j'avais sincèrement besoin d'aide, et tout ce que j'ai gagné jusqu'ici, c'est un torticolis à force d'essayer de suivre tes changements d'humeur.

— J'accepte.

— Tu acceptes quoi ?

— De travailler pour toi. C'est pour ça que je suis revenu. Si tu me garantis que mon identité sera préservée, alors oui, j'accepte de peindre pour ta campagne de pub.

— Oh. Je dois t'avouer que je n'y croyais plus vraiment. Qu'est-ce qui t'a fait changer d'avis ?

— J'aime qu'on me regarde, répondit Peter en haussant les épaules.

— Je ne comprends plus rien. Dans ce cas pourquoi n'ouvres-tu pas une galerie ? Pourquoi ne vis-tu pas de ton art ?

— Non, j'aime qu'on me regarde, pas qu'on me voit.

Wen n'était pas certain de mieux comprendre, mais il décida de ne pas relever pour l'instant.

— Tu es d'accord pour installer ton atelier ici alors ?

Peter hocha la tête.

— Quand est-ce que tu veux commencer ?

— Dès demain.

— Oh. Ouhaou. Ok, très bien. Demain, c'est samedi, les enfants seront là, ils vont pouvoir nous aider à t'installer. Mais il faut d'abord que j'en discute avec eux.

— Tu penses qu'ils risquent de refuser ?

— Ça m'étonnerait.

— Est-ce que ça te va si j'arrive vers dix heures ?

— Du matin ?

— Ça va peut-être te surprendre, mais il m'arrive de sortir pendant la journée, répondit Peter en souriant.

— Pourquoi tu m'as embrassé ? demanda Wen en portant une main à son front.

Peter l'examina longuement en penchant la tête sur le côté

— Tu as la tête de quelqu'un qui a besoin qu'on l'embrasse, répondit-il simplement. À demain, Wendell Darling, dit-il avant de quitter l'appartement.

PETER OUVRIT la porte de son appartement et entra sans faire de bruit. Tout était plongé dans l'obscurité. Les seuls bruits perceptibles étaient trois ronflements distinctifs, et les bredouillements de Map dans différentes langues. L'endroit n'était pas à proprement parler *son* appartement. Le nom de Peter n'apparaissait même pas sur le bail, ce qui l'arrangeait bien. Il ne savait pas sous quel nom le bail avait été signé. Probablement par l'un des Lost Boys. Le propriétaire n'était pas très regardant sur le nombre de locataires. Il n'était pas très regardant sur quoi que ce soit à vrai dire. Du moment que le loyer était payé, il se fichait pas mal du reste. Ce qui signifiait également que s'ils avaient un problème de plomberie ou de chauffage, ils étaient livrés à eux-mêmes. La solidarité new-yorkaise dans toute sa splendeur.

Peter passa à côté de la silhouette endormie sur le canapé sans faire de bruit. C'était sans doute Wingman, il était généralement le dernier à rentrer. Celui qui rentrait le plus tard devait dormir sur le canapé, c'était la règle. Sauf Peter, qui dormait toujours avec Samu, et ce dernier ne rentrait pas sur le canapé. Samu et Peter dormaient sur le matelas deux places, par terre dans le coin de la chambre unique de l'appartement. Dudish était endormi dans le lit avec une nouvelle fille. Ils étaient sans doute rentrés les premiers pour avoir le lit et pouvoir coucher ensemble tranquillement. Les orgasmes publics n'étaient pas vraiment les bienvenus dans leur petite communauté.

Enfin, à l'autre bout de la chambre, il y avait deux lits à une place. Un pour Map, et l'autre pour Clochette. Samu était déjà sur leur matelas, roulé en boule contre le mur. Peter retira ses vêtements et enfila un bas de pyjama. Il se glissa dans la salle de bains, hésita un instant à se brosser les dents, mais décida finalement qu'il voulait garder le goût de Wen dans sa bouche.

Lorsqu'il entra à nouveau dans la pièce, Clochette s'assit dans son lit et le fixa en fronçant les sourcils.

— Oùest-ce-quetuétais ? demanda-t-elle à toute vitesse.

— J'ai pris la décision d'accepter l'offre de Wendell Darling, dit-il en fronçant lui aussi les sourcils. Je suis allé lui dire.

— Tunepeuxpasfaireça, s'emporta-t-elle avec une expression courroucée.

— Parle moins fort, dit-il en se tournant vers Map et Samu.

Personne ne connaissait les détails de son histoire à part Clochette. À l'époque où il l'avait rencontré, il n'était pas aussi prudent, et il lui avait tout raconté sans se poser de question. Elle ne connaissait pas tous les détails, mais elle en savait assez pour s'inquiéter en permanence.

— Et si, je peux. Je vais le faire anonymement. Personne ne saura qui est l'artiste.

— C'esttropdangereux.

Peter vint s'asseoir sur le bord de son lit.

— Il a besoin de mon aide. Il pourrait perdre son emploi.

Elle croisa les bras sur sa poitrine d'un air déterminé, légèrement discrédité par son haut de pyjama rose avec des petits lapins.

— Pastonproblème.

— Je sais Clo, mais il doit s'occuper de deux enfants, et tout ce que j'ai à faire pour l'aider c'est de peindre.

— Tudoist'occuperdetoi.

Il tendit la main pour caresser sa masse de cheveux frisés et dégager son visage.

— Pas la peine. Tu t'en occupes déjà.

Elle se recula en repoussant ses mains, mais elle souriait.

— Rendors-toi. Je suis désolé de t'avoir réveillée.

— Dormaispas.

— Je sais, dit-il en soupirant.

Elle ne s'endormait jamais tant qu'il n'était pas rentré. Parfois, il était tenté de lui faire remarquer que son attitude surprotectrice était une responsabilité pour lui. Si elle manquait de sommeil parce qu'elle l'attendait des nuits entières, ou si elle avait faim parce qu'elle lui donnait son repas, il devenait responsable de sa santé. C'était sans doute ça, l'amitié.

Il se leva et alla rejoindre son matelas. Il se glissa sous la couverture et se blottit contre le gigantesque corps chaud de Samu.

— Hey, mec.

— Hey, Samu.

Il se mit sur le côté et ferma les yeux en se remémorant le baiser avec Wen. Il se demanda brièvement s'il avait fini par accepter pour les mauvaises raisons. Qu'est-ce que ça changeait de toute façon ? Il se lécha les lèvres, et s'endormit.

WEN ACCROCHA les quelques vêtements de Michaela dans le tout petit placard de John. Il avait accroché ses costumes dans la penderie de l'entrée pour faire de la place. Il ne savait pas exactement combien de temps cette situation allait durer, et il voulait être sûr que Michaela se sente à l'aise.

— Merci encore d'avoir accepté, dit-il en se tournant vers la jeune fille qui était en train de préparer le lit d'appoint. Je sais que ce n'est pas très pratique, mais Peter dit qu'il n'en aura pas pour très longtemps.

— Ça ne me dérange pas, dit-elle en levant les yeux vers la porte ouverte de la chambre, avant de continuer à voix basse : John est tellement anxieux en ce moment, tout ce que je veux c'est qu'il retrouve un peu de calme.

— Il est anxieux à cause de mon travail ?

Michaela hocha la tête. Le bruit des pas légers de John retentit dans le couloir.

— J'ai libéré l'espace devant la fenêtre, annonça-t-il en entrant dans la chambre pour les rejoindre. Les artistes ont besoin de lumière, pas vrai ?

— Très bonne initiative, répondit Wen en souriant.

John avait l'air d'avoir retrouvé un peu de sa bonne humeur habituelle.

— Je mettrai un vieux drap sur le lit pour le protéger, ajouta Michaela.

— Est-ce que Peter a appelé ? demanda John en se tordant nerveusement les mains.

— Non, mais il a promis d'être là pour dix heures. Il n'y a aucune raison pour qu'il ne tienne pas sa promesse.

— Mais il est déjà dix heures, fit remarquer John.

— Pas exactement, dans deux minutes, répondit Wen en regardant sa montre.

Au même instant, la sonnette de la porte d'entrée retentit. Le visage de John s'éclaira aussitôt.

— J'y vais ! s'écria-t-il en courant vers la porte.

Michaela sourit en l'entendant répondre à l'interphone.

— Résidence Darling, bonjour.

Le haut-parleur grésilla une réponse indistincte qui dut lui suffire, car il appuya aussitôt sur le bouton pour ouvrir la porte.

— Je descends pour aider ! cria-t-il.

56

Le cœur de Wen se mit à battre plus fort. Il se dirigea jusqu'à la porte d'entrée, l'estomac noué. Il n'avait encore jamais présenté aux enfants un homme par lequel il était attiré.

John remonta les marches quatre à quatre, portant entre ses mains une espèce de boîte à outils, le genre de boîte dans laquelle les artistes rangeaient leur peinture et leurs pinceaux.

— Ils arrivent !

— Ils ?

— Oui, Peter et un autre gars énorme, chuchota John, les yeux écarquillés.

Wen sortit de l'appartement et descendit d'un étage pour aller à la rencontre de Peter. Le type à la carrure de sumo était devant. Il portait un chevalet d'une taille impressionnante et plusieurs toiles blanches.

— Est-ce que je peux aider ? demanda Wen en tendant les bras vers lui.

Le type lui tendit deux petites toiles. John surgit par-dessous le bras de Wen, attrapa l'une des deux toiles et remonta en courant. Lorsqu'ils furent arrivés devant la porte grande ouverte de l'appartement, l'ami de Peter dit d'une voix étrangement douce qui contrastait avec son physique de colosse :

— Tu ne pouvais pas t'installer au rez-de-chaussée ?

Peter éclata de rire.

— Tu parles d'un garde du corps, tu ne peux même pas monter quatre étages sans t'effondrer.

— Ton garde du corps ? répéta Wen en les regardant tour à tour.

— C'est une blague, précisa Peter en désignant son ami. Je te présente Samu, c'est le raccourci de Samurai.

— C'est amusant, dans ma tête je t'avais surnommé Sumo, je n'étais pas si loin du compte, dit-il en lui tendant une main. Moi, c'est Wendell Darling, mais tout le monde m'appelle Wen.

— Heureusement qu'ils ne t'appellent pas Darling, plaisanta Samu en acceptant sa poignée de main.

— Crois-moi, ça arrive encore trop souvent.

— Montre nous le chemin, Wendell Darling, le taquina Peter en souriant.

— Suivez-moi, dit-il en les guidant jusqu'à la chambre de Michaela.

— Cet endroit est parfait, s'exclama Peter en tournant sur lui-même. La lumière est excellente.

— Je suis content qu'elle te convienne, dit Michaela d'une voix douce, en retrait dans le couloir.

Elle regardait Peter avec une expression émerveillée et admirative.

— Michaela, je te présente Peter et son ami Sumo. Je veux dire Samu. Ils vont m'aider avec la campagne de pub sur laquelle je travaille en ce moment.

— Merci beaucoup, dit-elle en baissant la tête et en rougissant. C'est gentil d'aider Wen.

Oh. Wen n'avait même pas pensé à ça ; Peter n'était pas beaucoup plus âgé que Michaela. C'était tellement difficile pour lui de se faire à l'idée qu'elle était désormais une adolescente, et qu'il était normal qu'elle commence à s'intéresser aux garçons.

— Je vais descendre chercher ce qu'il reste, dit Samu.

— Comment vous avez fait pour ramener tout ça jusqu'ici ? demanda Wen.

— On a un ami chauffeur de taxi, expliqua Peter. Il a bien voulu nous déposer.

Quelques minutes plus tard, Samu réapparut avec une sorte de grande malle à roulettes avec plusieurs compartiments. Il l'installa à côté du chevalet.

— Il faut qu'on protège le sol, dit Peter. Est-ce que tu as des bâches en plastique ?

— On en a à la cave ! s'exclama John en sautillant sur place.

— Comment tu sais ça, toi ? demanda Wen en fronçant les sourcils.

— Ne t'inquiète pas, le rassura Michaela. Il descend y jouer avec d'autres enfants de l'immeuble parfois, mais je le surveille.

— Je vais les chercher ! cria John, imperturbable, en s'élançant de nouveau vers la porte.

— Tu es sûre que ce n'est pas dangereux ? demanda Wen en se tournant vers Michaela ?

— Je vais descendre avec lui, proposa Samu en suivant le petit garçon.

— Vous voulez du jus de fruit et des gâteaux ? demanda Michaela.

Peter tournoya dans sa direction. Il *tournoya* littéralement, comme un danseur en pleine représentation.

— Ce serait adorable. Tu en as au citron ?

— À la cannelle seulement.

— Tout aussi bon, dit-il en se dirigeant vers elle et entrelaçant son bras avec le sien.

L'espace d'un instant, Wen eut peur qu'elle ne s'évanouisse, mais elle finit par glousser, et l'entraîna avec elle jusqu'au coin-cuisine. Wen les suivit en se retenant de soupirer. Cette expérience promettait d'être intéressante.

John et Samu remontèrent rapidement avec des bâches en plastique.

— Je le savais bien, s'exclama triomphalement John en tendant une bâche à Wen pour la lui montrer.

Peter décréta qu'elles étaient parfaites, et Samu, John et lui allèrent les installer, pendant que Wen et Michaela leur préparaient une collation.

— Quel âge a Peter ? demanda Michaela en chuchotant.

— Je pense qu'il est plus vieux qu'il n'en a l'air, mais je ne connais pas son âge exact.

— Il est…

Wen put presque lire les adjectifs qui défilaient dans sa tête sur les traits de son visage. Mignon, séduisant, craquant.

— Unique, dit-elle enfin.

— C'est le moins qu'on puisse dire, répondit Wen avec un reniflement amusé.

Il sourit à sa petite sœur, et décida qu'il valait mieux lui annoncer la nouvelle avant qu'elle n'ait le cœur brisé.

— Les garçons gays ont souvent une personnalité créative.

Elle leva brusquement la tête vers lui, puis baissa les yeux sur les verres qu'elle était en train de servir.

— Oh. Je vois.

Wen se pencha vers elle et lui sourit.

— Je sais. Tu es maligne. J'avais peur que tu commences à avoir le béguin pour lui.

— Pourquoi ? Tu crains la concurrence ? demanda-t-elle avec un regard en coin.

— Non, parce qu'il ne s'intéresse pas aux filles. Mon intérêt pour lui est purement professionnel.

Michaela laissa à son tour échapper un reniflement amusé.

— Il me fait penser à maman.

Wen essuya distraitement une goutte de jus de fruit sur le comptoir.

C'était justement ce qui l'inquiétait.

VII

— QU'EST-CE QUE vous faites dans la cuisine ? Vous le pressez vous-même le jus de fruit, ou quoi ? s'écria John depuis le coin salon.

Wen et Michaela échangèrent un regard amusé, avant d'apporter le plateau couvert de victuailles jusqu'au petit groupe qui les attendait. Samu était assis sur le canapé à côté de Peter, Wen et Michaela s'assirent sur des chaises, et John se laissa tomber en tailleur sur le tapis.

Peter piqua aussitôt un biscuit dans l'assiette au milieu du plateau.

— Ils sont super bons ! Qui est-ce qui les a faits ?

— Lu, répondit John.

Michaela leva les yeux au ciel et Peter haussa les épaules.

— Qu'est-ce que tu voudrais que je peigne, alors ? demanda-t-il en se tournant vers Wen.

— Honnêtement ? Ce que tu veux. Du moment que c'est dans le même esprit que ce que tu avais réalisé dans le métro.

— Tu te souviens de ce que j'avais fait ? demanda Peter en s'adressant à Samu.

— Vaguement.

— Je te rappelle que j'ai pris des photos, l'informa Wen en sortant son téléphone de sa poche et en le rejoignant sur le canapé.

L'espace était restreint à trois, et Wen se retrouva collé à Peter des hanches aux chevilles. Il déglutit, et lui tendit le téléphone. Peter se pencha pour regarder, réduisant encore l'espace entre eux, et se mit à rire doucement.

— Ah oui, c'est vrai. Des chatons cosmiques et du chaos.

— Pardon ?

— C'est comme ça que j'appelais cette fresque dans ma tête.

Wen sentit à nouveau ce déchirement terrible en lui, entre l'intérêt et l'exaspération. Il n'avait vraiment pas besoin de plus de chaos dans sa vie.

— D'accord, des chatons cosmiques et du chaos, répéta-t-il en essayant de rester calme.

Peter rompit le contact entre eux en bondissant sur ses deux pieds. Puis il se tourna vers Wen, l'attrapa par les épaules et planta un gros baiser sonore sur sa joue.

— Cosmique ! s'écria-t-il.

Il attrapa son verre sur la table, et se précipita vers la chambre qui allait lui servir d'atelier.

Wen resta assis là, ahuri, comme s'il venait de voir passer une licorne.

— Allons voir ! s'exclama John en sautillant sur place.

— Peut-être que Peter préfère travailler tranquille.

— Tu plaisantes, répondit Samu, sa vie tout entière est une performance.

À ces mots, John et Michaela coururent le rejoindre. Samu les suivit, et après quelques secondes d'hésitation, Wen aussi. Il se frotta nerveusement la cuisse là où elle avait touché celle de Peter. Être attiré par Peter était un échec personnel pour quelqu'un comme lui. C'était céder au chaos cosmique. C'était du masochisme pur et dur.

Dans la chambre, John était par terre à plat ventre, le menton entre ses mains, et Michaela était debout, appuyée contre le mur derrière lui. Ils observaient avec attention les gestes erratiques de Peter. Il sortit de sa malle différents tubes de peinture acrylique, des bombes aérosol de graffeur, des pinceaux, des chiffons et des kilomètres de filet. Il se tint debout au milieu de son bazar pendant un long moment, puis tourna sur lui-même pour faire face à Wen.

— Grand comment ? demanda-t-il en désignant les toiles de différentes tailles appuyées contre le mur à côté du chevalet.

— Peu m'importe…

— Non, non, non. La taille, c'est important, rétorqua Peter avec un sourire en coin et un clin d'œil malicieux.

Il se tourna vers les toiles et sélectionna l'une des plus grandes.

— Protège le mur, dit-il avec un geste distrait de la main, sans s'adresser à personne en particulier.

Samu saisit l'une des bâches en plastique qu'ils avaient rapportées de la cave, et John se releva aussitôt pour l'aider à la déplier.

— Comment on va la faire tenir ?

— J'ai une idée, répondit Michaela.

La sonnette de la porte d'entrée retentit.

— On attend encore quelqu'un ? demanda Wen.

— Je vais aller voir qui c'est, dit Michaela en sortant de la chambre.

Samu la suivit sans rien dire, et Wen se demanda si la blague du garde du corps était vraiment une blague. Il releva les yeux vers Peter qui avait l'air étrangement nerveux.

À peine une minute plus tard, Michaela revint avec une agrafeuse de tapissier entre les mains.

— C'est un type qui s'appelle Map, dit-elle en haussant les épaules.

Peter poussa un petit soupir de soulagement. Samu réapparut à son tour, prit l'agrafeuse des mains de Michaela et entreprit de fixer la bâche sur le mur.

Un bruit de pas retentit dans le couloir, et l'un des jeunes hommes que Wen avait aperçus pour la première fois dans le métro entra dans la pièce. C'était celui qui semblait avoir une multitude d'origines ethniques différentes. De taille moyenne, il avait la peau brune, une structure osseuse à se damner, des yeux à la fois ronds et en amande, d'un vert clair saisissant, et de longs cheveux noirs brillants.

La mâchoire de Michaela tomba, et John sourit

— Salut Map, comment tu es arrivé là ? demanda Peter en tournant à peine la tête vers lui, déjà absorbé par son art.

— Clo m'a dit où je pourrais te trouver.

— Pourquoi est-ce qu'elle se sent toujours obligée de vous dire où je suis à toute heure de la journée ? maugréa Peter en fronçant les sourcils.

— Elle semblait inquiète, répondit simplement Map en haussant les épaules.

Peter se tourna pour le regarder droit dans les yeux pendant un long moment, puis il hocha la tête, et retourna à son travail.

— Je vous présente Map, dit Samu en posant une main sur l'épaule du jeune homme. Ça veut dire carte en anglais. On l'appelle comme ça parce qu'il porte la carte du monde en lui. Map, voici John, Michaela et Wen.

Map fit un signe de tête aux enfants, puis lança un regard noir à Wen.

— Maintenant, fini de rigoler. Tu n'obtiendras pas une goutte de peinture de notre petit génie tant qu'on n'aura pas négocié un contrat, c'est compris ?

Wen se retint de sourire avec indulgence.

— J'ai bien l'intention de le rémunérer pour son travail. Il nous faut convenir d'un prix de base dans le cas où le client décide de ne pas acheter notre campagne. Auquel cas tous les droits de l'œuvre reviendraient à Peter, et il toucherait une indemnité. Si en revanche le client achète notre idée, Peter touchera une part considérable des bénéfices générés par la campagne, et nous lui achèterons tous les droits de l'œuvre.

Map avait l'air un peu confus, mais ferme quant à ses positions. Son regard glissa brièvement dans la direction de Peter qui étaient en train d'étudier le choix de couleurs dans ses tubes de peinture.

— D'après ce que je vois, ce sera une œuvre sur mesure, reprit Map sans se décontenancer. Peter va devoir prendre de son temps pour répondre à une demande particulière, ce qui signifie que le prix de base devra être à la hauteur de l'effort artistique.

— On propose généralement un forfait de 500 dollars pour la création d'une œuvre originale hors utilisation au sein d'une campagne, l'informa Peter.

— Et si le client achète la campagne ? demanda Map en pinçant les lèvres.

— Probablement aux alentours de 5000 dollars.

Wen pouvait presque lire dans son regard les calculs en train de défiler dans la tête de Map.

— Je pense que le prix de base devrait être plus haut dans la mesure où Peter ne pourra pas réutiliser cette œuvre pour quoi que ce soit d'autre.

Wen sourit. Map avait peut-être lu un peu trop de John Grisham, cependant il possédait un bon instinct commercial.

— On peut en effet négocier un meilleur prix de base.

Si jamais Arnie et Mark refusaient de le suivre sur cette idée, Wen risquait de devoir payer le prix de base de sa propre poche. Mais il s'inquiéterait de ça plus tard.

Il jeta un coup d'œil à Peter, qui avait toujours le dos tourné, et qui donnait l'impression de ne pas avoir entendu un seul mot de leurs négociations.

— Quelqu'un a un ventilateur ? demanda-t-il en regardant par-dessus son épaule.

Michaela hocha vigoureusement la tête et sortit de la chambre en trottinant. Peter tendit des masques de protection respiratoire en papier à tout le monde, avant d'en enfiler un lui aussi.

— Vraiment ? demanda Wen en haussant un sourcil dubitatif.

Peter acquiesça avec une expression sérieuse.

— 1000 dollars pour le prix de base, asséna Map d'une voix claire, malgré le masque qui couvrait sa bouche.

— Disons 750, répondit Wen en souriant. Notre client est difficile, et les chances qu'il achète cette campagne restent minces. Mon agence n'investira pas une somme pharaonique dans un projet incertain.

— C'est parce qu'ils n'ont pas encore vu de quoi Peter était capable.

— C'est vrai. Et puisque tu as tellement confiance en son talent, tu ne devrais pas t'inquiéter pour le prix de base.

— Ça ne dépend pas que de lui. Votre agence peut très bien foirer la vente, même avec l'artiste le plus talentueux du monde.

— C'est vrai aussi, mais nous sommes le seul intermédiaire possible entre l'artiste et le client, vous avez donc besoin de nous, quoi qu'il arrive.

Map se mordilla pensivement l'intérieur de la joue, puis finit par hocher la tête.

— Très bien, va pour un contrat à 750.

— Il faut que je passe au bureau informer le reste de mon équipe, je dresserai les contrats en même temps.

— On est samedi, mon pote.

— Il n'y a pas de week-ends en communications, soupira Michaela en entrant dans la chambre, un ventilateur à la main.

— Triste, mais vrai, acquiesça Wen. Je vous rapporterai les contrats ce soir. Si tu dois partir avant, je te les ferai parvenir où tu veux.

Peter brancha le ventilateur, et commença à travailler à la bombe. Tout le monde se tourna vers lui, et dès le premier spray de peinture, ceux qui n'avaient pas encore mis leur masque l'enfilèrent à la hâte. Un grand trait bleu nuit traversa la toile blanche, suivi d'un trait jaune, puis d'un trait rouge. Peter attrapa le bouchon de l'une des bombes et se servit du dessus pour fondre les couleurs les unes dans les autres. Il attrapa ensuite un pinceau pour ajouter de la texture.

C'était tout simplement fascinant. Wen aurait voulu s'asseoir et l'observer pendant des heures. Ce qui était une très mauvaise idée. Tout ce qu'il y gagnerait, ce serait un mal de tête et zéro productivité. Il n'était pas en train d'assister à la naissance de l'univers, ce n'était qu'une pub pour du beurre de cacahuète après tout. Mais surtout, c'était la possible différence entre un poste de directeur de création et le chômage, entre des cours de musiques pour les enfants, ou des fins de mois difficiles.

— Très bien, je file au bureau, dit-il d'une voix ferme. Appelez-moi si vous avez besoin de quoi que ce soit.

Michaela lui jeta un regard anxieux.

— Oh, et en mon absence, c'est Michaela qui supervise tout, compris ? ajouta-t-il en lui offrant un sourire rassurant.

Samu hocha docilement la tête en souriant lui aussi à Michaela. Peter ne tourna même pas la tête. Wen observa les mouvements des muscles de son dos à chaque coup de pinceau, et sentit une chaleur diffuse naître dans son ventre. Il fallait vraiment qu'il s'en aille.

Il quitta la pièce à toute vitesse, attrapa sa veste et son portefeuille, et sortit de l'immeuble. Vingt-cinq minutes plus tard, il entra dans l'open space du département artistique.

Il y avait de la musique, et Laila sortait de la salle de pause avec un mug fumant de la taille d'une pinte de bière entre les mains.

— Salut. Il reste du café ?

— Salut Wen. Oui, il en reste plein. Il n'y a que Mickey, Brock et moi aujourd'hui.

— Super, je me serre une tasse et je vous rejoins dans une minute. J'ai une bonne nouvelle à vous annoncer.

Après s'être servi une grande tasse du luxueux café provenant tout droit du Costa Rica qu'Allworth Communications affectionnait, il rejoignit Laila qui l'attendait toujours devant la salle de pause.

— C'est quoi cette bonne nouvelle ? demanda-t-elle aussitôt.

— J'ai retrouvé l'artiste, Lai. Au moment où je te parle, il est chez moi, en train de peindre.

— C'est une blague.

— Non, je suis on ne peut plus sérieux.

— Oh mon dieu… Je… Qu… Mais comment ?

— Allons nous asseoir pour en discuter. Il nous reste à trouver comment transformer son art en campagne de pub aboutie.

— Ouhaou ! On ne va pas finir au chômage ! s'écria-t-elle en tapant dans ses mains.

— Non, Laila, attends un peu…

Wen ne savait pas ce qui était pire : être annonceur de mauvaises nouvelles, ou porteur de faux espoirs.

L'ÉNERGIE ARTISTIQUE bouillonnait dans les veines de Peter. Couleurs, textures, formes, tous les éléments de créations se bousculaient en lui. Il aimait tellement ce sentiment ! Il se pencha pour attraper un tube de peinture noire, et reconnut le son de plusieurs voix qui lui étaient familières.

Les germes d'agacement qui étaient nés en lui quelques heures plus tôt, à l'arrivée de Map, se changèrent en tempête de colère. Il se tourna brusquement vers la porte et cria :

— Clochette !

Les voix dans le coin salon se turent aussitôt.

— Clo, répéta-t-il plus calmement.

La jeune femme apparut dans l'encadrement de la porte, une expression peinée sur le visage.

— Entre, dit-il.

Elle obéit, mais fronça les sourcils.

— Ferme la porte derrière toi.

À ces mots, elle écarquilla les yeux, puis ferma lentement la porte.

— Pourquoi as-tu dit à Map où j'étais ? Et qu'est-ce que tu viens faire ici avec Dudish et Wingman ? Ça ne va pas de les avoir mis au courant aussi ?

— Tul'asbiendità Samu.

— Je dis beaucoup de choses à Samu. Mais j'ai volontairement choisi de ne pas le dire aux autres.

Clochette croisa les bras. Son langage corporel était si fermé, qu'elle avait l'air littéralement pliée en deux, comme une huître.

— Tu passes ton temps à me reprocher de ne pas être assez prudent, et pourtant tu racontes tout aux autres membres du groupe. Tu m'expliques où est la prudence là dedans ?

— Tun'auraispasdûaccepter.

Elle avait l'air vraiment en colère. C'était la première fois depuis qu'ils étaient amis.

— Écoute Clo, je sais que tu n'es pas d'accord avec mes choix et que tu t'inquiètes, mais tout ce que je veux c'est d'aider Wen. Je suis désolé si tu as eu l'impression que je manigançais dans ton dos.

— Pourquoiutut'intéressesautantàlui ?

C'était une très bonne question, une question à laquelle Peter n'avait pas de réponse.

— Je ne veux pas qu'il perde son travail, c'est tout. Il a des enfants.

— Enquoic'esttonproblème ?

— Et en quoi suis-je *ton* problème, Clo ? Parce que tu te sens responsable de moi. D'une certaine façon, c'est aussi ce que je ressens pour Wen.

Clochette le fixa de ses grands yeux étranges sans jamais les cligner. Elle affichait son habituelle expression neutre et dérangeante. Il était difficile de déterminer si elle était neutre d'accord ou neutre en colère.

DEUX HEURES plus tard, Wen quitta les locaux d'Allworth Communications en laissant derrière lui un plan d'animation pour le département numérique, et l'ébauche d'un scénario pour la rédaction de la campagne à sa propre équipe. Il ne lui restait plus qu'à affronter les papillons dans son ventre à l'idée de rentrer chez lui et de retrouver Peter.

En arrivant au quatrième étage, il entendit les rires de John et Michaela et sourit. Il y avait longtemps qu'il ne les avait pas entendus rire.

La porte d'entrée était légèrement entrouverte. Il la poussa sans faire de bruit en entrant. Autant dire qu'il ne s'était pas attendu à un tel spectacle.

La pièce principale avait été transformée en piste de danse. Tous les meubles étaient poussés contre les murs, et le faux tapis persan qui lui avait coûté si cher et qui avait été si difficile à monter était enroulé dans un coin. Samu jouait de la batterie sur un carton retourné, et le guitariste des Lost Boys était en plein solo au milieu du salon. Michaela était en train de danser avec un autre membre du groupe en le regardant comme s'il s'agissait d'une divinité. Enfin, John et Clochette, qui portait un tee-shirt Tortues Ninjas et une salopette mauve, dansaient en rond à côté du guitariste.

L'estomac de Wen se retourna. Il n'était parti que quelques heures, et pourtant il avait l'impression qu'il venait de faire un terrible bond dans le passé. Combien de fois était-il rentré de l'école et avait trouvé sa mère avec une bande d'inconnus, en train de se droguer, de jouer de la musique ou de lire de la mauvaise poésie, pendant que son petit frère et sa petite sœur jouaient par terre sans surveillance, au milieu des mégots de cigarettes et des cadavres de bouteilles. Wen prit une grande inspiration.

— Est-ce que je peux savoir ce qui se passe ici ?

Michaela se figea. Son partenaire de danse ne remarqua rien et continua à se déhancher, imperturbable. La jeune fille trébucha, mais il la rattrapa adroitement.

John leva les yeux vers lui, sans détecter l'état de stress dans lequel Wen se trouvait.

— Wen ! On fait la fête, la fête de l'art ! C'est trop bien ! Avec Clochette, on a rejoué toute une scène de Mary Poppins, c'était génial ! Lui, c'est Dudish, continua-t-il en désignant le séduisant partenaire de danse de Michaela. Et lui, c'est Wingman, ajouta-t-il en se tournant vers le guitariste. Viens voir ce que Peter a peint ! Tu vas voir, ça déchire ! s'exclama-t-il en se jetant sur Wen pour le prendre par la main.

Il n'y avait plus de musique, plus de rire. Tout le monde fixait Wen sans rien dire.

— Je… D'accord. J'ai hâte de voir ça, dit-il d'une voix faible.

En suivant John dans le couloir qui menait aux chambres, il entendit le bruit des meubles qu'on remettait en place. Wen avait la nette impression qu'il venait de gâcher la soirée de tout le monde.

VIII

Wen suivit John, et lorsqu'il poussa la porte de la chambre, son cœur manqua un battement.

La toile ne ressemblait en rien à la fresque du métro.

Elle était dix fois plus extraordinaire.

Chaos et culture.

Ordre et folie.

Merveille et fantaisie.

Wen ne pouvait pas détacher son regard de la toile. Une forte odeur de peinture flottait dans la pièce, et les bâches tendues aux murs étaient couvertes d'éclaboussures de peintures de toutes les couleurs, comme si les Télétubies venaient de se faire massacrer. Mais rien d'autre n'importait que cette toile extraordinaire qui semblait baigner dans une lumière divine.

Wen tourna les yeux vers Peter avec difficulté. Il était assis par terre, adossé au lit de Michaela, ses mains pleines de peinture posées sur ses genoux repliés, la tête baissée.

— Tout va bien, Peter ? lui demanda John d'une petite voix inquiète.

Peter leva la tête vers lui, l'air égaré, surpris de trouver d'autres personnes que lui dans la pièce.

— Ça va. Cette toile m'a demandé beaucoup d'énergie, c'est tout. J'espère qu'elle est à la hauteur de tes attentes, ajouta-t-il en regardant Wen.

— Elle est beaucoup trop belle pour une pub de beurre de cacahuète, murmura Wen.

— Je croyais que le but de la manœuvre c'était que le beurre de cacahuète gouverne le monde, rétorqua-t-il avec un petit sourire en coin.

— Tu as raison, dit Wen en lui rendant son sourire, c'est le but. Et avec cette toile, c'est gagné d'avance. Il n'y a pas assez d'argent sur cette terre pour payer une œuvre pareille, mais je te promets de te verser le prix de base le plus rapidement possible. J'ai cru comprendre que Map était pressé.

— Il faut d'abord que je la finisse, précisa Peter en haussant les épaules.

— Il faut surtout que tu te reposes et que tu manges un peu. Tu pourras reprendre demain. Si tu as le temps et que tu veux bien, bien sûr.

— Pas de problème. John, tu veux bien m'aider à me relever ? demanda-t-il en tendant un bras en direction du petit garçon.

John se précipita vers lui et le prit par la main en tirant de toutes ses forces. Peter se releva en titubant et sortit de la pièce.

— Heu… Peter ? Appela Wen.

Peter s'arrêta sur le seuil de la porte et tourna la tête vers lui en souriant.

— Je suis content que tout le monde s'amuse, mais il est tard, les enfants doivent manger et aller se coucher.

Peter dut se rendre compte de l'inquiétude sérieuse de Wen, car il hocha la tête d'un air sérieux et répondit :

— Bien sûr. Allez, viens John, on va finir de ranger.

Dans le salon, le reste du groupe avait déjà remis le tapis et les meubles en place, mais il y avait encore des verres, des assiettes en plastique et des boîtes de gâteaux vides qui traînaient partout, et les musiciens étaient encore en train de jouer.

— OK les gars, cet endroit ressemble à une porcherie. On range tout, et comme il faut ! s'exclama Peter.

Tout le monde s'affaira aussitôt. Samu trouva un sac-poubelle pour jeter les détritus, Map rassembla les verres pour faire la vaisselle, et Wingman attrapa un torchon pour l'essuyer.

— Je descendrai les poubelles en partant, annonça Samu. On ne va pas tarder de toute façon, on a un concert ce soir.

— J'aimerais tellement venir vous voir jouer, soupira John

— Je ne pense pas que le videur te laisserait entrer, petit.

— Vous pourriez peut-être nous jouer quelque chose à l'appartement un de ces jours, proposa Michaela en levant timidement les yeux vers Dudish.

— Notre musique est plutôt du genre bruyant.

— On pourrait inviter tous les voisins, comme ça personne ne se plaindrait, ajouta John en attrapant Samu par le bras.

Samu croisa le regard horrifié de Wen et réprima un sourire.

— On en reparlera quand Peter aura fini sa peinture, d'accord ?

Tout le monde se tenait à présent debout dans le salon. Wingman avait déjà l'air de s'ennuyer, Michaela faisait des yeux de merlan frit à Dudish, qui lançait des regards coupables à Wen. Map semblait se demander pourquoi tout le monde se comportait bizarrement, et Clochette fusillait Wen du regard. Il se demandait quel était son problème.

Seul Peter et Samu avaient l'air parfaitement à l'aise.

— Allez, tout le monde, lança Samu, on rentre à l'appart. Il faut qu'on se change avant le concert.

Le reste du groupe le suivit jusqu'à la porte. Clochette se retourna avant de sortir, et lança un regard à Peter en croisant les bras.

— Tuviensoupas ?

— Non, c'est Dudish qui chante ce soir. Je vais rester dormir ici pour pouvoir finir ma toile demain matin. Michaela a déjà préparé le lit pour moi.

Elle fronça les sourcils, ce qui avait presque l'air effrayant sur son tout petit visage mutin.

— Tutecomportescommeunimbécile.

Elle poussa un sifflement mécontent entre ses dents, et quitta l'appartement sans fermer la porte derrière elle.

— Pourquoi elle est comme ça ? demanda John, confus. Elle était tellement gentille avant que Wen arrive.

— Elle s'inquiète pour moi, c'est tout, expliqua gentiment Peter.

— Mais pourquoi ?

— C'est comme ça, elle n'y peut rien. Elle est de nature inquiète.

— Qui a faim ? demanda Michaela, dans l'espoir de rompre le malaise ambiant. Des hamburgers, ça vous dit ?

— Non, il est trop tard pour se lancer dans la cuisine, répondit Wen. Je vais passer voir Eddie et lui prendre des tacos.

John tapa dans ses mains avec enthousiasme.

— Je viens avec toi, je t'aiderais à porter les sacs, ajouta Peter.

— Oh. Très bien, je… Merci.

John aida Michaela à mettre la table sans broncher, trop heureux de manger des tacos pour la deuxième fois de la semaine, et Wen et Peter quittèrent l'appartement.

Une fois dans la rue qui menait au stand d'Eddie, Peter dit :

— John et Michaela sont des gamins géniaux.

— Je sais, j'ai beaucoup de chance. Leur enfance aurait pu laisser des séquelles beaucoup plus profondes, mais ils sont intelligents. Ils sont toujours très sages et responsables.

— Je suis désolé que le groupe ait mis le bazar comme ça chez toi.

— Et je suis désolé de devoir jouer les trouble-fête. Je sais que les enfants ont rarement l'occasion de s'amuser ainsi, mais ils ont eu une

71

enfance tellement tumultueuse, j'essaye de leur offrir un environnement calme et prévisible pour compenser.

— Michaela est adorable, tu dois passer ta vie à t'inquiéter des garçons de son âge.

— Je m'inquiète surtout de son intérêt à elle pour les garçons, dit-il en fronçant les sourcils. Tu sais qu'elle t'a tout de suite trouvé mignon ? Je lui ai dit que tu étais gay pour qu'elle ne se fasse pas de faux espoirs, et elle n'a pas perdu de temps pour s'intéresser à Dudish. Comment est-il ?

Peter lui lança un regard en coin.

— Tu l'as vu par toi-même, c'est difficile de ne pas remarquer Dudish. Il a fugué quand il avait quinze ans. Il a appris la musique tout seul, et il a rejoint le groupe des Lost Boys il y a environ un an. Les filles sont folles de lui, et c'est réciproque. Dudish aime tout et tout le monde, c'est sa malédiction. Mais c'est un type bien.

— J'imagine qu'il vaut mieux que je le tienne à distance de Michaela.

— Ça vaut peut-être mieux en effet.

Ils arrivèrent au stand de tacos et Eddie leur fit un grand geste de la main.

— Wendell ! *Cómo está ?*

— Ça va Eddie, et toi ? Je viens voir s'il te reste à manger. Je te présente mon ami, Peter. Je lui ai dit que tu faisais les meilleurs tacos de New York.

— C'est la vérité vraie ! Il me reste des enchiladas, si tu veux.

— Je vais te prendre tout ce qu'il reste.

Il se pencha pour regarder les boissons dans la vitrine, pendant qu'Eddie mettait les enchiladas en boîte.

À côté de lui, Peter prit une inspiration subite. Wen se tourna pour voir ce qui n'allait pas. Il avait les yeux écarquillés, et il était blanc comme un linge. Wen regarda autour d'eux.

— Qu'est-ce qui t'arrive ? Tout va bien ?

— Ce n'est rien. J'ai cru voir quelqu'un que je connaissais, mais j'ai dû me tromper.

— Comment peux-tu en être sûr ?

— Jamais cette personne ne traînerait dans un quartier comme celui-ci.

— Tu fais une de ces têtes, ça ne doit pas être quelqu'un que tu as très envie de revoir…

Eddie leur tendit les sacs de nourriture par-dessus le comptoir, et Peter les attrapa rapidement.

— On peut dire ça, oui.

CLOCHETTE, CHLOÉ Kingston de son vrai nom, même si peu de gens le connaissaient, entra au Pays Imaginaire d'un pas ferme et décidé. Sur le chemin jusqu'à l'appartement, elle avait tenté d'expliquer aux garçons pourquoi Peter était en danger, mais ils l'avaient tous ignorée. Elle était tellement en colère. Peter était aveuglé par son attirance pour ce Wendell. Il était déjà complètement hypnotisé par son blabla de commercial profane. Il allait y perdre son âme. Elle ne comprenait pas comment les autres membres du groupe pouvaient le regarder faire sans agir. Tout ce qui semblait les intéresser, c'était l'argent qu'il allait gagner et avec lequel il allait pouvoir leur acheter un stock illimité de bières.

Elle resserra son châle à carreaux autour de ses petites épaules, et passa à côté de Gregor, le videur de la boîte, en lui faisant signe. Elle pouvait entrer sans problème parce qu'elle faisait en quelque sorte partie des Lost Boys. Elle traînait tout le temps avec eux, et parfois elle jouait du tambourin ou chantait les chœurs. Elle ajoutait une plus-value à leur bizarrerie générale, et au Pays Imaginaire, la bizarrerie était la plus grande forme de pouvoir.

Il était encore tôt, et le bar n'était pas ouvert. Les barmans s'affairaient à droite et à gauche pour refaire les stocks. Le samedi soir, il y avait tellement de gens d'âges, de styles et d'horizons différents, que le Pays Imaginaire devenait comme un petit pays à lui tout seul.

Clochette se dirigea vers la scène pour faire les dernières vérifications techniques du son. Une main se posa sur son épaule. Elle se tourna brusquement, les poings levés.

— Nemetouchepas !

Vadon Hooker leva les mains et se mit à rire.

— Du calme, du calme.

Clochette lui lança un regard mauvais. Elle se méfiait de ce type comme de la peste, mais elle était forcée de reconnaître qu'il était diablement séduisant.

— Comment vas-tu ce soir, ma chère Clochette ?

— Commentucroisquejevais ?

— Tu m'as l'air particulièrement remontée.

Elle croisa les bras.

— Et si tu disais ce qui te tracasse à oncle Vadon.

— Non.

— Tu es sûre ? demanda-t-il en croisant les bras à son tour. Ça n'aurait rien à voir avec le jeune et séduisant businessman qui traîne avec notre petit Peter, par hasard ?

— Commenttusaisça ?

— Çaneteregardepas, répondit-il en l'imitant moqueusement.

Il approcha son visage très près du sien, et laissa échapper un reniflement amusé, puis il se redressa et passa une main dans ses cheveux noirs.

— Et si je t'offrais un verre, ma petite Clochette ?

Elle haussa les épaules. Elle aurait bien besoin d'un verre, mais elle n'était pas sûre que ce soit une très bonne idée.

Vadon sourit, passa une main autour de sa taille et l'entraîna avec lui jusqu'au bar.

— RJ, sers un verre à notre charmante Clochette. Qu'est-ce qui te ferait plaisir, mon cœur ?

— Unebière.

— Tu ne préférerais pas un cocktail avec du champagne ?

— Champagne ? répéta-t-elle, et son visage tout entier s'éclaira.

— Ah, je me disais bien aussi. Prépare-lui un cocktail, RJ.

Le barman lui lança un regard étonné, mais personne ne discutait les ordres de Vadon Hooker. Clochette savait qu'elle aurait dû se méfier, mais elle avait si rarement l'occasion de boire du champagne.

RJ posa une flûte remplie d'un liquide à bulles légèrement rosé, une cerise à cheval sur le rebord du verre. Clochette ne put s'empêcher de sourire. Hooker posa l'index sur le pied du verre, et le fit glisser jusqu'à elle.

— À ta santé, ma belle.

Elle saisit délicatement le verre en faisant très attention de ne pas en renverser une goutte, le porta à ses lèvres, et ferma les yeux en savourant la première gorgée. C'était tellement bon. Pétillant et légèrement sucré, juste ce qu'il fallait d'amertume. Un véritable enchantement.

— Alors ? Tu aimes ?

Elle ne put s'empêcher de sourire en hochant la tête.

— Tant mieux. Tu peux en avoir quand tu veux.

— Vraiment ? demanda-t-elle en écarquillant les yeux.

— Bien sûr, le Pays Imaginaire ne serait pas le même sans ta présence, ton talent et ton sens du style.

— Tutemoquesdemoi.

— Pas du tout, dit-il fermement en s'appuyant au bar. Et puis tu sais, toi et moi avons des intérêts communs. Nous sommes inquiets pour Peter et nous ne voulons pas le voir tomber sous l'influence de mauvaises personnes.

— C'estcequej'aiditauxgarçons ! s'exclama-t-elle en buvant une autre gorgée de son verre.

— Il a sans doute eu assez de cette influence libérale dans sa jeunesse, tu ne crois pas ? J'ai le sentiment que Peter a grandi dans une opulence étouffante, et qu'il a cherché à la fuir.

— Jenesaispas. Jenecroispas.

— Quel intérêt aurait-il à traîner avec un arnaqueur aux dents longues comme ce gamin ?

Elle inspira profondément et les bulles de sa boisson lui picotèrent le nez.

— Ilaunfaiblepoursesgamins.

— Ses gamins ? répéta Hooker, l'œil brillant, subitement très intéressé.

— Jedoisyaller, jedoisvérifierlesréglagesduson.

Elle reposa son verre dans lequel il restait un fond de cocktail. Elle mourrait d'envie de le finir, mais ce serait céder à l'influence d'Hooker, et elle n'aimait pas du tout la lueur qui brillait dans son regard. Elle tourna sur elle-même, et trottina rapidement à travers la piste de danse vide, jusqu'au mur d'enceinte. L'intérêt soudain de Vadon pour la famille Darling ne lui disait rien qui vaille.

— C'était sans doute les meilleurs tacos que j'aie mangé de ma vie, gémit Peter en se léchant les doigts.

— Eddie est le meilleur, acquiesça John en se dandinant sur ses fesses.

— Je veux officiellement rejoindre son fan-club, dit-il en attrapant un deuxième taco dans la boîte devant lui.

Il lança un regard discret à Wen. Il guettait les enfants d'un air inquiet, trop occupé à s'assurer qu'ils mangent assez pour s'occuper de sa propre assiette. C'était tellement étrange d'observer une personne se comporter comme un véritable parent, responsable du bien-être et de la vie tout entière de jeunes enfants. Peter, les Lost Boys et Clochette passaient

75

beaucoup de temps ensemble, ils partageaient beaucoup de choses et ils veillaient les uns sur les autres, mais ce n'était pas la même chose. Bien sûr, laisser quelqu'un s'occuper de soi de cette façon, c'était se montrer dangereusement vulnérable. Peter frissonna.

— Tu penses que tu auras fini ta peinture demain, Peter ? demanda Michaela et s'essuyant délicatement la bouche.

— Je pense que oui. Je ne sais jamais vraiment combien de temps ça va prendre, mais à mon avis il n'y en a pas pour plus d'une journée.

La jeune fille se leva et commença à rassembler les assiettes. Elle les emmena jusqu'à l'évier du coin-cuisine et demanda :

— Est-ce que tes amis reviendront pour t'aider à rapporter tout ton matériel ?

Peter aperçut les plis soucieux sur le front de Wen.

— Juste Samu, les autres n'ont pas vraiment aidé, ils sont juste venus squatter après.

John se tapota l'estomac comme s'il jouait de la batterie.

— J'espère qu'un jour je pourrai voir les Lost Boys en concert.

— Pas avant ta majorité, j'en ai peur. Notre matériel de musique ne quitte jamais le Pays Imaginaire. On ne peut pas vraiment se trimballer partout avec le gigantesque clavier de Samu.

— Peut-être qu'on pourrait trouver un moyen pour que je rentre au Pays Imaginaire, suggéra John en finissant son verre de lait.

— Ça, ça m'étonnerait.

— Dans le noir, j'aurais peut-être l'air assez vieux, insista-t-il avec un immense sourire, une feuille de salade coincée entre les dents.

— Tu as d'autres bonnes idées de ce genre ? demanda Wen avec un regard mécontent. Peter et ses amis nous aident déjà suffisamment comme ça, arrête de l'embêter.

— Pardon, Peter, murmura John en baissant les yeux vers son assiette.

Il redressa timidement la tête après quelques secondes, et Peter lui lança un clin d'œil discret. Le petit garçon retrouva aussitôt sa bonne humeur.

IX

WEN APPORTA le reste de la vaisselle dans l'évier et demanda :

— Vous voulez regarder un film avant d'aller dormir ?

John poussa un cri victorieux et se tourna vers Peter.

— C'est quoi ton film préféré, Peter ?

Peter plissa les yeux, le temps d'y réfléchir. Il n'était sans doute pas judicieux de répondre *Priscilla Folle du désert*.

— J'ai bien aimé le dernier Tarzan.

C'était une réponse moins subversive. Et puis, qui pouvait résister aux abdos d'Alexander Skarsgård ?

— Je crois que je ne l'ai jamais vu.

— On pourrait le louer ? suggéra Peter en levant les yeux vers Wen, qui hocha doucement la tête en signe d'assentiment.

Vingt minutes plus tard, ils étaient tous les quatre serrés sur le canapé, devant la télé, avec un gigantesque saladier de pop-corn, tandis qu'à l'écran, Alexander Skarsgård semblait un peu moins vêtu à chaque scène. Heureusement, il y avait aussi des animaux et beaucoup d'action, ce qui retint l'attention de John, tout particulièrement les lions. Michaela était pour sa part captivée par l'histoire d'amour entre Jane et Tarzan. Quant à Peter, il était trop heureux d'être assis tout contre Wen pour se concentrer sur l'intrigue.

Au deux tiers du film, alors que Jane se trouvait en danger et que John commençait sérieusement à s'énerver contre le méchant de l'histoire, Peter pressa volontairement sa cuisse contre celle de Peter. La chaleur de son corps contre le sien créait comme un courant électrique qui menait tout droit jusqu'à son entrejambe. Il sursauta une ou deux fois, en prétendant que c'était à cause du film. Ce n'était pas à cause du film. Il était à fleur de peau. Il n'avait pas été intime avec une autre personne depuis très longtemps, et il ne cessait de repenser au baiser qu'il avait échangé avec Wen, au goût sucré de ses lèvres…

Peter se força à se concentrer sur l'écran. À côté de lui, Michaela, les yeux brillants, semblait émue par le film, et John criait des encouragements à Tarzan. Peter se demandait sincèrement pourquoi il était obsédé par un type qui travaillait pour du beurre de cacahuète et qui avait deux enfants à sa charge. Comment Wen avait-il pu le convaincre de vendre son art ? Ça allait à l'encontre de tous ses principes ! Il respira profondément, et tourna discrètement la tête en direction de Wen. Il avait toujours l'air si sérieux. Il regardait le film, mais il avait l'air tendu, comme s'il était à l'affût d'une scène trop choquante pour les enfants. Ne se détendait-il donc jamais ?

Lorsque le générique de fin défila, le saladier était complètement vide, et John se frottait les yeux.

— Allez, tout le monde au lit, déclara Wen en se levant.

— Est-ce que Peter reste dormir ici ? demanda John, excité. Tu restes avec nous, Peter ?

— Heu… oui ? Si ça ne dérange pas Wen. Ça me permettrait de me remettre à peindre dès demain matin.

— Je pourrais dormir avec toi ! Comme ça, Michaela aura ma chambre pour elle toute seule. Je pourrais mettre mon duvet par terre, hein Wen ? demanda-t-il en lançant un regard implorant à son grand frère.

— Non, Peter a besoin de repos, et avec toi, cela va être une mission impossible.

— Mais, Wen… Protesta John en croisant les bras et en faisant la moue.

— Les vapeurs de peinture te rendraient malade, ajouta Peter. Moi j'y suis habitué, mais il vaut mieux que tu ne les respires pas toute la nuit.

— Oh, d'accord, répondit John en baissant la tête et en traînant des pieds jusqu'à sa chambre.

— Tu veux que je vienne te voir pour qu'on discute un peu une fois que tu seras en pyjama ?

Un sourire immense fendit le visage du petit garçon et Peter se retint de rire. Quelques minutes plus tard, il entra dans la chambre de John, qui était déjà engoncé dans son sac de couchage, sur le sol, à côté du lit où Michaela devait dormir.

— De quoi tu veux qu'on discute ? demanda Peter en s'asseyant sur le bord du lit.

John haussa les épaules.

— Qu'est-ce que tu veux faire quand tu seras grand ?

— Je voudrais être acteur.

— C'est vrai ? Ce n'est pas banal pour un enfant de ton âge. Au cinéma ou au théâtre.

— Plutôt au théâtre. On a un club de théâtre à l'école, et je suis des cours privés. Quand on en a les moyens, ajouta-t-il d'une petite voix en baissant les yeux.

— Quand est-ce que tes parents sont…

Peter hésita. C'était peut-être difficile pour John de parler de ses parents.

— Morts ? termina John à sa place. Il y a deux ans. J'avais neuf ans. Papa est mort en premier. Maman était encore en vie, mais on ne la voyait pas souvent. Après papa, on ne l'a plus jamais vu. J'imagine qu'elle est morte aussi.

— Ça fait deux ans que Wen s'occupe de vous ?

— Oh non, depuis plus longtemps que ça. Quand papa était encore en vie, il ne faisait que travailler, parce qu'on avait besoin d'argent, et c'était déjà Wen qui s'occupait de nous.

— Et ta maman ?

John haussa les épaules et soupira.

— Ce n'était pas une très bonne maman. Mais c'était une personne drôle et très intéressante, dit-il à voix basse, en souriant tristement et en levant les yeux vers la porte, comme pour s'assurer que Wen ne pouvait pas l'entendre. Et tes parents à toi, ils sont où ?

— Ils vivent loin d'ici. Je ne les ai pas vus depuis très longtemps.

— Comment ça se fait ? demanda John avec de grands yeux ronds. Tu n'as pas grandi avec eux ?

— Si, pendant un temps. Et puis je suis parti dans une école loin de la maison, et je ne les ai jamais vraiment revus.

— Ça devait être une école sacrément bizarre.

— Tu joues dans une pièce en ce moment à l'école ? demanda Peter pour changer de sujet.

John le regarda étrangement, visiblement curieux, mais il n'insista pas.

— Oui, je joue dans West Side Story.

— C'est génial. Tu chantes et tu danses aussi ?

— Oui, répondit John en claquant des doigts dans un rythme endiablé.

— Tu es dans quel gang ?

— À ton avis ? demanda John en grimaçant. Personne ne me prendrait au sérieux si je jouais un Shark, je suis un baby Jet. C'est toujours les lycéens qui ont droit aux meilleurs rôles.

— Ton tour viendra.

— J'espère. J'aimerais grandir plus vite.

— Ne t'inquiète pas, le rassura Peter en lui ébouriffant les cheveux, tu grandiras bien assez vite. Tu es déjà très grand pour ton âge.

— Comparé à Samu, je ne suis qu'une crevette, remarqua-t-il en souriant.

— C'est malin, répondit Peter en levant les yeux au ciel. Allez, il est temps que tu dormes un peu, dit-il en se penchant vers lui pour remonter le duvet jusqu'à son menton.

John était peut-être grand pour son âge, mais il avait l'air tellement vulnérable. Peter ne se rappelait pas avoir été aussi fragile à son âge. Sans doute qu'être élevé par une personne qui vous aime préservait l'innocence un peu plus longtemps.

— Bonne nuit.

— Bonne nuit, Peter. J'ai hâte d'être à demain pour voir ta toile finie.

— Moi aussi j'ai hâte, acquiesça Peter en souriant.

Il sortit de la chambre en laissant la porte légèrement entrebâillée, et rejoignit Wen et Michaela dans le salon. La jeune fille regarda la télé avec eux pendant un petit quart d'heure, avant de déclarer qu'elle allait se coucher elle aussi.

— Je crois que je vais faire comme toi, dit Peter en bâillant.

— Tu es sûr que ce n'est pas dangereux de dormir dans les vapeurs de peinture ? demanda Michaela, inquiète.

— Ne t'en fais pas pour moi, j'ai l'habitude.

— Si l'odeur est vraiment trop forte, je lui laisserai le canapé, intervint Wen. Je collerais les deux chaises en bois et je dormirais dessus.

— Super idée, répondit Michaela en lui lançant un regard exaspéré. Je suis certaine que ça sera très confortable.

Peter laissa échapper un reniflement amusé, et Wen haussa un sourcil.

— Au pire, j'installerais un duvet par terre, comme John. On trouvera une solution.

Michaela sourit et se dirigea vers la chambre de John en secouant la tête.

Peter se tourna vers Wen, qui avait toujours l'air aussi sérieux.

— Je vais te laisser dormir alors…

— D'accord, répondit Wen en fuyant son regard.

Peter hésita un instant, comme s'il attendait que Wen dise quelque chose pour le retenir. Mais le jeune homme resta obstinément silencieux.

Il lui souhaita bonne nuit en soupirant, et se dirigea vers la salle de bains. Il se rinça le visage, se mit en boxer, et regagna la chambre qui lui servait d'atelier.

Il était sur le point de s'endormir, lorsqu'il entendit quelqu'un ouvrir la porte.

— L'odeur est insupportable, chuchota Wen.

— Je ne mentais pas quand je disais que j'avais l'habitude.

— Peut-être, mais pas moi.

Peter s'assit dans le lit en fronçant les sourcils.

— J'avais l'intention de me glisser sous les couvertures avec toi, mais je préférerais qu'on aille tous les deux sur le canapé.

— Et si l'un des enfants nous voyait ?

— J'ai installé des couvertures et un duvet au cas où.

— Tu avais tout prévu.

— Peut-être bien, répondit Wen avec un sourire malicieux. Tu te souviens quand tu m'as dit que j'avais la tête de quelqu'un qui avait besoin qu'on l'embrasse ? Tu fais la même tête ce soir.

L'estomac de Peter se serra. Il ne savait pas pourquoi les mots de Wen le contrariaient. Après tout, ce serait sans doute agréable de le laisser prendre un peu soin de lui.

Il sortit du lit sans faire de bruit, et suivit Wen jusque dans le salon. Il frissonna en serrant les bras autour de son torse nu. L'appartement était plongé dans l'obscurité, mais les lumières de la rue baignaient la pièce dans un halo ambré. Il aperçut l'ombre de la pile de couvertures sur le canapé et sentit son sexe pulser dans son caleçon. Si seulement Wen était sincèrement attiré par lui et qu'il ne faisait pas ça simplement pour lui rendre la pareille…

Sans se retourner, il dit :

— Tu es sûr que tu veux faire ça ? Tu n'es pas obligé. On peut juste dormir.

— Faire quoi ? demanda Wen avec un sourire en coin.

— Tu as raison, c'était présomptueux de ma part.

Il entendit un bruit de frottement de tissus, puis sentit de la chaleur contre son dos, et une paire de lèvres se posa dans son cou. Il pencha instinctivement la tête en laissant échapper un petit rire essoufflé. Wen se colla contre lui et Peter devina la forme de son érection évidente appuyée contre sa hanche.

— Qu'est-ce que tu fais ? haleta-t-il.

— Si tu demandes, c'est que je fais quelque chose de tra…

— D'accord, d'accord.

— On pourrait dormir, tu as raison. Mais on risque de se faire attaquer par ce python pendant la nuit, et on ne survivra probablement pas.

Peter éclata de rire. Wen avait un sens de l'humour étonnant lorsqu'il se lâchait un peu.

— Peut-être que je devrais le saluer, suivre l'exemple de Tarzan avec les lions, dit-il en se tournant vers Wen pour s'agenouiller devant lui.

Il était complètement nu. Peter enfouit son visage dans son entrejambe, puis lécha son sexe tendu contre son estomac.

— Je ne me souviens pas de cette scène dans le film.

— C'est une technique spéciale, juste pour les pythons, dit-il en le léchant à nouveau et en levant les yeux vers lui.

— Non, non, non, protesta Wen en l'attrapant par les bras pour l'aider à se relever. C'est moi le charmeur de python.

— Est-ce qu'on ne peut pas être charmeur de python chacun notre tour ? suggéra Peter.

— On pourrait fonder une association de charmeurs de pythons, concéda Wen en souriant. Je vois d'ailleurs que tu as un très beau spécimen avec toi, dit-il en effleurant des doigts, le bout de l'érection de Peter qui dépassait de l'élastique de son boxer. Wen tira Peter avec lui jusqu'au canapé, et posa une main sur son torse pour le pousser en position allongée. Peter s'installa sur le flanc, contre le dossier du canapé, pour lui faire de la place.

Wen attrapa l'une des couvertures pour la mettre sur eux. Il s'apprêtait à la tirer par-dessus leurs têtes, mais quelque chose l'arrêta.

— On devrait peut-être… prendre des préservatifs.

— Ce n'est pas la peine pour moi, répondit Peter en secouant la tête. Personne ne s'est… intéressé à mon python depuis très longtemps. Je n'ai été avec personne depuis mon dernier test, et j'étais clean.

— Je… Moi aussi. Tu me fais confiance ?

— Tu plaisantes ? S'il y avait une illustration en dessous du mot confiance dans le dictionnaire, c'était sans doute une photo de toi, le taquina Peter. C'est plutôt moi qui devrais te poser cette question.

— Est-ce que je peux *te* faire confiance ? reformula Wen en fronçant les sourcils.

Peter avait la vague impression qu'ils ne parlaient plus seulement de leur historique sexuel.

— Je ne plaisante jamais avec ça, répondit-il sérieusement.

Wen le fixa pendant un long moment, comme s'il lisait en lui et décidait de son verdict final. Puis, subitement, il les fit disparaître sous la couverture, arrangea sa position sur le canapé, et avant même que Peter n'ait le temps de comprendre ce qui se passait, il avait engouffré son sexe dans sa bouche.

La chaleur brûlante et moite, la succion de sa bouche, Peter crut un instant qu'il allait perdre la raison. Mais il reprit très vite ses esprits, attrapa les hanches de Wen entre ses mains pour les guider à lui, puis serra un poing autour de son érection pour la guider jusqu'à sa propre bouche.

C'était extraordinaire. Il n'avait pas souvent eu l'occasion de tester le célèbre soixante-neuf dans sa vie. À l'école, il était le plus beau, le plus populaire et les gars se bousculaient pour le sucer. Peter en avait conclu que l'école militaire était le meilleur endroit pour perfectionner sa technique de fellation. Mais cette position était vraiment agréable. C'était le meilleur des deux mondes. Wen avait beau se cacher derrière ses costumes ridicules et son expression sévère de mère supérieure, il était extrêmement doué de sa bouche. Sa langue brûlante voyageait sensuellement tout le long du sexe de Peter, puis traçait des petits cercles autour de son gland. Peter ondulait lentement des hanches en rythme avec les va-et-vient de sa tête, tandis que Wen faisait de même de son côté.

La respiration de Wen s'accéléra, et l'odeur musquée de leurs deux corps s'intensifia sous la couverture, bien plus entêtante que celle de la peinture dans la petite chambre de Michaela.

— Le goût de ta peau, gémit Wen émerveillé en relâchant son sexe dans un bruit humide. Je ne vais pas tarder à jouir.

— Je sais, je sais, moi aussi. Ne t'arrête pas, haleta Peter.

Wen le reprit aussitôt en bouche et redoubla d'efforts, accentuant la succion et pressant le plat de sa langue contre la veine saillante sous le sexe de Peter.

Peter ouvrit la bouche pour pousser un cri de plaisir, puis se rappela juste à temps qu'il était censé ne pas faire de bruit, et tourna la tête pour enfouir son visage dans la couverture.

Un flash de lumière explosa dans sa tête, et il jouit à grands jets dans la gorge de Wen. Un peu hébété, il reprit à son tour le sexe de Wen dans sa bouche, les muscles de la mâchoire complètement délassés par le plaisir, et il ne fallut que quelques secondes à Wen pour jouir lui aussi.

Peter songea distraitement que si c'était là sa récompense pour avoir peint une seule toile, il voulait bien créer des centaines de nouvelles œuvres pour Wen.

X

Le bruit erratique de leur respiration se calma progressivement dans leur cocon douillet de couvertures. Le corps tout entier de Wen vibrait encore de plaisir, et il avait l'impression que plus jamais il n'aurait assez de souffle. Il sortit juste sa tête des couvertures, et la laissa retomber contre le bras du canapé. Il baissa les yeux vers l'autre bout du canapé, et manqua éclater de rire en apercevant la forme longiligne du corps de Peter saucissonné dans la couverture verte ; on aurait vraiment dit un python.

Le jeune homme se tortilla dans tous les sens, jusqu'à ce que sa tête émerge aussi des couvertures. Ils échangèrent un long regard en souriant.

Après un long silence confortable, Wen ne put s'empêcher de poser les questions qui se bousculaient dans sa tête depuis des jours.

— Comment fais-tu pour vivre si tu refuses de vendre ton art ? Comment payes-tu ton loyer, ta nourriture ?

Le visage de Peter se ferma aussitôt. Il n'aimait pas qu'on lui pose des questions sur sa vie.

— Excuse-moi, ajouta précipitamment Wen en levant une main. Ce ne sont pas mes affaires.

Peter poussa un long soupir chargé de tension.

— J'ai des petits jobs à droite, à gauche. Je chante parfois pour les Lost Boys, il m'arrive aussi de tenir le bar. Je danse aussi dans un club de strip-tease.

— Vraiment ? demanda Wen en riant malgré lui. Tu fais du strip-tease ?

— J'aime bien, répondit Peter en haussant les épaules. C'est amusant.

— Entre ça et le bar, ça veut dire que tu as au moins la majorité.

— C'est ce que dit ma carte d'identité en tout cas.

— Pourquoi refuses-tu de me donner ton âge ?

— Pourquoi ça t'intéresse autant ?

— Parce que je m'en voudrais si je commettais un détournement de mineur ?

— Ne t'inquiète pas pour ça, ce n'est pas le cas, le rassura Peter avec un sourire en coin. Tu ferais mieux de t'inquiéter pour tes prouesses orales, ça devrait être illégal de sucer comme ça.

— Content que ça t'ait plu.

— Est-ce que tu peux m'expliquer comment un sage petit employé de bureau avec deux enfants à charge est devenu aussi doué à la fellation ?

— Quand tu n'as pas souvent l'occasion de faire quelque chose que tu aimes, tu apprends à savourer les rares occasions qui s'offrent à toi, répondit Wen avec une expression sérieuse.

— Eh bien, je ne suis pas prêt d'oublier cette occasion particulière, soupira Peter sur un ton rêveur.

Une boule se forma dans l'estomac de Wen, et il déglutit avec difficulté.

— Toi et moi, nous n'avons pas grand-chose en commun, pas vrai ?

— C'est le moins qu'on puisse dire.

— C'est le choc de deux univers diamétralement opposés.

— Généralement, j'essaye d'éviter les gens comme toi.

— Comment ça, *les gens comme moi* ? demanda Wen, inquiet de connaître la réponse.

Peter prit une grande inspiration et fit craquer ses vertèbres.

— Les gens dont la vie ne tourne qu'autour de l'argent. Ne te méprends pas, je sais que tu n'es pas vénal, je sais que c'est parce que tu n'as pas le choix. Mais est-ce que tu réalises que beaucoup de gens à ta place auraient simplement fui ? Ils auraient laissé un oncle, un parrain ou un ami de la famille s'occuper de John et Michaela, et ils auraient refait leur vie ailleurs.

— Mais…

— Je sais, je sais. Il ne t'est jamais venu à l'idée que quelqu'un d'autre que toi aurait pu s'occuper d'eux.

Wen hocha silencieusement la tête. Son cœur battait la chamade.

— C'est ce que je veux dire quand je parle des gens comme toi.

— Parce que tu n'aimes pas ce genre de personne.

— Ce n'est pas ce que j'ai dit. J'ai dit que j'essayais de les éviter.

— Mais pourquoi ?

— Vous êtes trop…

Il rentra la tête dans les épaules et leva les yeux, impuissant, comme s'il ne trouvait pas les mots.

— Vous êtes trop *tout*. Je ne peux pas prendre la vie autant au sérieux.

Wen le fixa sans rien dire. Tout ce qu'il voyait, c'était le visage souriant de sa mère qui quittait l'appartement pour se rendre à une énième soirée, pendant que son père était encore au travail alors que lui devait veiller sur les enfants.

— Et est-ce que tu t'es déjà demandé ce que les gens comme moi pensent des gens comme toi ?

— Pas vraiment, mais je t'en prie, explique-moi, invita-t-il en penchant la tête sur le côté, avec un sourire indéchiffrable.

— On préfère vous éviter aussi.

— Vraiment ? demanda Peter en haussant les sourcils. Pour quelle raison ?

— Tu ne t'attendais pas à ce que je te dise ça. Tu t'attends toujours à ce que les gens soient ravis de ta présence, comme si ton entrée dans notre petite vie ennuyeuse était une salvation, l'occasion unique de s'amuser enfin.

— Parce que ce n'est pas le cas, peut-être ? demanda Peter avec un petit air satisfait.

— Pas pour ceux qui ont déjà retenu la leçon, lui dit Wen sur un ton amer, en sentant le brouillard de son passé le rattraper. Pour ceux d'entre nous qui ont déjà eu le malheur de souffrir aux mains des gens comme vous, nous savons que la meilleure solution est de fuir. Parce que vous ne prenez jamais rien au sérieux, rien n'a d'importance à vos yeux, continua-t-il en élevant la voix. Vous vivez dans un conte de fées égoïste et vous ne savez pas tenir vos promesses.

— Ce n'est pas vrai ! protesta Peter.

Le regard perdu de Wen se recentra sur Peter et il sortit péniblement des limbes de ses souvenirs. Une expression horrifiée se dessina lentement sur son visage.

— Mon Dieu, Peter, je suis désolé. Je ne voulais pas dire ça. Je parlais de quelqu'un d'autre.

Peter le regardait comme si Wen venait de le gifler.

— Je t'en prie, crois-moi, je suis sincèrement désolé. Je ne te connais pas assez pour te juger. Et après tout ce que tu as fait pour moi, je n'aurais jamais dû dire tout ça.

Peter hocha sèchement la tête, le regard méfiant, comme s'il craignait une autre attaque verbale de la part de Wen.

— Je crois que je vais aller dormir, dit-il en descendant du canapé.

— Non, reste ici. Il n'y a pas de raison pour que tu dormes dans les odeurs de peinture. C'est moi qui vais m'en aller.

— Non, protesta Peter à son tour. On peut très bien rester là tous les deux, dit-il après un moment d'hésitation.

Il se rallongea et tira la couverture jusqu'à son nez. Wen regarda le plafond en silence. Qu'est-ce qu'il lui avait pris ? Qu'est-ce qu'il lui avait pris de coucher avec Peter ? Et qu'est-ce qu'il lui avait pris de lui dire tout ça ?

Malheureusement, il n'avait de réponse à aucune de ces deux questions.

WEN PLISSA le bout du nez.

Une odeur de bacon lui chatouillait les narines et il entendit quelqu'un rire.

Il s'était endormi à peine cinq minutes auparavant, cela ne pouvait pas déjà être le matin. Il entrouvrit un œil et constata avec désespoir que le soleil était déjà levé.

— Réveille-toi Wen, Michaela a fait du bacon, chantonna John a quelques centimètres de lui.

— Pourquoi tout le monde est-il debout au chant du coq ce matin ? grommela Wen en s'asseyant.

— Il est déjà 8 h 45, l'informa John.

De panique, Wen s'apprêta à balancer la couverture, avant de se souvenir qu'il était complètement nu. Il la rattrapa juste à temps, et l'enroula maladroitement autour de sa taille. John était assis en tailleur sur le tapis au pied du canapé, et Michaela s'affairait dans le coin-cuisine.

— Comment ça se fait que j'aie dormi aussi tard ?

— Michaela a dit qu'il ne fallait pas faire de bruit, et Peter qu'il fallait te laisser dormir parce que tu étais fatigué.

Peter. Le cœur de Wen s'accéléra.

— Très bien, je vais aller prendre une douche rapide, et ensuite on pourra déjeuner tous ensemble.

— Dépêche-toi alors, ça fait trois mille ans que j'attends, se plaignit John.

— Promis, je fais vite, répondit Wen en s'enroulant tout entier dans la couverture, avant de sautiller jusqu'à la salle de bains.

L'odeur entêtante de la térébenthine s'échappait de la chambre de Michaela. Peter devait déjà être en train de peindre. Wen décida de ne pas le déranger.

Il laissa l'eau chaude de la douche couler sur ses épaules tendues en poussant un soupir de soulagement. Il ne savait pas comment approcher Peter ce matin. Est-ce qu'il était fâché ? Ce ne serait pas étonnant après le numéro que Wen lui avait sorti la veille au soir.

Lorsqu'il sortit de la douche, il se sentit un peu mieux. Il était toujours aussi fatigué, mais il avait les idées plus claires. Il enroula une serviette autour de sa taille et se dirigea vers la chambre de John pour enfiler des vêtements propres.

Une fois habillé, il prit une grande inspiration, et marcha droit vers la chambre de Michaela. Il entra sans se poser de question, et faillit tomber à la renverse.

Peter avait terminé.

Le résultat était… Wen n'avait pas les mots. La gigantesque toile trônait au milieu de la pièce comme un objet divin. Les couleurs et les formes semblaient bouger selon la façon dont Wen posait son regard dessus. C'était sombre, profond, presque cosmique, mais c'était aussi joueur, léger et coloré. C'était beaucoup trop beau pour ne servir qu'à vendre du beurre de cacahuète.

Il laissa échapper un long soupir tremblant d'émotion. Embrasser Peter devant John et Michaela était peut-être une mauvaise idée, mais là tout de suite, c'était le cadet de ses soucis.

Il courut jusqu'à la cuisine à la recherche du jeune homme.

— Peter !

John et Michaela le regardaient comme s'il avait perdu la tête.

— Quoi ? demanda-t-il, sur la défensive.

— Peter n'est pas là, répondit John. Cet endroit est aussi grand qu'une boîte à chaussures, comment tu as fait pour ne pas remarquer ?

— Où est-il ?

— Il était levé depuis longtemps quand je me suis réveillée, expliqua Michaela en posant une assiette de bacon sur la table basse. Il a fini sa peinture et il a dit qu'il devait y aller.

— Aller où ? demanda Wen, confus et paniqué.

— Je ne sais pas. Chez lui, j'imagine.

— Et à aucun moment, je ne me suis réveillé ? demanda Wen, dévasté.

Il se sentait tellement stupide.

— Il a fait très attention de rester le plus silencieux possible, il ne voulait vraiment pas te réveiller, dit-elle en s'asseyant devant la table.

— Est-ce que… est-ce que par hasard l'un d'entre vous a demandé à Peter où il habitait ?

— Non, je pensais que tu savais, répondit John en fronçant tout son petit visage.

— Je n'ai même pas son numéro de téléphone, soupira Wen. Le seul moyen que j'ai de le joindre, c'est de retourner au Pays Imaginaire.

— Et si tu commençais par manger quelque chose, suggéra Michaela. Viens t'asseoir avec nous.

Wen les rejoignit en secouant la tête. Il se laissa lourdement tomber sur le canapé, au beau milieu des couvertures, en essayant de ne pas penser à leur odeur.

— Il y avait une promo sur le bacon, dit Michaela en servant à chacun une pile immense de tranches bien grillées.

Wen hocha distraitement la tête en grignotant la première tranche de sa pile. Il avait finalement réussi à blesser Peter au point de le faire fuir.

— Vous vous êtes disputés ? demanda timidement Michaela.

— Pas exactement…

— Qu'est-ce qu'il se passe alors ? demanda fermement John en levant le menton avec défiance.

Wen sourit malgré lui. Ce gamin était au moins aussi caractériel que lui. Il fixa sa pile de bacon luisante de gras pendant un long moment. Ce n'était sans doute pas un petit-déjeuner très équilibré pour les enfants.

— On a parlé de nos différences, et je crois que je me suis emporté.

— À cause de maman ? devina Michaela.

— Comment tu sais ? demanda Wen, sincèrement surpris.

— Voyons Wen, tout chez Peter me fait penser à maman.

— Ce n'est pas vrai ! protesta John en croisant les bras. Il est beau et il est drôle, comme maman, mais lui il nous a aidés et il a tenu sa promesse. Pourquoi tu t'es fâché contre lui, Wen ?

C'était une excellente question.

— Je suis désolé, c'est toi qui as raison, John. Il a été très gentil avec nous.

Jusqu'ici, ajouta la petite voix méfiante dans sa tête.

— Il faut que tu le retrouves et que tu lui présentes tes excuses !

— Je voudrais bien, mais ça m'étonnerait que je le trouve au Pays Imaginaire, surtout s'il essaye de m'éviter. Et puis je n'ai pas beaucoup de temps aujourd'hui, il faut que j'apporte la toile au bureau et que je commence à travailler sur notre campagne. Elle doit être finie avant jeudi, ça va vite être là.

— Mais, Wen !

— John, ça suffit, le réprimanda Michaela. Wen fait de son mieux, et il le fait pour nous.

— Je sais, marmonna Peter en fourrant une tranche de bacon dans sa bouche.

— Alors, mange et tais-toi.

Wen décida lui aussi de suivre son conseil et termina son assiette en silence. Toutes les cellules de son corps lui criaient de partir à la recherche de Peter. Il attrapa son téléphone portable, et appela Laila.

— Salut, Wen, dit-elle en décrochant.

— Laila, j'ai la peinture. Tu peux me trouver quelqu'un avec un véhicule utilitaire qui accepterait de venir me chercher ?

— Alors ? demanda-t-elle, excitée.

— Alors, quoi ?

— Oh, ne te fais pas prier.

— Elle est magnifique. Phénoménale. Je n'ai jamais rien vu de pareil.

— À ce point-là ?

— Tu verras par toi-même.

— Oh mon Dieu ! Les gars ! cria-t-elle en s'éloignant du téléphone. Il nous faut une camionnette ! On va peut-être tous conserver notre emploi !

Wen raccrocha en riant, mais le cœur n'y était pas vraiment.

— COMMENT PROCÈDE-T-ON pour l'animation ?

Wen contempla la toile de Peter qui était installée au beau milieu de l'open space. Tout le monde autour était en train de la prendre en photo.

— Il faut qu'on garde cette idée de multitude de couleurs en harmonie. C'est la diversité, la diversité ethnique, la diversité des genres. Je veux que cette pub soit l'emblème de la nouvelle génération.

— On peut inclure des micro-interviews. Je peux m'y mettre dès demain.

— N'oublie pas qu'on avance à l'aveugle en ce qui concerne le budget.

— Mais si je suis ton idée, il va nous falloir tout un panel de gens différents.

— Je sais, soupira Wen en s'éloignant, mais tout dépend du client. S'il est mécontent, l'agence nous fera rembourser tous les frais de notre poche.

— Tu es en train de me dire qu'en plus de se faire virer, il se peut qu'on doive raquer ?

— Ce serait bien le style d'Arnie, répondit Wen en riant nerveusement.

— Et où est-ce que je suis censée trouver une foule de jeunes multiethniques et non binaires qui accepteront de témoigner pour des cacahuètes, au juste ?

L'évidence heurta Wen de plein fouet.

— Oh. Je crois que je connais l'endroit parfait.

— Décidément Wen. Si cette campagne fonctionne, on te devra tous une fière chandelle.

— Oui, et bien attendons justement de voir si elle fonctionne avant de remercier qui que ce soit.

— Et où est cet endroit plein de créatures de l'arc-en-ciel auquel tu pensais ?

— Je te dirais ça quand je serai sûr qu'ils accepteront de se prêter au jeu.

XI

— ALLEZ, VIENS, Peter, on y va.

Allongé sur le matelas, Peter se tourna de l'autre côté pour faire face au mur.

— Je n'ai pas envie.

— Mais on a dit à Smee que tu chanterais ce soir.

— Et bien qu'il meure de déception.

Il sentit Samu s'asseoir juste derrière lui.

— Qu'est-ce qui t'arrive, Peter ?

— Rien du tout, je suis fatigué, c'est tout.

— Ça ne t'arrête pas d'habitude.

— Laisse-moi tranquille, Samu.

— Tout ça à cause du type de l'agence de com'. Est-ce qu'il en vaut vraiment la peine ?

Peter s'assit brusquement.

— Qu'est-ce que ça veut dire ? grogna-t-il, en colère.

— Tu n'es plus le même depuis le jour où il est apparu dans le métro, répondit Samu en soupirant. Si tu as des sentiments pour lui, fonce, mais si tout ce que tu comptes faire c'est déprimer dans un coin, il va falloir te secouer et passer à autre chose.

— Pourquoi veux-tu que j'aie des sentiments pour quelqu'un d'aussi coincé et ennuyeux que lui ?

— C'est une bonne question, mon pote. Je ne t'avais jamais vu dans cet état. Wen a l'air gentil, mais il est évident que tu lui trouves quelque chose de bien plus que ça. Quelque chose qu'aucun de nous n'a réussi à percevoir. Je ne veux pas te vexer, PP, mais tu te traînes un bagage émotionnel monumental, et si tu veux t'investir avec lui, il va falloir que tu règles certaines choses et que tu te comportes en adulte. La balle est dans ton camp.

Peter fixa Samu en pinçant les lèvres. Samu était toujours honnête avec lui, il ne voulait que son bien. Les autres gars du groupe étaient moins bienveillants. Wingman rêvait de célébrité, Map était obsédé par l'argent, et Dudish… Dudish ne savait pas ce qu'il attendait de la vie, ce qui le rendait d'autant plus imprévisible. Mais tout ce que voulait Samu, c'est que tout le monde soit heureux.

— D'accord. D'accord, donne-moi cinq minutes. Je me prépare et j'arrive.

Samu se releva et sortit de la pièce sans rien ajouter. C'était lui tout craché ; si Peter lui disait qu'il arrivait dans cinq minutes, il ne posait pas de questions, il le croyait sur parole.

Contrairement à Wen.

Peter se passa une main fatiguée sur le visage. Pourquoi les accusations de Wen l'avaient-elles autant blessé ? Sans doute parce qu'elles étaient vraies. Pourtant, il avait décidé de faire un effort pour Wen, d'être quelqu'un de confiance, quelqu'un sur qui on pouvait compter. Mais ça n'avait pas suffi visiblement. Bien sûr, Wen s'était excusé, mais il était trop tard. Les mots avaient déjà fait leur effet.

À quoi bon se comporter de manière responsable si c'était tout ce qu'il y gagnait ?

Peter se leva, traîna des pieds jusqu'au carton dans lequel étaient rangés ses vêtements, et en sortit un jean slim noir et un tee-shirt à manches longues de la même couleur.

Il alla ensuite fouiller dans le sac de Clochette avec qui il partageait tout ses vêtements, et lui emprunta une paire de bretelles noires à pois blanc. Enfin, il enfila ses Converses noires, prit une grande inspiration, et quitta la chambre.

Il n'était absolument pas d'humeur à chanter.

Une heure plus tard, debout dans les coulisses à côté de Samu, Peter regarda la machine à fumée délivrer un tapis de brume mystique sur la scène.

— Et maintenant ! Le prince des fées, le leader des Lost Boys, le seul et l'unique Peter Panachek ! cria Wingman dans le micro.

Lorsque la foule se mit à crier, le moral de Peter remonta un peu. Il tendit les bras vers Samu qui l'attrapa par la taille et le hissa au-dessus de sa tête dans sa pose habituelle de super héros volant. Ils firent le tour de la scène sous les applaudissements du public, puis Samu le reposa juste devant le micro, et retourna derrière son clavier.

Il joua les premières notes de « Born This Way » de Lady Gaga, et Peter retrouva le sourire. Il n'avait pas une voix sensationnelle, mais cette chanson était facile et entraînante, et il avait un don pour interpréter ce genre de tube pop avec une histoire. Il portait un kimono rose qu'il avait également emprunté à clochette au dernier moment, et le faisait tournoyer autour de lui en se déplaçant. Lorsqu'il arriva au refrain, il s'agenouilla au bord de la scène pour toucher les mains de la foule et leur chanter qu'ils étaient tous nés comme ça.

Il se leva, traversa la scène pour aller s'agenouiller à l'autre bout, et tomba nez à nez avec Wen. Il perdit son souffle et cessa de chanter pendant une seconde.

Wen lui attrapa la main et murmura « Je suis désolé ».

Peter entrouvrit la bouche, comme pour lui répondre, puis il reprit ses esprits et se remit à chanter. Après ça, il ne put s'empêcher de porter son regard en direction de Wen toutes les deux ou trois minutes. Beaucoup de gens dans la foule avaient vu ce qui s'était passé et se tortillaient dans tous les sens pour essayer de voir qui était le mystérieux jeune homme qui avait déconcerté le roi des fées en personne.

À la fin de la chanson, le public était en délire. Tout le monde entonna le refrain a cappella en tapant des mains. Les Lost Boys étaient censés enchaîner avec une de leurs compositions, mais à la place, Samu joua les premières notes de « Half Broke Heart », de Cam. Peter lui lança un clin d'œil. C'était une excellente idée, le public allait adorer.

Peter se lança dans la chanson avec enthousiasme en mimant les paroles, et au moment de finir, il se tourna, les fesses légèrement offertes en arrière, et lança un regard séducteur par-dessus son épaule à l'attention de Wen. Il trouva aussitôt son regard, à la fois amusé, et un peu inquiet, comme d'habitude. Il chanta la dernière phrase de la chanson qui disait qu'un cœur à moitié brisé était un cœur brisé quand même en le regardant droit dans les yeux.

Les dernières notes retentirent, Peter salua la foule, et Samu revint le chercher pour le faire sortir de scène en le portant au-dessus de sa tête. Wingman annonça que les Lost Boys faisaient une pause.

Dans les coulisses, Samu lança un sourire satisfait à Peter.

— Tu vois, il est venu.

— Je me demande pourquoi.

— Le meilleur moyen de le savoir c'est d'aller le lui demander.

— Tu viens avec moi ?

— Après toi, répondit Samu en lui désignant le chemin d'un geste du bras.

Peter se redressa, et descendit de scène pour plonger dans la foule de la boîte de nuit. Aussitôt, une multitude de gens se jeta sur lui pour le saluer et le féliciter.

Il les remercia tous en souriant, mais il cherchait déjà Wen des yeux. Lorsqu'enfin il l'aperçut, coincé entre deux types à demi nus peints en argenté, il ne put s'empêcher de sourire. Il avait l'air tellement sérieux avec son jean de marque et sa chemise blanche bien repassée, c'était adorable. Il s'approcha de Peter, l'air un peu incertain.

— Tu étais génial, dit-il timidement. Je ne savais pas que tu chantais aussi.

— Je n'appellerais pas ça chanter, répondit Peter en haussant les épaules.

— Tu as une belle voix pourtant, insista Wen. Je n'ai même pas eu le temps de te remercier pour la peinture ce matin. Elle est magnifique. Plus que magnifique.

— Merci, dit Peter en baissant les yeux, étrangement ému.

— Je l'ai emmené au travail, ils sont déjà en train de l'intégrer à la campagne de pub.

— C'est super.

Pour une raison étrange, il ne parvenait pas à regarder Wen dans les yeux.

— Tu étais impressionnant au clavier, lança Wen en se tournant vers Samu.

Samu hocha la tête en souriant, comme chaque fois qu'on lui faisait un compliment.

Le reste du groupe les rejoignit au pied de la scène comme une bande de chiots surexcités. Wen les salua, sincèrement heureux de tous les revoir. Clochette l'ignora royalement, mais les garçons lui répondirent avec enthousiasme.

— Tu as amené l'argent de Peter ? demanda Map.

— Je l'ai juste là, répondit-il en sortant un chèque de sa poche, avant de le tendre à Peter.

Peter fixa le chèque de 750 dollars en murmurant un remerciement. L'argent rendait leur échange si impersonnel. À côté de lui, Wingman et Map salivaient presque en louchant sur le chèque. Quelque part, il les comprenait. Ils allaient pouvoir payer le loyer, du matériel pour le groupe, de la bière et, dans le cas de Dudish, de la drogue.

Wen les regarda tous en se dandinant sur ses pieds comme s'il hésitait à dire quelque chose. Puis, il se lança enfin :

— Je me demandais si certains d'entre vous accepteraient d'apparaître dans la pub qu'on va tourner ? Il n'y aura pas de texte à apprendre, ni rien de ce genre. On vous filmerait juste en train de danser ou de jouer de la musique.

Un grand silence tomba sur leur petit groupe. L'estomac de Peter se serra.

— Je ne comprends pas, dit Wingman, je croyais que tu voulais que Peter peigne une toile pour ta pub ?

— L'art de Peter va servir de base, il va définir le ton général, l'univers de la pub. Mais il nous faut de la vie par-dessus.

— Tu nous paierais combien ? demanda aussitôt Map.

— Malheureusement, pas grand-chose, nous avons un petit budget.

— Combien ?

— 100 ou 150 dollars par personne, quelque chose comme ça.

— Et si la société du beurre de cacahuète achète la pub ? demanda Wingman, les yeux brillants.

— Alors vous toucherez plus, et vous passerez à la télévision, répondit Wen en souriant.

— Sérieusement ? murmura Dudish, émerveillé.

— Tu peux m'inscrire direct, lança Wingman avec enthousiasme.

— Qu'est-ce que tu en penses ? demanda Map en se tournant vers Peter.

— Je ne peux pas, dit Peter en secouant la tête et en grimaçant. Mais foncez les gars, c'est une super opportunité.

— SiPeternelefaispasmoinonplus, intervint Clochette en posant une main sur son bras.

Peter posa sa main par-dessus celle de Clochette.

— J'ai des raisons personnelles de ne pas le faire, mais ça pourrait être un excellent tremplin pour les Lost Boys, qui sait qui pourrait vous repérer ? Ce n'est pas tous les jours qu'on reçoit une proposition de *business* sérieuse, dit-il en regardant Wen et en crachant le mot business comme s'il s'agissait d'une insulte.

— Peter, je…

Wen regarda les autres qui discutaient avec animation autour d'eux, et se tut.

— Et si on allait discuter de tout ça ailleurs ? proposa Samu. On va en parler entre nous, et on te donnera une réponse, dit-il en s'adressant à Wen.

Il épingla Peter d'un regard lourd de sens, puis guida le reste des garçons et Clochette vers la sortie.

— Je me doutais que tu ne voudrais pas participer, dit Wen en se tordant nerveusement les mains.

— Je fais confiance à Map pour s'occuper de ça, répondit Peter en croisant les bras.

— Tu as sans doute raison, dit Wen en souriant. J'étais sérieux au sujet de la peinture, je l'aime vraiment beaucoup. Si ça ne tenait qu'à moi, je l'aurais gardé pour l'accrocher dans mon salon.

— Les affaires avant tout, pas vrai ?

— Je suis désolé, Peter. J'aimerais être ce que tu attends de moi. Je voudrais pouvoir tout lâcher pour te suivre dans ton monde, mais ce n'est pas aussi simple.

— Je sais, je ne t'en veux pas, soupira Peter.

— Non, non, tu ne sais pas. Tu ne sais pas à quel point je voudrais vraiment pouvoir m'enfuir avec toi. Mes responsabilités m'étouffent parfois tellement que j'ai peur un jour de ne plus pouvoir respirer.

— Il faut que tu…

— Bonsoir, Peter, les interrompit une voix suave. Tu nous as offert une performance sensationnelle ce soir sur scène. Tu ne me présentes pas à ton ami ? demanda Vadon Hooker en détaillant Wen du regard.

Peter se força à rester calme et à ne pas paniquer. Il prit un air faussement blasé et se tourna vers Vadon.

— Salut, Vadon, je te présente…

Il fit semblant d'hésiter et lança un regard à Wen en espérant qu'il jouerait le jeu.

— Wendell, je crois ? C'est ça ? Il essaye de convaincre le groupe de participer à son projet, et il est du genre persévérant, pas vrai, Wendell ?

Wen dévisagea Peter en plissant les yeux, puis afficha un sourire plus hypocrite que celui de Trump le jour où il avait annoncé soutenir la communauté LGBT. Il tendit une main à Vadon.

— Votre boîte de nuit est un établissement remarquable. Je me présente, Wendell Darling, et vous êtes ?

— Vadon Hooker, répondit-il en haussant l'un de ses majestueux sourcils noirs. Puis-je savoir pourquoi vous embêtez les garçons, exactement ?

— Mon but n'est pas de les embêter. Ma proposition leur permettrait, à eux, comme à votre établissement d'ailleurs, un peu de visibilité médiatique. Nous travaillions sur la conception d'une pub commandée par un très gros client. S'il est satisfait et qu'il l'achète, tout le monde pourrait en bénéficier.

Peter grimaça en prenant l'air fâché. Ce n'était pas très difficile, compte tenu des circonstances.

— Pourquoi les Lost Boys ? demanda Vadon.

— Nous cherchons à représenter la nouvelle jeunesse américaine dans toute sa diversité, expliqua Wen. Je suis tombé sur le groupe en venant ici un soir et j'ai aussitôt pensé qu'ils seraient parfaits. Je réalise que je me suis montré un peu insistant, mais nous présentons notre projet jeudi et j'espérais sincèrement les convaincre avant.

— Qu'est-ce que tu penses de tout ça ? demanda Vadon à Peter.

— Ça ne me plaît pas, mais le groupe est intéressé. Ils n'ont qu'à faire ce qu'ils veulent, mais je ne veux pas y être associé, et je voudrais que ce type me fiche la paix.

Il tourna les talons en priant silencieusement pour que Vadon le suive et laisse Wen tranquille. Il était à mi-chemin de la scène, lorsqu'il sentit une main sur son épaule. Il se tourna et trouva Vadon juste derrière lui.

— Tu t'es débarrassé de lui ? demanda-t-il avec un maniérisme exagéré.

— Il est parti chercher le reste du groupe. Pourquoi est-ce que ce type te dérange autant ? demanda Vadon, méfiant.

Il fallait qu'il trouve un mensonge convaincant.

— Honnêtement ? Il me rappelle quelqu'un que je déteste.

— Vraiment ? Qui donc ?

— Mon père. Un comptable ennuyeux et obsédé par l'argent. Un vrai loser, dit-il en faisant le signe du L sur son front avec son pouce et son index. Ce n'est même pas la faute de ce pauvre type.

— Alors comme ça ton père est comptable ?

— Était. Il est mort. Merci de m'avoir débarrassé de ce pot de glu en tout cas.

— À ton service, mon cher Peter.

Peter réprima un frisson de dégoût.

— Le groupe doit être prêt à remonter sur scène, je vais les rejoindre, dit-il en se dirigeant vers la scène.

Il espérait que Wen ne lui en voudrait pas trop d'avoir emprunté un petit bout de son passé pour créer le sien.

XII

— Tu es un génie.

Wen se tourna vers Laila en battant des paupières, encore plongé dans ses pensées.

— Merci ? Je crois ? Pourquoi suis-je un génie ? demanda-t-il en réajustant sa position sur le tabouret du glacial studio photo.

— J'espère que tu plaisantes ? Ces gamins sont exactement ce qu'il nous fallait. On dirait une carte de l'Amérique à eux tout seuls.

Dudish s'avança devant le fond vert avec Clochette, qui tenait son ombrelle au-dessus de sa tête. Il se pencha vers elle pour lui chuchoter quelque chose à l'oreille, et elle se mit à glousser. On aurait dit un couple d'amoureux. Wingman jouait du air guitar, et Samu tournoyait sur lui-même comme une danseuse étoile.

— Regarde George, chuchota Laila en désignant du menton leur collègue du département numérique. On dirait qu'il va avoir un orgasme créatif.

Le jeune homme en question courrait dans tous les sens, alternant entre sa caméra et les différents trépieds d'appareils photo qu'il avait installés devant le fond vert.

— J'ai hâte qu'on intègre la peinture.

— Moi aussi, murmura Wen.

Ce qu'il aurait vraiment voulu, c'était voir Peter s'agiter avec les autres dans sa position habituelle de super héros, au-dessus de Samu, son sourire impie plaqué sur ses lèvres. Et pas parce qu'il estimait que leur groupe manquait de diversité et qu'il leur fallait à tout prix un elfe aux cheveux rouges pour compléter le tout, mais simplement parce que Peter lui manquait.

— Quel genre de musique on ajoutera ? demanda George en se tournant vers Wen.

— Je n'ai pas encore eu le temps de chercher des échantillons, je vais m'occuper de ça aujourd'hui.

— Il nous faudrait un peu plus de danse. Est-ce que ces gamins peuvent danser ?

— Je ne sais pas George, le mieux serait sans doute de le leur demander.

George se tourna vers l'écran vert devant lequel Clochette et les Lost Boys étaient en train de chahuter en riant.

— Hé ! Appela George. Vous savez danser ?

— Je ne sais pas, qu'est-ce que tu penses de ça ? demanda Map en riant et en lui proposant un mouvement de break dance.

Il se débrouillait plutôt bien. Samu ajouta quelques mouvements de danse improvisés, et George hocha la tête avec satisfaction. Puis Dudish se lança dans un enchaînement de mouvements en faisant onduler son corps, c'était à la fois gracieux et terriblement sexy. Tout le monde l'observa avec fascination.

Map attrapa la guitare de Wingman dans son étui et commença à jouer une chanson connue. George se redressa derrière sa caméra, les yeux écarquillés.

— Attendez un peu, vous jouez aussi de la musique ?

— On a un groupe, répondit Wingman en hochant la tête.

— Mais vous devriez composer la musique de la pub ! Wen, qu'est-ce que tu en penses ?

— Pourquoi pas ? Mais jusqu'ici, je ne les ai entendus jouer que des reprises, et nous n'avons pas les moyens de payer les droits d'une chanson existante.

— On a pas mal de compo à nous, intervint Wingman. Samu et moi on a écrit des chansons pour le groupe. On pourrait leur jouer « Airhead », ajouta-t-il en se tournant vers Samu.

Un immense sourire fendit le visage rond de Samu. Wingman grattouilla les cordes de la guitare, et releva la tête.

— C'est un morceau avec beaucoup de clavier et de voix, mais je peux au moins vous donner une idée de la mélodie.

L'air qu'il leur joua avait quelque chose d'à la fois malicieux et optimiste, mais avec quelque chose de latent, de plus profond, romantique et viscéral. Derrière Wingman, Samu et Dudish se mirent à danser. Ce n'était pas une chorégraphie parfaite, mais ils étaient en rythme avec la chanson. Clochette se joignit à eux. Wen sentit les poils sur ses bras se dresser sous l'émotion. Il jeta un regard à George qui admirait la performance la bouche ouverte.

Wingman cessa de jouer et leur dit :

— Il faut que vous entendiez les paroles et le clavier, ils sont extra.

— Est-ce qu'on peut faire venir un piano dans la journée ? demanda George excité en s'adressant à Wen.

— On a de la chance, je crois qu'ils ont en un dans le studio d'enregistrement au bout du couloir.

— Qui est-ce qui chante sur cette chanson ? demanda George en se tournant vers Wingman.

— Peter, répondit le jeune homme en haussant les épaules. Sur cette chanson, ça ne peut être que Peter.

Wen dut lutter pour ne pas laisser échapper le sourire qui lui chatouillait les lèvres.

PETER LANÇA un regard mauvais à Samu, et s'appuya contre l'évier qu'il venait de nettoyer pour la troisième fois consécutive. Une fois tout seul dans l'appartement, il avait réalisé que la journée s'annonçait terriblement ennuyeuse, et il avait bien fallu qu'il s'occupe.

— Je croyais avoir dit que je ne voulais pas participer.

— Ton visage n'apparaîtra nulle part, on te demande juste de chanter. C'est une opportunité incroyable pour les Lost Boys.

— C'est ridicule, je ne suis même pas un chanteur professionnel ! Vous ne pouvez pas engager quelqu'un qui sait chanter ?

Samu tordit la bouche sur le côté, comme s'il se retenait de rire.

— C'est vrai, tu n'es pas Christina Aguilera, mais tu as une voix très particulière, et on a écrit cette chanson pour ta voix.

Peter ferma les yeux en soupirant. Une part de lui mourrait d'envie de courir retrouver Wen sur le champ, tandis que l'autre continuait de trouver cette idée dangereuse.

— Peter, s'il te plaît.

Il était difficile de refuser quoi que ce soit à Samu. Il ne demandait presque jamais rien.

— D'accord, mais c'est bien parce que c'est toi.

— Merci.

— Je vais me changer, je pue la javel.

— Obsédé du ménage. Tu as bien plus de points communs avec Wendell que tu veux l'admettre.

Peter lui lança un autre regard courroucé. Samu leva les mains en signe de défense, mais se mit à rire.

Une demi-heure plus tard, vêtu d'un jean noir et d'un polo vert, Peter pénétra avec Samu dans un immeuble à l'entrée duquel une plaque indiquait « Studios JayWell ». Dans le hall, il perçut le son de la guitare de Wingman, et les voix de Map et Wen. Wen sortit de la salle de studio pour les accueillir, Wingman sur les talons.

— Peter, merci d'être venu. J'apprécie vraiment.

Peter haussa les épaules et croisa brièvement le regard de Wen qui lui souriait timidement.

— Plus vite, on aura fini, mieux ce sera, grommela-t-il.

George les rejoignit et tendit immédiatement une main à Peter.

— Tu dois être Peter. Je me présente, George Morewell. Wendell m'a confié le tournage de cette pub.

Peter accepta sa poignée de main avec un bref hochement de tête.

Ils retournèrent tous ensemble dans le studio, et Wingman désigna aussitôt le pied de micro à Peter.

— Installe-toi, PP.

Samu fit courir ses doigts sur les touches du clavier électronique qu'on lui avait prêté, et Wingman enfila sa guitare. Clochette s'avança vers Peter, son tambourin à la main.

— Tuessurdevouloirfaireça ?

— Oui, je ne vais pas gâcher cette occasion pour le groupe.

Clochette fronça si fort des sourcils qu'ils se touchaient presque. Peter leva les yeux au ciel.

— Mets-y du tien Clochette. Les gars sont contents. Même Samu m'a demandé de venir.

Elle hocha la tête, mais elle avait toujours l'air aussi renfrognée.

Wingman fit un signe de tête à Samu qui se mit aussitôt à jouer. Peter s'imprégna de l'intro mélancolique et sentit ses muscles se détendre. Il avait oublié à quel point il aimait cette chanson.

Après quelques secondes, Dudish introduisit les percussions, puis Wingman, la guitare, insufflant un peu de joie à la mélodie. Il fit un autre signe de tête à Peter, qui commença alors à chanter. Map et Clochette faisaient les chœurs. La chanson parlait de bonheur, elle disait qu'il venait de l'intérieur et qu'il fallait le créer soi-même, que le bonheur était un choix, une attitude.

Peter rouvrit les yeux et croisa presque immédiatement le regard de Wen.

— Happiness is a choice – but it still looks a lot like you [4], chanta-t-il d'une voix rauque.

La musique s'emporta et Peter soutint le regard de Wen sans ciller.

Samu et Dudish s'engagèrent dans un final instrumental aux élans pop et colorés emplis de bonne humeur.

Wen sourit. Clochette se mit à jouer du tambourin, et Peter ferma de nouveau les yeux, laissant la musique l'emplir tout entier.

George tournait autour d'eux avec sa caméra, capturant les images de leur incroyable énergie. Peter avait l'impression d'être en connexion avec l'univers tout entier. Il reprit le refrain et sa voix se libéra comme jamais encore. Les percussions se firent de plus en plus douces, et la chanson toucha à sa fin dans une harmonie parfaite entre la voix et les instruments.

Samu s'avança jusqu'à Peter, le hissa au-dessus de sa tête et fit le tour du studio en le portant, avant de le reposer délicatement derrière le micro.

Un silence surréaliste planait sur le studio. Puis, George le rompit, et dit d'une voix émerveillée.

— Vous étiez géniaux. Il faut à tout prix que vous me laissiez vos coordonnées, j'ai beaucoup de clients qui seraient ravis de travailler avec vous.

— Sérieusement ? demanda Wingman en écarquillant les yeux. On va te les donner tout de suite !

— Tu as filmé tout ce que tu voulais ou il faut qu'on refasse une prise ? demanda Wen en s'adressant à George.

— J'ai ce que je voulais. Je sais que c'est rare, mais si on refaisait une prise on risquerait de perdre de ce naturel et de cette magie. Merci beaucoup d'avoir accepté de venir, dit-il en se tournant vers Peter, vraiment, il y a longtemps que je n'ai pas pris autant de plaisir sur un tournage.

— J'ai toujours su que ma voix était faite pour le beurre de cacahuète, plaisanta Peter en lui souriant.

George éclata de rire.

— Tu veux rester pour le reste du tournage ?

— Non, c'est gentil, mais il faut vraiment que j'y aille.

— Merci encore, Peter, lui dit Samu avec une expression sérieuse.

Peter lui répondit avec un petit salut, deux doigts sur le front.

— On se voit plus tard.

Il se dirigeait vers la sortie du studio, lorsque la voix de Wen le stoppa.

4 Le bonheur est peut-être un choix, mais il te ressemble beaucoup

— Peter.

Il se tourna vers lui.

— Tu as été incroyable, dit-il, la voix nouée par l'émotion.

— Merci, répondit simplement Peter.

— Tu… Ça te dirait qu'on aille au cinéma ou qu'on prenne un café ensemble ?

— Maintenant ? demanda Peter avec un petit sourire malicieux.

— Oh, non. Il faut que je boucle le tournage pour ma présentation jeudi. Mais je voudrais vraiment qu'on s'organise un rendez-vous. Un rendez-vous romantique, je veux dire. Officiellement.

— Oui, mais peut-être que je ne viendrais pas. Après tout, je ne suis qu'un irresponsable qui ne tient jamais ses promesses et à qui on ne peut pas faire confiance.

Wen soupira.

— Je ne sais pas comment te dire à quel point je suis désolé d'avoir dit tout ça. Tu me fais tellement penser à ma mère, tu as tous ses bons côtés, le même charme, la même originalité… J'ai perdu les pédales, et je t'ai attribué ses mauvais côtés aussi. J'ai eu tort.

— Comment vont les enfants ?

— Ils sont tristes que tu sois parti. Et ils m'en veulent parce qu'ils savent que c'est de ma faute.

— Ils sont fâchés contre toi ?

— Yep.

— Ils sont vraiment malins tous les deux.

— Pas comme leur grand frère.

Peter sourit malgré lui.

— Très bien, va pour un rendez-vous galant, Wendell Darling. Occupe-toi de ton beurre de cacahuète et appelle-moi.

— Je n'ai pas ton numéro.

Peter tendit la main et Wen lui donna aussitôt son téléphone. Peter entra son numéro dans sa liste de contacts, et lui rendit l'appareil.

— Maintenant, tu l'as.

Et sur ces mots, il quitta le studio.

QUARANTE-HUIT HEURES de travail acharné plus tard, Wen se traîna comme un zombie jusqu'au quatrième étage de son immeuble. Il était à bout de force, mais tellement satisfait de son travail sur la campagne. Il espérait sincèrement qu'Henderson allait aimer. Et quand bien même il n'aimerait pas, cette campagne était le meilleur projet de l'agence sur l'année entière.

Il glissa sa clé dans la serrure, et l'odeur de nourriture mexicaine lui assaillit délicieusement les narines. Il entendit des voix et des éclats de rire dans le salon, et son cœur se mit à battre plus fort.

Il entra dans l'appartement, et trouva John et Michaela en train de rire aux larmes, pendant que Peter imitait Dieu seul sait quoi en gigotant dans tous les sens. Ils levèrent les yeux vers Wen, et se mirent à rire de plus belle.

Peter lui fit un petit geste de la main.

— Salut, toi. On a pris à dîner, on voulait t'attendre, mais on n'a pas pu résister.

— Peter nous racontait comment il s'est fait pourchasser dans les bureaux par le gars avec une tête de tortue à ton travail, expliqua John en s'essuyant les yeux.

Peter rentra le cou dans les épaules en écarquillant les yeux, et Michaela et John l'imitèrent. Wen observa les trois étranges tortues devant lui et demanda :

— Vous voulez parler d'Arnie ? Celui qui ne porte que des cols roulés alors qu'il n'a pas de cou ?

— Ça doit être lui, gloussa John en tombant à la renverse sur le tapis et en se remettant à rire.

— Tu ne m'as jamais expliqué ce que tu étais venu faire ce jour-là, remarqua Wen en scrutant le visage séduisant de Peter.

— Cela m'a intrigué que quelqu'un se donne la peine d'attendre toute une nuit dans le métro juste pour me retrouver.

— Comment as-tu su où je travaillais ?

— J'ai fait des recherches, répondit Peter en baissant les yeux.

— Et qu'est-ce que tu fais là ce soir ? demanda Wen en souriant.

— J'étais venu dire à John et Michaela de ne pas t'en vouloir. Je leur ai expliqué que toi et moi étions très différents, et qu'il arriverait forcément que l'on se dispute parfois.

Le sourire de Wen s'effaça, cédant la place à une expression inquiète.

— Mais tu sais ce qu'on dit ? Les opposés s'attirent.

— C'est vrai, c'est ce qu'on dit, répondit-il doucement, en penchant la tête sur le côté.

Wen avait beau être épuisé, cette petite soirée était exactement le remède dont il avait besoin. Ils finirent de dîner tous ensemble, et regardèrent un vieux feuilleton télé en riant devant les dialogues et les costumes démodés.

Après le film, Michaela se leva pour faire la vaisselle et John la suivit pour l'aider sans même rechigner.

— Tu es prêt pour ta présentation ? demanda-t-elle à Wen depuis l'évier.

— Aussi prêt qu'on puisse l'être. Je trouve que l'équipe a fait un travail extraordinaire, mais ça ne veut pas dire que le client sera satisfait.

— Je suis sûr qu'il va adorer, protesta John, confiant.

Wen se passa une main sur la nuque.

— Même si ce n'est pas le cas, j'aurais au moins la satisfaction d'avoir fait tout ce que j'ai pu et d'avoir donné mon maximum. Ou du moins, le maximum de Peter, corrigea-t-il en souriant. Quoi que le client décide, je vous apporterai une copie de la publicité pour vous montrer le résultat final.

— J'espère vraiment que ton client va aimer, dit John sur un ton plus incertain.

Peter passa un bras autour de ses petites épaules et le serra contre lui.

— Ne t'inquiète pas. Ton frère est tellement talentueux que bientôt toutes les agences de communications de New York se battront pour l'engager.

Un sourire éclaira le visage de John. Wen mourrait d'envie d'embrasser Peter. Il était tellement doué avec les enfants.

— Allez, John, il y a école demain. Il faut que tu ailles te coucher, lui rappela gentiment Michaela.

— Est-ce que je peux faire un dernier jeu avec Peter ?

Michaela se tourna vers Wen, et il ne put s'empêcher de penser qu'elle avait beaucoup mûri ces derniers mois.

— Tu sais quoi ? Et si on allait plutôt faire un jeu dans ma chambre ?

John observa sa sœur avec de grands yeux pleins d'espoir. C'était tellement rare que Michaela le laisse entrer dans sa chambre, et Wen savait qu'elle le faisait pour lui laisser un peu de temps seul avec Peter.

Il hésita un instant. S'il acceptait de les laisser jouer ensemble dans la chambre de Michaela, c'était presque comme avouer que Peter et lui étaient plus que des amis et qu'ils avaient besoin d'intimité. Mais s'il refusait, il ne savait pas quand se représenterait l'occasion.

Michaela ne lui laissa pas le choix. Elle sourit discrètement, et attrapa son petit frère par la main en quittant le salon.

XIII

WEN FIXA le couloir dans lequel les enfants venaient de disparaître, hébété, puis se tourna vers Peter qui avait l'air tout aussi abasourdi. Ils éclatèrent de rire à l'unisson.

— Tu veux une bière ou un verre de vin ? proposa Wen.

— Pourquoi pas ? Mais il faut aussi que tu dormes, demain est une grande journée pour toi.

Wen se leva pour leur servir deux verres de vin blanc, et revint s'asseoir dans le canapé aux côtés de Peter.

— Au beurre de cacahuète, déclara Peter en levant son verre.

— Au beurre de cacahuète, répéta Wen amusé, avant de boire une longue gorgée. Alors ? Tu as décidé que tu ne voulais pas attendre notre premier rendez-vous officiel pour me revoir ?

— La vie est trop courte, répondit malicieusement Peter.

Wen laissa échapper un reniflement amusé et manqua s'étouffer avec son vin.

— Étais-tu si pressé de me revoir ?

— Tu n'es pas convaincu ? Tu veux que je te le prouve ? susurra Peter avec un regard séducteur.

— Ce n'est pas une très bonne idée. Michaela a beau nous avoir laissé le champ libre, je doute qu'elle apprécie de tomber sur son grand frère en pleins ébats amoureux.

— Ce serait comme de voir ses parents faire l'amour, acquiesça Peter.

— Et si on regardait un film ?

Ce n'était pas aussi excitant que ce que Peter avait en tête, mais il était prêt à faire des concessions. Il parcourut l'étagère de DVD et porta son dévolu sur « Le Saint ».

— J'adore ce film, lança Wen en souriant.

Peter mit le DVD dans le lecteur, se rassit et déplia la couverture du canapé sur leurs genoux.

Wen s'apprêtait à protester qu'il faisait beaucoup trop chaud, lorsqu'il sentit une main se faufiler entre ses jambes.

— Tu es impossible.

— Technique de jeunesse. Très efficace pour s'amuser en cachette, répondit Peter en baissant la braguette de Wen sans jamais quitter l'écran de télé des yeux.

— Je vois qu'en plus tu es ambidextre, murmura Wen en réajustant la position de ses hanches.

— J'ai de nombreux talents, se vanta Peter en passant sa main sous l'élastique de son caleçon pour attraper son sexe.

Wen poussa un long soupir tremblant. Peter posa son verre sur la table basse, et augmenta le volume du film. Wen se rapprocha de lui pour glisser à son tour sa main dans le pantalon de Peter et eut l'agréable surprise de constater qu'il ne portait pas de sous-vêtements. Il ferma son poing autour de son sexe brûlant et commença à le masturber en rythme avec le mouvement du poignet de Peter.

Le son de leurs respirations haletantes se fit si intense que Peter fut obligé de monter encore le son de la télé. Wen laissa mollement tomber sa tête contre le dossier du canapé et continua de caresser Peter en fermant les yeux. Il ne se rappelait pas avoir déjà été aussi excité dans toute sa vie.

Peter se pencha sur lui et lui murmura à l'oreille :

— Tu es tellement sexy. J'adore te regarder perdre ton légendaire sang froid et céder à la passion.

Quelque chose dans cette remarque fit tiquer Wen, mais son corps était déjà bien trop investi dans l'action pour laisser son cerveau s'attarder là-dessus.

Un gémissement lui échappa et Peter accéléra le rythme de sa main. Il posa le front contre l'épaule de Wen et ils jouirent quasiment en même temps.

— Oh mon dieu, s'exclama Wen, essoufflé.

— Pareil, gloussa Peter en se tournant vers l'écran de télé.

Val Kilmer et l'objet de son affection étaient en train de fuir les Russes.

— Wen ? appela la petite voix de John depuis le couloir.

Wen se figea et Peter se redressa brusquement.

— Qu'est-ce qu'il y a, John.

— Je vais aller me coucher. J'aime beaucoup ce film, tu sais.

Peter ne put s'empêcher de rire.

— On le regardera ensemble la prochaine fois, si tu veux. Peter va bientôt s'en aller et il faut que j'aille dormir aussi.

Peter retira lentement sa main couverte de sperme de sous la couverture.

— D'accord, répondit John en bâillant. À bientôt, Peter.

— A bientôt John, dit Peter en remontant discrètement son pantalon.

— Va te coucher maintenant, John. Je viendrais te voir pour te souhaiter bonne nuit.

Ils entendirent le bruit léger de ses pas qui s'éloignaient dans le couloir, et Peter se leva pour aller se laver les mains.

Wen se rhabilla en fronçant les sourcils. Que ce serait-il passé si Peter et lui avaient été plus loin et que John les avait surpris ? Il se leva pour rejoindre Peter devant l'évier.

— Il faut que je fasse plus attention. Je ne peux pas me permettre de me comporter comme un adolescent devant les enfants.

Peter s'appuya contre le comptoir pendant que Wen se lavait les mains à son tour.

— Tout va bien, il n'a rien vu.

— Mais il aurait pu.

— Mais il n'a rien vu, insista Peter.

— Peter, je suis sérieux. Je suis censé leur montrer l'exemple. Mon rôle est de les élever et de m'assurer qu'ils grandissent heureux et équilibrés. Je n'ai pas le droit à l'erreur.

— Parce que tu penses que s'accorder un simple moment de plaisir est une erreur ? Tu es tellement…

Il leva les bras au ciel en signe d'impuissance, avant de terminer :

— Vieux jeu !

Wen le fixa sans rien dire, comme s'il venait de se prendre une claque.

— Je ferais mieux de m'en aller, dit Peter en s'écartant de lui. Je te souhaite bonne chance pour ta présentation de demain.

Il attrapa sa veste sur le canapé, et quitta l'appartement.

Wen se prit la tête entre les mains. Il était complètement perdu.

— JE SUIS tellement stressée, chuchota Laila en aidant Wen à installer les grands panneaux de présentation dans la salle de réunion.

— Ne le sois pas, répondit Wen en haussant les épaules. Soit il aime, soit il n'aime pas, c'est aussi simple que ça. On sera vite fixé.

Il essayait de jouer les adultes blasés, mais en réalité il était au bord de la crise de nerfs. Après le départ de Peter la veille, il n'avait presque pas fermé l'œil de la nuit.

Il ouvrit la porte à double battant d'un coup de hanche et posa le panneau qu'il portait sur l'un des chevalets installés au fond de la salle. Ils auraient pu faire une présentation numérique, sur des tablettes ou sur un écran de projection, mais Wen voulait que le client garde en permanence le concept graphique de la campagne sous les yeux.

Arnie et Mark étaient déjà installés à leurs places, le nez plongé dans leur téléphone. Arnie releva la tête en entendant Wen entrer.

— Ils seront là dans cinq minutes, dit-il.

— Nous sommes prêts, répondit Wen.

Arnie baissa de nouveau la tête vers son téléphone en marmonnant :

— Rien ne sera jamais assez prêt pour ces imbéciles.

Étonnamment, Arnie s'était complètement détaché du projet. À aucun moment, il n'avait demandé à voir où ils en étaient. Il avait prétendu vouloir garder un regard distancié et objectif, mais Wen n'était pas dupe. Ce qu'il voulait vraiment, c'était de pouvoir affirmer qu'il n'avait rien à voir avec cette campagne si jamais le client était mécontent.

Il se tourna vers Mark Allworth, leur directeur général, mais l'homme affichait une expression indéchiffrable. Il avait vu leur proposition, l'avait qualifiée d'« intéressante et créative », et avait affirmé avoir hâte d'assister à la présentation finale. Autant dire qu'il ne s'était pas beaucoup engagé.

Brock brancha le vidéoprojecteur au milieu de la table, et Wen alluma son ordinateur portable. La sonnerie de l'interphone retentit, et la réceptionniste annonça :

— Monsieur Henderson et le reste de son équipe sont arrivés.

— Je vais les accueillir, annonça Mark en se levant.

Il sortit de la pièce, et toute l'équipe de Wen se tourna vers lui avec de grands yeux terrifiés.

Personne ne dit rien jusqu'au retour de Mark dans la salle.

— Merci pour cette opportunité, dit-il par-dessus son épaule, en ouvrant la porte au petit groupe derrière lui.

Henderson entra, accompagné de trois autres personnes. L'une d'entre elles, Sherry Morell, était déjà présente lors de la dernière réunion. Elle avait déjà l'air de s'ennuyer. Ce n'était pas très rassurant.

Ils s'installèrent tous autour de la table, et Mark leur offrit son plus beau sourire de PDG.

— Je vais laisser la parole à Wendell Darling, c'est lui qui a dirigé cette équipe et prit le risque de les emmener dans une toute nouvelle direction artistique. J'espère que vous aurez au moins l'indulgence de reconnaître son courage.

Arnie laissa échapper un reniflement disgracieux, et Henderson lui lança un regard désapprobateur.

Wen avança devant eux, et se lança.

— Comfort Foods a créé une révolution sur le marché du beurre de cacahuète. Adieu les additifs, le sucre ajouté et la texture épaisse qu'on a toujours connus en grande surface. Comfort Foods propose un produit sain, nourrissant, avec une image moderne, et à un prix attractif.

Il dévoila le premier panneau sur lequel trônait une photo des Lost Boys et de Clochette.

Henderson se redressa sur sa chaise et ouvrit grand les yeux.

Wen prit une grande inspiration, et fit signe à Brock de lancer la vidéo.

La chanson des Lost Boys retentit avec son introduction légèrement mélancolique, puis les photos du groupe cédèrent leur place à la peinture de Peter. Quelqu'un autour de la table émit un son admiratif.

Clochette et son ombrelle apparurent ensuite à l'écran. Elle portait un legging rose, un tutu vert et une veste en cuir noire. Elle était cramponnée à son ombrelle, qu'elle tenait à bout de bras, comme si un coup de vent menaçait de l'emporter. Puis progressivement, différentes parties de la peinture s'animèrent et les Lost Boys se mirent à danser. Wingman se déhanchait sur un sandwich au beurre de cacahuète qui se transforma en nuage, et Map disparut en bondissant dans un autre nuage, et en ressortit en mâchant. La voix de Peter accompagnait le montage surréaliste à la perfection. La vidéo se termina sur un plan de Peter, porté au-dessus de la tête de Samu, et avec les dernières notes de la chanson, il quitta les bras de Samu et s'envola dans la galaxie de couleurs mouvantes de la peinture. Un parasol apparut au milieu et se referma, laissant derrière lui la phrase « Comfort Foods. Un nouveau départ ».

Wen retira le drap qui recouvrait la peinture de Peter, posée sur le chevalet du milieu. Henderson fixa le tableau pendant un long moment, et Sherry Morrel affichait une expression tout sauf ennuyée.

Mark se racla maladroitement la gorge et Arnie ricana.

— Comme vous pouvez le constater, commença Mark, ils se sont un peu…

— Qui a peint cette œuvre ? demanda Henderson en l'interrompant d'un geste de la main.

— L'artiste a demandé à rester anonyme, expliqua Wen, la gorge nouée. Mais nous avons tous les droits d'exploitation nécessaires.

— Anonyme ? répéta Henderson, confus.

— Oui, c'était l'une des conditions pour rédiger son contrat.

— Et les acteurs de la vidéo ?

— Il s'agit d'un groupe de musique, les Lost Boys.

— Où est-ce que vous avez été cherché des idées pareilles ? demanda Henderson, ahuri.

Arnie ricana de plus belle, et cette fois-ci, Henderson lui jeta un regard meurtrier.

— Je suis tombé sur l'une des œuvres de l'artiste par hasard, et j'ai tout de suite su que c'était ce qu'il fallait à Comfort Foods pour la construction de leur nouvelle image.

— Et si nous avons besoin que l'artiste peigne autre chose, est-ce qu'il acceptera ?

Wen ouvrit la bouche, puis la referma, et la rouvrit pour répondre enfin :

— Je suis sûr que l'on peut le convaincre.

Un sourire se dessina lentement sur le visage d'Henderson.

— C'est l'idée la plus intéressante et la plus captivante que j'ai vue de toute ma carrière.

— Fantastique, s'exclama Mark en levant les bras. Je savais que tu serais sensible à cette nouvelle approche unique, Graham. Je dois dire que l'équipe a fait un travail admirable. Arnie leur a laissé la liberté créatrice dont ils avaient besoin, c'est un directeur artistique hors pair.

— Nous sommes ravis que vous soyez satisfait, Graham, surenchérit Arnie. Souhaitez-vous que nous poursuivions dans le bureau de Mark pour discuter des détails du contrat de vente ? demanda-t-il en ignorant volontairement Wen.

Henderson fronça les sourcils et son regard glissa automatiquement dans la direction de Wen, puis de Mark.

— Non, je voudrais revoir la vidéo.

Wen était partagé entre le soulagement et la capitulation. C'était le moment charnière : allait-il falloir qu'il se taise et qu'il laisse Mark et Arnie s'attribuer les mérites de son travail s'il voulait garder son emploi ? Il se mordit la langue, et relança la vidéo.

Henderson garda les yeux rivés sur l'écran jusqu'à la dernière seconde, puis recula pour s'appuyer pleinement contre le dossier de sa chaise.

— C'est tout simplement brillant. Ce que vous me proposez là va bien au-delà de mes espérances. C'est une identité tout entière pour notre marque. Ma seule inquiétude est cette histoire d'anonymat de l'artiste, parce que j'ai bien l'intention d'utiliser son graphisme pour tout. Pour nos packagings, pour toutes nos lignes de nouveaux produits. J'envisage même un court métrage, dit-il en agitant ses mains. Il va falloir que vous le contactiez très vite parce que la commande que je vais vous passer sera loin de se limiter au beurre de cacahuète.

Le visage tout entier de Mark s'éclaira comme si Mercedes Benz venait d'annoncer des soldes de véhicules à 5 dollars. Arnie pour sa part, lança à Wen un regard de haine pure.

WEN ESSAYA de rester concentré sur l'aspect victorieux de la présentation. Après tout, il avait réussi ; le client était satisfait.

Il était passé chercher du chinois pour un petit dîner de célébration avec les enfants, mais le cœur n'y était pas. Son téléphone portable n'arrêtait pas de sonner. Arnie et Mark étaient complètement perdus avec la conception de la nouvelle campagne, mais ils étaient aussi déterminés, l'un que l'autre à faire croire à Henderson qu'ils contrôlaient parfaitement la situation. Wen était amer et en colère, mais quel autre choix avait-il s'il voulait garder son travail ?

— Alors le type du beurre de cacahuète a vraiment aimé ton projet ? demanda John, la bouche pleine de poulet.

— On dirait bien. Il a même refusé une proposition de l'agence Wellington parce qu'il préférait la nôtre, alors que Wellington est considérée comme la meilleure agence de tout New York, se vanta Wen en souriant à son petit frère.

— C'est trop cool ! s'exclama John en lui tapant dans la main.

— Qu'est-ce qui lui a le plus plu ? demanda Michaela.

— Je crois que c'est la peinture de Peter. Mais il était vraiment enthousiasmé par tout le reste aussi. Il ne veut rien changer, il nous a même fait d'autres commandes.

— D'autres commandes ?

— Oui, pour d'autres de ses produits. Si la publicité du beurre de cacahuète fonctionne bien, il nous confiera la campagne de toute une ligne de produits.

— Ils vont avoir besoin d'autres peintures ?

— Pas nécessairement, on se servira peut-être simplement de gros plans sur différentes parties de la toile de Peter.

— Moi je parie que Peter accepterait de peindre d'autres trucs, intervint John. Pourquoi n'est-il pas là pour célébrer ça avec nous ? Tu ne l'as pas prévenu ?

— Ce n'est pas la peine. Il s'en rendra bien compte quand lui et Lost Boys recevront leur argent.

John se figea, sa fourchette à quelques centimètres de sa bouche.

— Peter s'en fiche de l'argent.

Peter se fiche de pas mal de choses, songea amèrement Wen. *À commencer par moi.*

— Eh bien, Peter a tort parce qu'il a besoin d'argent pour survivre. Il pourrait intégrer une école et obtenir un diplôme d'art digne de ce nom avec ce qu'il va toucher.

— Pourquoi tu dis ça ? demanda John en reposant brusquement sa fourchette. Peter est déjà un artiste digne de ce nom ! Il peint et c'est le chanteur des Lost Boys, il n'a pas besoin de s'inquiéter des trucs ennuyeux comme les gens normaux !

— Je te rappelle que c'est grâce à ces trucs ennuyeux de gens normaux que tu as un toit sur la tête, John ! s'emporta Wen.

Michaela le fixa avec de grands yeux et John ouvrit la bouche, surpris par le ton de sa voix.

— Désolé, je suis désolé. Je sais que tu aimes beaucoup Peter. Moi aussi, je l'aime beaucoup. Mais le monde ne tourne pas selon les règles de Peter, et il faut quand même payer les factures à la fin du mois. Finis ton assiette, j'ai acheté de la glace pour le dessert.

— Je n'en veux pas, merci, murmura John en clignant des yeux pour retenir ses larmes.

Il repoussa son assiette, se leva, et se dirigea vers sa chambre.

Wen ne savait plus s'il fallait le gronder ou le consoler. John n'avait jamais refusé de dessert avant, et il n'était jamais parti se coucher si tôt sans protester.

— Laisse-lui le temps de réfléchir à tout ça, le rassura Michaela en posant une main sur son bras. Peter lui fait beaucoup penser à maman, tu sais.

— Je ne vois pas en quoi c'est une bonne chose, protesta Wen.

— Je sais qu'elle t'a beaucoup fait souffrir. Moi aussi. Mais John était trop petit. Pour lui, elle est restée cette créature extraordinaire qui le faisait rire et qui vivait sa vie comme elle l'entendait.

— Tu veux dire qui l'abandonnait sans cesse et le laissait jouer avec des allumettes ? précisa Wen en serrant les dents.

— Mais il ne s'est jamais blessé, parce que tu veillais sur lui. Il ne se souvient que de ses bons côtés, et elle lui manque.

— Je sais, soupira Wen en secouant la tête. Mais je ne veux pas qu'il idéalise…

— Un modèle irresponsable. Je comprends. Jamais il ne pourra t'idéaliser toi, parce que tu es celui qui prend soin de lui au quotidien. Mais il t'aime plus que tout au monde.

— Le pire c'est que moi aussi, j'aime beaucoup Peter.

— Je sais, dit-elle en lui tapotant le bras, et je suis désolée qu'il t'ait déçu.

— Pourquoi dis-tu ça ?

— C'est normal, répondit-elle en haussant les épaules. Vous êtes si différents, vous êtes voués à vous décevoir l'un l'autre.

XIV

PETER FRANCHIT les portes du Pays Imaginaire à toute vitesse. Il était en retard pour leur répétition. Depuis qu'il était sorti de l'appartement de Wen après leur dispute deux nuits plus tôt, il avait le moral au plus bas. Tout aurait été tellement plus facile si Wen n'était qu'un crétin de plus, mais sa curiosité, sa passion pour l'art et son sens des responsabilités bouleversaient l'âme de Peter.

Ça le bouleversait, et ça le rendait complètement dingue.

Il se pressa jusqu'à la scène sur laquelle leurs instruments étaient tous installés, mais pas un seul membre du groupe n'était en vue. Il fronça les sourcils et scanna la foule du regard. Après quelques secondes, il les aperçut, accroupis derrière une table. Peter les rejoignit en trottinant, et en s'approchant il entendit Map dire d'une voix tendue :

— Allez Dudish, ouvre les yeux, ne t'endors pas bon sang !

— Redonne-lui un peu d'eau.

— Je vais tuer cet enfoiré.

Peter s'accroupit auprès d'eux et découvrit le corps allongé de Dudish, la tête sur les genoux de Samu.

— Mais qu'est-ce qui s'est passé ?

— Tu sais très bien ce qui s'est passé, répondit sèchement Wingman en lui lançant un regard mauvais.

Peter contracta les muscles de sa mâchoire, se releva et se dirigea d'un pas ferme vers le bureau de Mouche. Il frappa à la porte.

— Entrez.

Peter mourrait d'envie de défoncer la porte à coups de pied, mais il pouvait entendre plusieurs voix dans le bureau, ce qui signifiait que Mouche n'était pas seul. Il ouvrit et resta poliment sur le seuil de la porte.

— Bonjour, désolé de déranger.

— Ah, Peter ! le salua Mouche avec enthousiasme, comme s'il accueillait son neveu.

Hypocrite.

116

— Carstairs, je te présente Peter Panachek, le leader du groupe le plus populaire de l'établissement, les Lost Boys. Peter, voici Carstairs Pennymaker, dit-il en se tournant vers le petit homme assis à côté de lui.

L'homme se leva et se dirigea vers Peter. Peter avait vu défiler plus d'une personne excentrique au Pays Imaginaire, mais cet homme remportait la palme. À peine plus qu'un mètre cinquante, il portait un costume sur mesure en tissu tartan rouge et vert, un veston à carreaux noir et blanc, une cravate à fleurs, et un œillet à la boutonnière. Pour parfaire le tout, il avait sur la tête un Borsalino.

— Enchanté de faire votre connaissance, Peter Pan... achek. Enchanté, vraiment, j'ai hâte de vous voir sur scène, annonça Carstairs Pennymaker en lui offrant une poignée de main.

— Merci, Monsieur, répondit Peter incertain en lui serrant la main.

Qui était ce type ?

Il fronça les sourcils, et se retourna vers Mouche. Il n'avait pas oublié la raison initiale de sa venue.

— Dudish ne pourra pas chanter ce soir.

Mouche s'apprêta à protester, mais Peter leva une main.

— Pour la même raison habituelle. Je suis désolé Monsieur Mouche, mais il va vraiment falloir que vous régliez ce problème.

— Je tâcherais d'en faire ma priorité, Peter, dit-il en lançant un regard nerveux à Pennymaker, comme s'il craignait son jugement. J'imagine que tu vas le remplacer ?

— Je vais faire ce que je peux. Je ne chante pas aussi bien que lui.

— Le chanteur principal du groupe a une voix extraordinaire, mais il a des problèmes... d'allergie, expliqua maladroitement Mouche en se tournant vers Pennymaker.

Peter croisa les bras. Allergie et overdose, ou était la différence, pas vrai ?

— Il est très populaire auprès de la clientèle féminine, ajouta Mouche en essayant de changer de sujet. Peter aussi, bien sûr.

— Malheureusement pour elles, ce n'est pas réciproque, soupira Peter. Mais on ne peut pas continuer comme ça, ça devient trop fréquent. Il faut régler cette histoire d'allergies, et vite. Ravi de vous avoir rencontré, dit-il à l'attention de Pennymaker puis, il sortit du bureau et percuta Vadon Hooker de plein fouet.

— Doucement, mon mignon. Où est-ce que tu cours comme ça ?

— En répète, répondit Peter, les dents serrées. Je suis tout seul au chant ce soir, Dudish est complètement défoncé.

Il leva les yeux vers Hooker, et les baissa aussitôt. Il était incapable de soutenir son regard, ce qui l'énervait profondément

— C'est triste de voir comme certains jeunes n'ont aucun self-control, soupira Hooker en secouant la tête.

— Pas aussi triste que de voir ceux qui profitent de leur état de faiblesse, rétorqua Peter.

— Je suis un homme d'affaires, Peter, lui dit Hooker en posant une main sur sa poitrine. Si Dudish ne m'achetait pas sa came, il trouverait rapidement un autre vendeur moins scrupuleux, et les choses pourraient très mal finir.

Peter se retint de hurler. Il se contenta d'un bref hochement de tête nerveux, et s'éloigna. Hooker lui filait les jetons comme personne.

Il regagna les coulisses, conscient du poids de son regard noir et malsain dans son dos.

L'un des videurs de la boîte, Ratface, luit fit signe de s'approcher.

— Peter, j'ai quelqu'un pour toi.

— Quelqu'un pour moi ? répéta Peter sans comprendre.

Ratface tira sur le bras de quelqu'un qui était caché dans son dos, et Peter eut la surprise de découvrir le petit John.

— Il dit qu'il te connaît.

Peter se précipita vers le jeune garçon et s'agenouilla à sa hauteur.

— John, mais qu'est-ce que tu fais là ?

— Salut, Peter.

— C'est bon, Ratface, tu peux le lâcher. Je m'en occupe.

— D'accord, mais fais-le vite sortir d'ici, c'est illégal d'avoir un mineur dans les locaux.

— Promis.

Peter prit John par la main et le guida avec lui jusqu'aux coulisses, où le reste du groupe était en train de se préparer. Il le fit s'asseoir à l'une des chaises devant la rangée de coiffeuses.

— Comment est-ce que tu es arrivé jusqu'ici ?

— À pieds, répondit John avec un grand sourire.

— Tu n'es pas censé être encore à l'école ?

— C'est fini l'école à cette heure-ci, je suis venu en sortant.

— Mais enfin, pourquoi ?

Le sourire du petit garçon s'effaça.

— Je suis venu te dire que le monsieur du beurre de cacahuète a adoré ta peinture et que Wen va garder son travail.

— Tu aurais pu me dire tout ça par téléphone, remarqua gentiment Peter.

— Mais c'est Wen qui a ton numéro et il refuse de s'en servir ! s'énerva John en levant les bras en l'air. Ce n'est pas juste ! Tu as le droit de savoir, après tout c'est ta peinture. Tu as sauvé l'emploi de Wen et la pub va être un immense succès !

Peter se mit à rire malgré lui, lorsqu'une voix suave et froide intervint :

— Qu'est-ce qui va être un immense succès ? Et puis-je savoir qui est ce jeune homme ?

John leva les yeux vers Vadon Hooker, et une expression de méfiance mêlée de peur s'empara des traits de son petit visage.

Peter se força à rester calme et se tourna vers Hooker en souriant.

— Vadon, je te présente mon ami John. Je l'ai invité à venir nous voir répéter après ses cours.

Hooker lui offrit un sourire de requin.

— Et je présume que les videurs ont vérifié ses papiers d'identité ?

— On aime cueillir nos fans au berceau, plaisanta Peter.

— Ravi de te rencontrer, John, le salua Hooker en tendant une main.

Peter sentit les muscles du dos de John se tendre sous sa main, mais le petit garçon accepta la poignée de main sans laisser transparaître sa nervosité.

— Alors ? Qu'est-ce qui va être un immense succès ?

— John et moi avons inventé un jeu pour qu'il impressionne ses copains à l'école, répondit Peter en serrant brièvement l'épaule de John.

— Ah vraiment ? Et c'est avec ce jeu que tu as sauvé l'emploi de Wen ? demanda Hooker avec un autre sourire carnassier.

Il avait tout entendu.

— Non, c'est un autre sujet. La semaine dernière, j'ai suggéré une idée au frère de John pour l'aider à son travail. John exagère quand il dit que j'ai sauvé son emploi. L'idée a bien fonctionné, c'est tout.

Derrière eux, les Lost Boys commencèrent à jouer.

— On devrait y aller, les autres nous attendent, dit Peter en tirant John vers lui.

— J'étais content de vous rencontrer, lança innocemment John en levant les yeux vers Hooker.

Brave petit. Il était très malin pour son âge. Même si, selon Peter, il n'était pas nécessaire d'avoir un QI de génie pour comprendre que Vadon Hooker était le genre de personne à éviter.

Peter guida John jusqu'à la scène et le fit s'asseoir le plus près possible du groupe, avant de courir jusqu'au micro, juste à temps pour commencer la première chanson. Il jeta un coup d'œil en arrière, pour s'assurer qu'Hooker ne rôdait pas autour de John, mais il semblait avoir disparu. John regarda nerveusement autour de lui pendant les premières minutes, mais très vite, il se laissa emporter par la musique et se dandina avec enthousiasme sur sa chaise.

Lorsque l'une des chansons plus douces de Dudish commença, Peter dut fermer les yeux pour se concentrer et contrôler sa voix sans faire de fausse note. Lorsqu'il les rouvrit, il aperçut l'étrange petit homme au costume tartan assis à côté de John.

Peter fronça les sourcils, mais le petit homme lui fit un sourire rassurant. Peter restait méfiant. D'après son expérience, les connaissances de Mouche n'étaient pas vraiment recommandables. Il se demandait qui était l'étrange Monsieur Pennymaker.

Le groupe fit une pause, et John sauta aussitôt sur ses pieds en tapant dans ses mains avec excitation.

— C'était génial !

— Je dois dire que je suis entièrement d'accord, renchérit Pennymaker. Je comprends mieux la grande popularité des Lost Boys.

— Monsieur Pennymaker dit que vous allez devenir célèbres ! s'exclama John.

— En tout cas, on aimerait bien, lança Wingman.

Peter sourit, mais il n'était pas aussi enthousiaste. La célébrité ne l'attirait pas particulièrement. Avec elle venaient les questions, et il n'aimait pas les questions.

— Allez, viens, John, je crois qu'il est temps que je te ramène chez toi.

— Vraiment ? Tu vas rentrer avec moi ?

— Je ne vais pas te laisser rentrer tout seul, répondit Peter en posant les poings sur les hanches. Tu n'aurais jamais dû venir ici sans être accompagné par un adulte, ton frère va me tuer quand il l'apprendra.

En vérité, ça lui était égal si ça signifiait qu'il pouvait simplement revoir Wen.

— Je vais me prendre une sacrée punition, dit John en baissant les yeux.

Monsieur Pennymaker se racla poliment la gorge.

— Mes enfants, si je puis me permettre, et si je vous déposais tous les deux en voiture ? Ainsi le jeune John ne rentrerait pas trop tard, et vous aurez le temps de décider quoi raconter pendant le voyage ? ajouta-t-il malicieusement.

Peter le fixa pendant un long moment, et la méfiance devait se lire sur son visage, car Pennymaker ajouta :

— Ma voiture est garée juste devant, et vous pourrez donner l'adresse au chauffeur vous-même afin de vous assurer qu'il ne s'agit pas d'un kidnapping.

— Qui voudrait nous kidnapper ? demanda John en levant les yeux au ciel. Même à nous deux on n'a sans doute même pas de quoi acheter une pizza.

Ce n'était pas la stricte vérité, et Peter continuait de trouver le petit Pennymaker extrêmement suspect.

— Encore un problème auquel il y a une solution, lui dit Pennymaker sur le ton de la confiance.

— Pizza ! s'écria John en levant le poing.

Peter baissa les yeux vers le petit garçon, puis vers Pennymaker, avant de hocher lentement la tête. Ce serait peut-être l'occasion d'en apprendre davantage au sujet de ce mystérieux petit homme qui semblait ne sortir de nulle part.

— Merci, Monsieur Pennymaker, c'est très gentil à vous.

Peter alla informer Wingman qu'il raccompagnait John chez lui et qu'il serait de retour à temps pour le concert.

— Très bien, suivez-moi, leur dit Pennymaker en se dirigeant à vers la sortie d'un petit pas énergique et confiant.

Comme promis, garée juste devant la boîte de nuit, se trouvait une limousine. Peter écarquilla les yeux. Une véritable limousine. Verte. Et pas d'un vert sapin ou kaki discret, mais d'un vert éclatant, brillant comme l'émeraude.

— Oh, Peter, regarde, la voiture a la même couleur que tes yeux, lança John.

— Mais tu as complètement raison, s'exclama Pennymaker en haussant les sourcils. Je vous en prie, montez.

Le chauffeur, un homme immense avec une gueule cassée et un sourire chaleureux, qui portait un jean, un tee-shirt et un chapeau noir, leur ouvrit la porte.

— C'est trop génial ! s'écria John en plongeant sur la banquette arrière.

Monsieur Pennymaker fit signe à Peter de monter. Peter s'installa sur la banquette extra confortable en cuir gris, et ne put s'empêcher de remarquer la finition des poignées en noyer brillant. John était déjà en train d'ouvrir tous les tiroirs et tous les placards de l'impressionnant véhicule.

— Ce n'est pas très poli, lui fit remarquer Peter en posant une main sur son bras pour tenter de le calmer.

— Désolé, dit aussitôt le petit garçon en se rasseyant sagement, mais c'est la voiture la plus cool que j'ai jamais vue !

— Je suis ravi qu'elle te plaise, mon enfant. Murphy, dit-il en se penchant entre les deux sièges avant pour s'adresser au chauffeur, John va te donner son adresse et ce sera notre destination. Assure-toi simplement de faire un crochet par la meilleure pizzeria du quartier.

— Pas de problème, Mister P.

John récita docilement son adresse et se rassit.

— Vous l'avez depuis longtemps votre voiture, Mister P. ? demanda John, visiblement charmé par le surnom du petit homme.

— Non, elle est assez récente.

— Je ne voudrais pas être impoli, commença Peter, mais est-ce que je peux savoir quels sont vos liens avec le Pays Imaginaire ?

— J'ai toujours eu un vif intérêt pour l'événementiel, répondit-il simplement, avant de se tourner vers John. Quel genre de pizza te ferait plaisir ?

Peter fronça les sourcils. Il semblait évident qu'il n'en apprendrait pas davantage.

Cinq minutes plus tard, ils se garèrent sur le parking d'une pizzeria très réputée, et repartirent avec leur butin pour rejoindre l'appartement de Wen. En apercevant l'immeuble, Peter sentit son estomac se contracter.

John ne quittait pas les cartons de pizza du regard. Peter devait reconnaître qu'elles sentaient divinement bon.

— Dites Mister P., vous allez monter pour manger un morceau de pizza avec nous ? demanda John.

— Je ne voudrais pas déranger, dit-il avec le sourire de quelqu'un qui savait pertinemment qu'il ne dérangerait pas.

— Vous plaisantez, c'est votre pizza !

— Permets-moi de protester, mon petit John, elles sont à toi, je te les ai offertes. Mais je serais enchanté de les partager avec toi, Peter et le reste de ta famille.

— Vous allez adorer ma sœur, elle est cool. Mon frère aussi. Il est très différent de Peter, mais il est génial.

Les mots de John réveillèrent en Peter un sentiment étrange.

— Je vois, dit Pennymaker en lançant un regard à Peter, et bien j'ai hâte de faire leur connaissance.

— En plus, Peter et vous devez m'aider à tout expliquer pour que je ne me fasse pas punir, leur rappela John en descendant par la portière que Murphy venait d'ouvrir.

Peter suivit John et Pennymaker jusque dans le hall d'entrée de l'immeuble. Arrivés au pied des interminables escaliers, il dit au petit homme :

— Je suis désolé, c'est au quatrième étage et il n'y a pas d'ascenseur.

— Ne t'inquiète pas pour moi, mon garçon, répondit Pennymaker en s'engageant dans la cage d'escalier d'un pas vif.

Il entreprit alors de monter les quatre étages avec l'agilité d'une chèvre des montagnes, si bien que John et Peter eurent du mal à suivre le rythme.

— Et bien, on peut dire que vous avez la forme, haleta Peter en arrivant à destination.

— Je vis dans un immeuble semblable, j'ai l'habitude.

John sortit sa clé et ouvrit la porte.

— Il y a quelqu'un ? appela-t-il.

Michaela se précipita vers lui.

— John Darling, pour l'amour du ciel, où étais-tu ? Je t'ai cherché par… oh, s'interrompit-elle en apercevant Peter et monsieur Pennymaker. Bonjour.

— Bonjour ma chère, répondit Pennymaker en lui offrant sa main. Je suis désolé de vous surprendre ainsi. Je me présente, je suis Carstairs Pennymaker. Peter et moi-même avons fait la surprise à John de l'emmener à une répétition des Lost Boys, et j'ai bien peur que nous ayons perdu la notion du temps. Je regrette que vous vous soyez ainsi inquiétée. Nous avons ramené des pizzas pour nous faire pardonner.

Michaela regarda Peter, puis monsieur Pennymaker, avec méfiance.

— J'ai dû prévenir Wen, dit-elle enfin.

— Oh non, Michaela ! Pourquoi as-tu fait ça ? se lamenta John.

— Ça fait déjà trois heures que tu aurais dû être rentré, John. J'étais morte d'inquiétude et si quelque chose t'était arrivé ?

— C'était un réflexe on ne peut plus responsable, vous avez bien fait, ma chère, acquiesça Pennymaker, mais je crains que tout ça ne soit notre faute, à Peter et à moi-même.

— John sait très bien qu'il doit être rentré à une certaine heure, et il savait que j'allais m'inquiéter.

— Je n'en doute pas, mon enfant. Nous n'avons simplement pas vu le temps passer.

Michaela lança à monsieur Pennymaker un regard digne d'une maman exaspérée.

— Si vous voulez bien m'excuser, dit-elle sèchement en s'écartant pour décrocher le téléphone et composer le numéro de Wen. Wen, c'est encore moi. Oui, John est rentré, il va bien. Je n'ai pas tout compris, mais visiblement Peter l'avait invité à une répétition des Lost Boys et il a oublié de nous prévenir. Oui, Peter est là aussi. Calme-toi Wen, respire. D'accord. À tout à l'heure.

Elle raccrocha et croisa les bras.

— Excusez-moi monsieur, mais qui êtes-vous exactement ? demanda-t-elle à Pennymaker.

— Un grand amateur d'art et de musique, ma chère.

— Il nous a emmenés dans sa limousine, ajouta fièrement John. Une limousine verte !

— Et si nous nous installions tous pour déguster ces délicieuses pizzas ? suggéra monsieur Pennymaker en tendant les cartons.

— Je vais aider à mettre la table, dit aussitôt John.

Peter lui lança un regard un coin. S'il jouait trop les bons garçons, sa sœur allait se douter qu'il cachait quelque chose.

— Très bien, entrez, posez ça sur la table basse, dit finalement Michaela, l'air toujours un peu soucieux.

Monsieur Pennymaker entra dans le coin salon et prit place sur le canapé comme s'il s'agissait d'un fauteuil du Ritz. Michaela et John se dirigèrent vers le coin-cuisine.

— Est-ce que je peux aider ? demanda Peter.

— Non, va t'asseoir, répondit Michaela en plissant les yeux dans sa direction.

Peter s'installa par terre en tailleur, juste en face de la place habituelle de Wen.

— Vous faites affaire avec Le Pays Imaginaire, monsieur ? demanda-t-il à Pennymaker.

— Je trouve cet endroit absolument fascinant, répondit mystérieusement le petit homme.

John arriva avec des assiettes et des serviettes en papier. Il posa tout en vrac au milieu de la table, et s'assit par terre, l'air un peu anxieux.

Michaela sortit les pizzas de leurs cartons et les posa sur deux larges assiettes. Elle les posa délicatement sur la table. Peter sourit discrètement. Elle était peut-être méfiante, mais il était évident qu'elle tenait malgré tout à faire bonne impression. Elle servit une part à chacun à l'aide d'une pelle à tarte.

John attrapa sa part de pizza et s'apprêtait à la fourrer dans sa bouche lorsque Michaela l'épingla de son regard.

Il se figea. Tout le monde autour de la table se figea. Peter songea alors qu'il connaissait ce regard et que celui de Michaela était déjà aussi efficace que celui de Wen.

XV

Monsieur Pennymaker finit par mordre à pleines dents dans sa part de pizza, en prenant bien soin de regarder John dans les yeux pour lui montrer qu'il pouvait y aller. Le pauvre John avait à peine avalé sa première bouchée, lorsque Wen entra en trombe dans l'appartement.

— Que se passe-t-il ici ? demanda-t-il en dévisageant le petit groupe installé autour de la table basse.

— Bonsoir, Wen, je suis Carstairs Pennymaker, un ami de Peter, se présenta aussitôt le petit homme en se levant du canapé. Je crains que toute cette histoire ne soit ma faute. Je suis passé acheter des pizzas pour me faire pardonner. Je dois dire que j'avais hâte de vous rencontrer.

Wen les regarda tous un à un, tiraillé entre la colère et la frustration de cette situation.

— Est-ce que je dois comprendre que John était avec vous au lieu d'être à la maison ? demanda Wen en fusillant son petit frère du regard.

— Je crois que l'argument de la limousine l'a emporté.

— Alors c'est votre voiture qui est garée en bas, conclut Wen en serrant les dents.

— Longue et verte comme une asperge ? Je plaide coupable, répondit Pennymaker en gloussant. Pourquoi ne pas nous rejoindre et manger un bout de pizza pendant que nous délibérerons sur mon sort ? suggéra-t-il malicieusement.

Michaela tendit timidement la main vers l'assiette qui l'attendait à sa place habituelle.

— Vous m'excuserez de ne pas vouloir en rester là, protesta Wen. Tout ce que je retiens, c'est que John a accepté de monter dans la voiture d'un inconnu, ce qui est sans doute aussi grave que de disparaître sans rien dire.

— J'étais avec Peter, marmonna John en baissant les yeux.

— Ça ne me rassure pas vraiment, rétorqua Wen en lançant un regard glacial au principal concerné.

— Wen, s'il te plaît, viens manger avec nous, le supplia Michaela en tapotant sa place vide.

126

Après un long moment, Wen retira son manteau, le posa sur une chaise et vint s'asseoir avec eux. Il avait toujours l'air très en colère. Il trouva le regard de Peter et lui demanda :

— Je peux savoir quel est ton rôle dans toute cette histoire ?

Peter hésita un instant. Il ne savait pas quoi dire pour rester cohérent avec l'histoire de monsieur Pennymaker sans raconter de mensonge.

— Mister P. est venu écouter une répète des Lost Boys avec John.

— John répétait avec les Lots Boys ?

— Non, il écoutait avec Mister P.

— Dans ce cas pourquoi...

— Je crois savoir que vous travaillez dans la communication, Wen, l'interrompit Pennymaker.

— Oui... Répondit Wen, suspicieux, en glissant son regard vers le petit homme. En effet.

— Et si j'ai bien compris, Peter et vous travaillez ensemble sur un projet de campagne de publicité ?

Peter jeta un regard nerveux au petit John en se demandant ce qu'il avait pu raconter à Pennymaker pendant qu'ils étaient seuls tous les deux à la répétition.

— En quelque sorte, répondit Wen, évasif, en fonçant les sourcils. Peter est un artiste talentueux et il a conçu l'univers graphique de la campagne.

— Et j'ai également cru comprendre que Peter et vous aviez une relation.

Pris de cours, Wen écarquilla grand les yeux et chercha le regard de Peter, qui pour sa part regardait John. Mais le petit garçon avait l'air aussi surpris qu'eux.

— Qu'est-ce qui vous a donné cette impression ? demanda Peter.

— Oh, je suis désolé, est-ce que je me montre indiscret ?

Peter regarda Wen, puis ils détournèrent tous les deux les yeux, visiblement gênés. Aucun d'eux ne savait vraiment quoi répondre.

— C'est un peu compliqué, commença Wen, Peter et moi sommes amis. En quelque sorte. Je veux dire, j'ai beaucoup d'admiration pour lui, mais...

— Mais ? L'encouragea Pennymaker avec un geste bienveillant de la main.

— On ne se comprend pas toujours, conclut Wen en pinçant les lèvres, et on a tendance à s'énerver mutuellement.

— C'est intéressant, j'aurais eu tendance à penser que vous ne vous comprenez que trop bien, et que c'est là la source de votre énervement mutuel.

— Je crois que vous avez raison Mister P., dit John en hochant vigoureusement la tête. Peter nous fait penser à notre maman, et Wen trouve que ce n'était pas une très bonne maman, alors c'est peut-être pour ça qu'il s'énerve si souvent après Peter.

— Je vois. Et peut-être qu'il y a quelque chose dans le passé de Peter qui lui fait penser à Wen et que c'est pour ça qu'il s'énerve aussi.

— Est-ce que quelqu'un vous a envoyé pour me retrouver ? demanda Peter en se levant brusquement pour s'écarter le plus loin possible de la table et de Pennymaker.

— Quoi ? Mais je croyais que vous étiez venus ensemble parce que vous vous connaissiez, dit Wen, complètement perdu.

— Qui veux-tu qui m'a envoyé, mon garçon ? demanda Pennymaker en levant les yeux vers Peter.

— À vous de me le dire.

— Je peux te garantir que personne ne m'envoie. Mes propos n'ont pour fondement que ce que j'ai pu observer au travers de vos interactions, et si Wen a l'occasion de mieux comprendre sa mère à travers toi, j'en ai déduit que peut-être il pourrait t'aider à te réconcilier avec ton passé aussi.

— Je pense qu'il est sincère, dit John.

— Je vous promets que c'est le cas, insista Pennymaker. Maintenant si vous le voulez bien, nous allons tous finir notre pizza et changer de sujet.

Peter ne savait plus quoi penser. Il avait l'air sincère, et il leur avait même acheté de délicieuses pizzas. Il finit par se rasseoir.

— Qu'est-ce que vous faites dans la vie Mister P. ? demanda John, imperturbable, en dévorant sa pizza avec appétit. Vous devez être sacrément riche.

Michaela porta une main à sa bouche pour masquer sa surprise sans cracher sa pizza.

— John, c'est très impoli comme question !

— Désolé.

— Il n'y a pas de mal, mon garçon, répondit Pennymaker en souriant. J'ai de nombreuses activités. Je travaille dans la mode, dans l'art, dans la musique et dans l'éducation, mais mon champ d'expertise premier reste l'immobilier.

— Ce qui fait du Pays Imaginaire le commerce parfait pour vous, devina Peter, plus méfiant que jamais.

— En effet. Et toi, John ? Raconte-moi un peu ce que tu fais à l'école.

La discussion glissa naturellement vers l'horreur des cours de mathématiques et l'intérêt marqué de John pour les arts. Presque malgré lui, le regard de Peter ne cessa de revenir au visage crispé de Wen. Il avait beau se comporter comme un vieillard coincé, il était tellement beau. Il ressemblait à un ange avec ses boucles blondes et ses grands yeux bleus. Puis, il réalisa que tout le monde autour de lui s'était tu.

— Quoi ? demanda-t-il en relevant la tête.

— Monsieur Pennymaker te demandait si tu voulais qu'il te ramène au Pays Imaginaire.

— Tu avais l'air perdu dans tes pensées, ajouta le petit homme en souriant.

— Oui, je… je suis désolé. C'est vrai qu'il faut que je retourne jouer. J'apprécierais que vous me déposiez si ça ne vous fait pas faire un trop grand détour.

— J'avais l'intention de venir voir le concert, le rassura Pennymaker.

Peter prit une grande inspiration et se leva. Tout le monde l'imita. Il croisa le regard de Wen et lui demanda avec hésitation :

— Ta présentation s'est bien passée alors ? Le client a aimé ?

— Beaucoup.

— Je suis content pour toi.

— Merci encore pour ton aide. Je n'y serais pas arrivé sans toi, dit Wen en fuyant son regard.

Peter aurait voulu ajouter quelque chose, continuer la conversation, mais rien ne lui vint à l'esprit. Il soupira et se dirigea vers la porte.

— À un de ces quatre, alors.

— Sans doute, répondit Wen d'une voix triste.

— Attendez, on est amis, pas vrai ? demanda John d'une voix paniquée. Les amis se voient souvent ! On est amis, hein ?

— Bien sûr qu'on est amis, lui dit doucement Peter en se tournant vers lui.

Il leva les yeux vers Wen qui n'en avait pas l'air totalement convaincu, et sentit son cœur se serrer.

— Je te promets qu'on se reverra, dit-il au petit garçon.

— Bientôt ? demanda John en le serrant par la taille.

129

— Oui, bientôt, dit Peter en passant un bras autour de son dos pour le serrer contre lui.

John releva la tête et lui offrit un sourire éclatant. Peter avait envie de pleurer. C'était étrange et il n'aurait pas su dire pourquoi exactement.

Il se dégagea gentiment de l'étreinte de John et, après un dernier regard au magnifique visage triste de Wen, Pennymaker et lui quittèrent l'appartement. Murphy les attendait, debout devant la voiture, et leur ouvrit la porte. Mister P. monta dans le véhicule et Peter le suivit.

— Tu as l'air d'être vite devenu une personne importante pour la famille Darling, fit-il remarquer.

— Quoi ? Non !

Il dut réaliser que sa réaction était trop enflammée pour être honnête, et essaya de se calmer, mais Pennymaker lui lança un regard lourd de sens en haussant les sourcils.

— Je les connais à peine. Wen m'a harcelé pour que je lui peigne un truc. C'est fait, c'est fini.

— Mais tu viens de dire au petit John que vous étiez amis.

— C'est un bien grand mot. Je les apprécie, mais je n'ai pas le temps pour les drames familiaux.

— Et Clochette et les Lost Boys alors ?

— C'est différent, répondit Peter en se tournant vers la vitre pour regarder défiler le paysage dehors. Si l'un d'entre nous décidait de partir, les autres le remarqueraient à peine. C'est la vie, on va là où l'aventure nous mène. Dès qu'on s'ennuie, on change de cap.

— Oh, et j'imagine que Wen est ennuyeux.

— Comme la mort, répondit Peter. Pas toujours, mais trop souvent à mon goût.

— C'est dommage pour John, il est évident qu'il s'est attaché à toi.

— Parce que je lui rappelle sa mère. Mais c'était une bonne à rien.

— Et tu penses que toi aussi, tu es un bon à rien ? demanda Pennymaker en appuyant sur un bouton qui fit monter une vitre teintée entre eux et le chauffeur, créant une ambiance plus confidentielle.

— Je n'ai jamais dit ça.

— Alors, pourquoi avoir fait ce rapprochement ?

— En quoi ça vous regarde ? demanda Peter sur un ton agressif.

— Ça ne me regarde pas, Peter, je te fais simplement remarquer que tu n'es pas comme la mère de ces enfants.

— Nous sommes arrivés au Pays Imaginaire, Mister P., leur annonça Murphy par l'interphone.

— Parfait. Merci, Murphy.

Quelques secondes plus tard, la porte s'ouvrit et Peter sortit du véhicule à toute vitesse, remercia Mister P. à la hâte, et s'engouffra dans la boîte de nuit pour rejoindre le reste des Lost Boys qui étaient déjà sur scène pour la balance.

— Tout va bien, PP ? demanda Samu en le voyant arriver.

— Ça va, ça va. Je suis désolé, je n'ai pas eu le temps de me changer.

— Oui, je vois ça. Est-ce que ça a été avec John ?

Peter eut tout juste le temps de hocher la tête. Le groupe se mit à jouer et il enchaîna les chansons sans grande conviction, préférant garder le peu de motivation qui lui restait pour le concert.

Toujours dans la représentation. Après tout, c'était l'histoire de sa vie.

Après la balance, Peter regagna les loges pour trouver un costume de scène. Clochette était déjà là, assise devant l'un des grands miroirs.

— Ça va ? demanda-t-elle.

— Pourquoi est-ce que tout le monde me pose cette question ? Oui, ça va.

— Est-cequetuasvuWendellDarling.

— Très brièvement, en raccompagnant John.

— Iln'estpasbienpourtoi.

— Arrête un peu avec ça Clo. Tout ce qu'il a fait c'est me permettre de gagner un chèque qui va payer notre loyer, lui rappela-t-il en faisant les cent pas.

— Tuestoujoursencolèrequandtulevois.

Peter enfila un tee-shirt vert en soupirant. Elle avait raison. Chaque fois qu'il passait un peu de temps avec Wen, il revenait avec le cœur en vrac. Alors pourquoi est-ce qu'il y retournait chaque fois ?

— Écoute, tout ce que je veux ce soir, c'est qu'on me laisse faire ce concert tranquille, d'accord ?

Il regagna la scène, et s'abandonna à la musique.

Il réalisa très vite que la musique n'adoucissait pas toujours les mœurs. Il ne cessait de penser à Wen. Il voyait son visage et celui de John partout dans la foule.

Lorsque le groupe fit une pause, Peter fonça en direction des coulisses et faillit entrer en collision avec Mister P. Il s'était changé lui aussi et portait une veste de costume noir avec un col et des manchettes à fleurs. Dieu seul savait comment il avait réussi à passer sous le nez de la sécurité.

— Splendide prestation, Peter.

— Vous plaisantez, j'espère ? Je suis complètement à côté de la plaque ce soir.

— Parfois, c'est exactement ce qu'il faut.

— Écoutez, que me voulez-vous au juste ?

— Pourquoi faudrait-il toujours vouloir quelque chose ?

— Parce que c'est la nature humaine.

— Très bien dans ce cas… Dit-il en se frottant le menton. Je veux que tu sois heureux.

— Mais enfin pourquoi ? On ne se connaît même pas !

— Je veux que tout le monde soit heureux, Peter, expliqua-t-il gentiment, mais il se trouve qu'à cet instant, c'est à toi que je parle.

— Vous savez quoi ? Vous êtes sans doute trop malin pour moi, parce que je ne comprends rien à ce que vous racontez.

— Tout ce que je veux, c'est que tu sois assez malin pour *toi* ?

— Et qu'est-ce qu'il faudrait que je fasse ?

— Que tu te sortes la tête du cul et que tu te concentres un peu sur ce que tu veux, et non sur ce que tu penses qu'on attend de toi. Maintenant, tu m'excuseras, je suis fatigué, je vais rentrer. Remercie le reste des Lost Boys pour moi et dis-leur que c'était un très bon concert.

Pennymaker lui tourna le dos, et disparut par la porte.

Peter resta là, hébété, la bouche ouverte, pendant un long moment. Il venait de se faire percuter de plein fouet par une leçon de morale de 1 min 50 s.

XVI

WEN OUVRIT grand les yeux, et s'assit précipitamment en fixant les rideaux de la fenêtre de salon. Il n'avait pas rêvé, c'était bien Peter.

Il se leva en soupirant, enfila un tee-shirt et se dirigea vers la fenêtre entrouverte.

— Pourquoi est-ce que tu risques encore ta vie sur cette gouttière ? Tu m'as toi-même dit qu'un rien pourrait la décrocher !

— Si tu ne veux pas que je grimpe à ta gouttière, tu n'as qu'à ne pas laisser ta fenêtre ouverte !

— Il fait chaud !

— Dans ce cas, je continuerai de passer par la fenêtre ! dit Peter en entrant dans le salon.

Ils se regardèrent pendant un long moment, puis éclatèrent de rire à l'unisson.

— Tu me rends dingue, tu le sais, ça ? demanda Peter en se passant une main nerveuse dans les cheveux.

— Je te retourne le compliment, lui dit Wen en retournant au canapé et se laissant tomber dessus. Je me demande pourquoi.

— Monsieur Pennymaker dit que c'est parce qu'on refuse de faire face à ce qu'on veut vraiment.

— Et qu'est-ce qu'on veut vraiment ?

— Tu connais parfaitement la réponse, soupira Peter.

— Qu'est-ce que ce cher monsieur Pennymaker suggère que nous fassions.

— Il m'a dit de me sortir la tête du cul et de me concentrer sur ce que je voulais vraiment.

— Tu plaisantes ? Il a vraiment dit ça ?

— Ouaisp.

— D'où est-ce qu'il sort ce type ?

— Aucune idée.

— Donc si je comprends bien il n'a rien à voir avec l'escapade de John au Pays Imaginaire et vous m'avez joué le pipo du siècle.

— Ne lui dis pas que je te l'ai dit.

133

— Bien sûr que non, il est déjà tellement contrarié par la situation…

Un long silence s'étira entre eux.

— Tu crois que Pennymaker a raison ? demanda Wen en regardant ses pieds. Tu crois que dans la vie il faut faire face à ce qu'on veut vraiment ?

— Oui, je pense que oui.

Wen déglutit péniblement.

— Et toi, qu'est-ce que tu en penses ? lui demanda Peter. Qu'est-ce que tu veux vraiment ?

— Je veux que les enfants soient heureux.

— Et ton bonheur à toi dans tout ça ?

La mine sombre, Wen inspira profondément.

— Quoi ? demanda Peter en penchant la tête sur le côté.

— Je… Je ne sais pas.

— Tu ne sais pas si tu as le droit d'être heureux.

— Je ne sais pas comment on s'y prend, avoua-t-il à voix basse.

— Tu ne penses pas que si tu étais plus heureux, alors les enfants le seraient aussi ?

— Notre mère vivait sur son nuage de bonheur, et regarde où cela nous a menés.

— John parle beaucoup d'elle.

Wen leva les yeux vers lui, prêt à se battre, mais Peter n'était pas du tout dans la provocation, il faisait un simple constat.

— Elle était amusante.

— C'est bien aussi de s'amuser de temps en temps, tu devrais peut-être essayer, dit-il en s'asseyant à côté de lui.

— On pourrait peut-être s'amuser ensemble ? murmura Wen en posant une main sur la joue de Peter.

— Je ne sais pas, est-ce que ça te rendrait heureux ?

— Tu sais quoi ? Je crois que oui…

— Tu te souviens de notre projet de rendez-vous ? Si on réessayait ? suggéra Peter en posant sa main sur celle de Wen.

— J'aimerais beaucoup.

— J'ai juste une objection.

Wen haussa un sourcil interrogateur.

— Lors d'un premier rendez-vous, il y a toujours cette angoisse du premier baiser. Si on s'en occupait tout de suite pour être tranquilles ?

— Je croyais qu'on s'en était déjà occupés.

Peter posa un doigt sur ses lèvres, puis guida la main de Wen jusqu'à son cou. Il lui prit ensuite le visage entre ses mains, et se pencha lentement vers lui en souriant. Lorsque leurs lèvres se rencontrèrent, Wen songea que malgré tout ce qu'ils avaient déjà partagé, rien ne remplacerait jamais l'électricité d'un simple baiser. L'odeur d'agrumes de Peter lui emplit les sens.

Peter caressa ses lèvres du bout de sa langue, et Wen les entrouvrit légèrement en poussant un soupir de plaisir. La langue de Peter glissa alors dans sa bouche. Wen frissonna et son sexe se tendit lentement entre ses jambes. Il resserra ses mains autour du cou de Peter qui gémit en l'attrapant par la taille pour rapprocher encore leurs deux corps.

Un petit rire retentit dans le coin de la pièce et ils se figèrent aussitôt.

— Berk ! s'exclama une voix, suivie d'un autre rire.

Wen détacha ses lèvres de celles de Peter et se tourna vers le couloir des chambres.

— John ! s'exclama-t-il.

John entra dans le salon avec un air triomphant.

— Vous voyez ! Je le savais que Peter était ton petit ami ! Il faut vraiment que vous arrêtiez de faire semblant de ne pas vous aimer.

— On essaye.

Vêtu de son pyjama en coton à carreaux, John posa les poings sur ses hanches avec un air déterminé.

— Oui et bien il faut essayer plus fort.

— C'est promis, répondit sérieusement Peter. On a déjà prévu un rendez-vous, comme un couple normal.

— Ce n'est pas trop tôt. Quand ça ?

C'était une excellente question. Wen se tourna vers Peter.

— Vendredi prochain ? D'ici là, les essais pour la campagne de pub seront terminés.

John se laissa tomber en tailleur sur le tapis devant eux. Il n'avait visiblement pas l'intention de retourner se coucher de sitôt.

— Des essais de quoi ?

— On fait voir la publicité à un panel de clients pour tester leur réaction, et si elle est positive, on passe à la diffusion nationale. Peut-être même international dans le cas de cette pub parce qu'elle joue beaucoup sur le visuel et ne nécessite pas de traduction.

— C'est cool ! Ça veut dire que nous aussi on pourra la voir cette semaine ?

— Bien sûr.

— Et après vous pourrez aller à votre rendez-vous d'amoureux ?

— C'est l'idée, répondit Peter en souriant.

— Qu'est-ce que vous allez faire ? demanda John en posant les coudes sur ses genoux.

— Allez, ça suffit, il est deux heures du matin, intervint Wen en se levant. Il est grand temps que tu retournes te coucher.

— D'accord, mais je ne sais pas si je pourrais me rendormir. Ça m'a traumatisé de vous voir vous embrasser, dit-il avec un sourire effronté. Si ça se trouve, je ne m'en remettrai jamais et ça va troubler mon développement.

Wen pointa le couloir du doigt et Peter s'écroula sur le canapé en riant.

— Au lit !

John courut jusqu'à sa chambre en gloussant, et ferma la porte derrière lui.

— Tu vois un peu à quoi je dois faire face tous les jours ? demanda-t-il en se tournant vers Peter qui essuyait les larmes de rire au coin de ses yeux.

— C'est un sacré numéro.

— Est-ce que tu veux bien que je te raccompagne jusqu'au métro ?

— Avec plaisir.

— Je reviens tout de suite.

Il se rendit dans la chambre de John qui s'était recouché et semblait déjà sur le point de se rendormir.

— Je vais accompagner Peter jusqu'au métro, je serais très vite de retour, d'accord ?

Il troqua rapidement son bas de jogging contre un jean.

— Wen, murmura John.

— Oui ?

— Tu crois que moi aussi je suis gay ?

Wen se figea. Il aurait sans doute dû s'y attendre. C'était une question normale.

— Je ne sais pas, qu'est-ce que tu en penses ?

— Je ne crois pas… J'aime bien les filles, je les trouve cool.

— Alors tu as ta réponse. Mais tu as le droit de changer d'avis, tu sais.

— D'accord.

Il poussa un long soupir et s'enfouit sous les couvertures.

— En tout cas, j'aime beaucoup Peter, marmonna-t-il.

136

— Tant mieux.

— Toi aussi, pas vrai ? demanda-t-il en gloussant.

— Oui. Oui, moi aussi.

LA MUSIQUE prit fin, l'ombrelle se referma et disparut à l'horizon, puis la caméra zooma sur le crocodile dans le coin du tableau, qui prit vie, et plongea dans une eau écarlate en faisant des éclaboussures. L'une des gouttes se mit à grossir, se changea en nuage et s'éleva dans un ciel en beurre de cacahuète.

Écran noir.

Tout le monde dans la salle de réunion retenait son souffle en guettant la réaction de Graham Henderson.

Il s'enfonça dans son siège en cuir, une main sur le menton.

— Fantastique. Tout simplement fantastique, dit-il en se tournant vers Mark Allworth. Je dois te l'avouer Mark, je ne vous croyais pas à la hauteur.

— Je t'avais dit que c'était une équipe de gagnants. Arnie a toujours su tirer le meilleur d'eux.

Henderson regarda Arnie, qui affichait un sourire semblable à celui du crocodile sur la fresque.

Laila posa une main sur la cuisse de Wen, en signe de soutien. Wen se tenait plus droit que jamais, la colonne vertébrale rigide. Mark n'avait jamais clairement dit que c'était le travail d'Arnie, mais il n'avait pas cessé de dire que tout s'était fait grâce à lui.

Wen savait qu'il aurait dû s'estimer heureux. L'agence ne pouvait plus le renvoyer, ils avaient besoin de lui pour contacter le mystérieux artiste anonyme. Quelle importance si Arnie était dépeint comme le héros de l'histoire ? Wen gardait son poste et son salaire.

— J'ai quelques remarques à vous transmettre, mais je veux qu'on lance les essais auprès des panels test avant la fin de la semaine, c'est possible pour vous ?

Arnie lança un regard rapide à Wen, puis rendit son attention à Henderson.

— C'est tout à fait possible, monsieur Henderson. Vous pouvez y aller, je vais noter les remarques de monsieur Henderson et on commencera à bosser dessus à mon retour, dit-il au reste de son équipe.

Il se leva, et Henderson, Mark et lui quittèrent la salle de réunion. Tout le monde eut l'air tellement soulagé après leur départ que c'en était presque comique.

— Quand je pense que ces deux enfoirés vont s'en sortir en faisant croire que c'est leur travail, siffla Laila entre ses dents.

— Parfois, on remporte la victoire en restant dans l'ombre, remarqua Wen.

— Où est-ce que tu as lu ça ? Dans un biscuit de la chance de resto chinois ? demanda-t-elle, énervée.

— Elle a raison, renchérit Mickey, l'un des artistes qui avaient planché pendant des heures sur les panneaux de présentation. Ces deux imbéciles ne méritent pas ton talent, Wen.

— Merci de votre soutien à tous les deux, mais si je fais des vagues, ils trouveront un moyen de me couler et de me mettre l'échec initial sur le dos.

— Impossible, ils ont trop besoin de toi. Tu es le seul à connaître l'artiste de la fresque.

— Oui, pour l'instant. On sait tous très bien qu'ils finiront par m'extorquer cette information aussi d'une manière ou d'une autre.

— Qu'ils aillent se faire voir !

C'était facile à dire pour elle, elle n'avait pas d'enfants à charge.

— Tu sais quoi, Wen ? Il est tard. Si tu rentrais chez toi ? Laisse-nous nous occuper des dernières remarques d'Henderson. Il ne va sans doute pas demander beaucoup de changement, il est déjà aux anges avec le résultat.

Il devait admettre que c'était une idée alléchante.

— D'accord, soupira-t-il enfin. Merci. Et surtout, appelez-moi s'il y a quoi que ce soit.

— Compte sur nous, patron.

Il sourit à Laila, récupéra ses affaires et quitta l'immeuble. Il allait pouvoir passer toute une soirée avec les enfants. Ce n'était pas arrivé depuis longtemps.

— Non Wen, tu ne peux pas porter ça !

Wen, qui venait de finir de boutonner sa chemise blanche et s'apprêtait à la rentrer dans son pantalon en gabardine, leva la tête vers John qui était entré dans sa chambre en trombe.

— Pourquoi ? demanda-t-il en fronçant les sourcils.

— Parce que tu as l'air d'un grand-père !

Michaela entra à son tour dans la chambre et elle et John s'assirent sur le lit.

— Il a raison, Wen. C'est un rendez-vous, pas une réunion de travail.

— Je n'ai rien d'autre à mettre, dit-il en regardant son placard avec désespoir.

— Bien sûr que si, le contredit Michaela en se levant pour attraper un jean troué qu'il ne mettait jamais en dehors de la maison.

— Tu n'es pas sérieuse.

— Elle est cent pour cent sérieuse, répondit John. Maintenant, enlève-moi cette horreur et mets ce jean.

Wen retira son pantalon en grommelant, et une fois debout en boxer, leur demanda :

— Ça va ? Vous validez quand même mes sous-vêtements ?

— Ce serait mieux s'ils avaient un peu de couleur, mais bon, au moins ce n'est pas un slip kangourou, répondit John.

Wen leva les yeux au ciel et enfila le jean.

— Je ne peux quand même pas sortir comme ça, on dirait que je vais sur un chantier !

Michaela balaya ses protestations d'un revers de main.

— Maintenant, rentre la chemise dedans et enfile la veste de sport que tu ne mets jamais.

— Je vais avoir l'air stupide.

— Non, tu vas avoir l'air d'un jeune homme de vingt-trois ans, corrigea Michaela en réajustant son col d'une main maternelle.

Wen enfila une ceinture en soupirant, puis la fameuse veste qu'il avait achetée en solde l'année précédente simplement parce que le vendeur lui avait dit qu'elle lui allait bien.

— Regarde un peu, lui dit Michaela en l'attrapant par les épaules pour le tourner vers le miroir.

John s'approcha et lui ébouriffa un peu les boucles.

— Tu as l'air trop sérieux.

Wen s'observa pendant un instant. Il devait l'admettre, le résultat n'était pas déplaisant.

— Bon, allez, si je passe davantage de temps à jouer les Narcisse, je vais finir par arriver en retard à mon rendez-vous.

— Alors, file, dit John en lui donnant une claque sur les fesses. Mais avoue quand même, tu es sacrément beau gosse.

Wen essaya de retenir son sourire, mais John et Michaela le regardaient en riant. Il prit une pause devant le miroir.

— D'accord, je l'admets, je suis beau gosse.

— Ne prends pas trop la grosse tête quand même, le taquina John en croisant les bras et en secouant la tête.

Wen quitta l'appartement d'un pas léger. Laila et Mickey l'avaient appelé pour l'informer que la pub était enfin bouclée. Elle devait être diffusée dès ce soir sur trois marchés cibles, y compris New York. Heureusement que Peter et lui avaient prévu d'aller au cinéma, ça lui éviterait de stresser tout seul chez lui devant la télé. C'était au tour d'Arnie de stresser. Il avait rempli sa part du marché, et il était de retour dans l'ombre, à l'abri.

En descendant dans le métro, il remarqua les regards admiratifs de quelques passants. Peut-être que John et Michaela avaient raison ; il était grand temps de se comporter comme un jeune de vingt-trois ans. Il secoua ses boucles blondes et savoura le sentiment de liberté qui l'envahissait.

XVII

DEUX STATIONS de métro plus tard, Wen descendit à l'arrêt où se trouvait le cinéma. Très vite, il aperçut Peter qui l'attendait déjà dans la file d'attente et lui faisait un petit signe de main. Wen pressa le pas et le rejoignit en souriant.

— Salut.

Peter se pencha pour l'embrasser sur la joue. Ils s'attirèrent le regard de quelques personnes dans la file, mais la plupart étaient bienveillants. C'était l'avantage de vivre à New York. Peter détailla Wen de la tête aux pieds.

— Qui êtes-vous et qu'avez-vous fait de Wen le grand-père ?

— Les enfants m'ont convaincu de le laisser au placard pour ce soir.

— Tu es très séduisant.

— Merci. Tu te débrouilles pas mal aussi, répondit Wen en le déshabillant du regard.

Peter portait la même tenue que d'habitude : jean noir et tee-shirt vert, mais il avait ajouté une écharpe d'un joli violet profond, qui offrait un contraste splendide avec sa chevelure de feu.

Ils achetèrent des tickets pour une rétrospective de courts métrages récemment primés, et s'installèrent dans la salle, bondée de cinéphiles et d'amateurs d'art. Peter prit la main de Wen dans la sienne et la serra. Après une petite heure de films en succession, certains très bons, d'autres moins, Peter retira son écharpe et la posa sur ses genoux.

Wen lâcha la main de Peter et glissa la sienne sous l'écharpe. Il ne fut pas surpris de trouver une bosse dans son pantalon. Peter laissa échapper un petit rire, et posa instinctivement ses mains sur ses genoux, tandis que Wen commençait à caresser lentement son érection à travers le jean.

Il y avait trop de monde dans la salle pour se permettre un acte indécent. Wen se contenta donc de faire lentement glisser la braguette de Peter vers le bas, et inséra un seul doigt dans l'ouverture, rencontrant aussitôt la chaire nue et chaude de son sexe. Il ne portait pas de sous-vêtements. Wen fit remonter son doigt tout le long de son érection, jusqu'au gland, chatouilla la fente au sommet, et redescendit lentement. Il leva les yeux pour scruter le visage de Peter, et faillit se mettre à rire en découvrant son expression concentrée et sa mâchoire serrée. Il respirait fort, mais heureusement pour eux, le son qui provenait de l'écran couvrait toute activité suspecte.

N'y tenant plus, Peter attrapa Wen par le poignet pour le stopper et éviter un orgasme public. Heureusement pour eux, le dernier film était presque terminé, et quelques minutes plus tard, les lumières de la salle se rallumèrent. Peter bondit de son siège en tenant son écharpe devant son entrejambe, prit Wen par la main, et sortit du cinéma comme une fusée.

— Dépêche-toi.

Il le tira en traversant la rue, jusqu'à un petit parc, puis derrière un arbre, entre des buissons. Il ouvrit la braguette de Wen pour extirper son sexe des confins de son jean, puis sortit son propre sexe de sa braguette encore ouverte. Il tendit un bout de son écharpe à Wen, et avec l'autre bout, enroula son érection et se mit à le masturber. Wen comprit et l'imita aussitôt.

— J'espère que ce n'était pas ton écharpe préférée, haleta-t-il.

— Maintenant, si, répondit Peter d'une voix rauque.

Ils se regardèrent dans les yeux en accélérant le rythme. Wen sentit le fourmillement brûlant et familier dans ses testicules.

— Peter, je vais jouir.

— Au moins, tu n'es pas dans une salle de cinéma, toi.

— Tu vas me rendre dingue, grogna Wen en balançant la tête en arrière.

— Un de ces jours, toi et moi, nous réussirons à faire ça dans un lit et je peux te garantir qu'on y restera jusqu'à ce qu'on tombe d'épuisement.

— J'ai hâte, je… Oh mon dieu…

Il éjacula soudainement dans l'écharpe de Peter et dut fermer les yeux un instant pour garder le contrôle de ses muscles et ne pas s'écrouler au sol. Il se cramponna à Peter, qui n'avait pas l'air très stable sur ses jambes non plus. Il colla son front contre le sien en reprenant son souffle, croisa son regard, puis ils éclatèrent de rire.

— Je n'arrive pas à croire que je viens de faire un truc pareil, hoqueta Wen.

— Un peu de folie n'a jamais fait de mal à personne.

Toutes les cellules de Wen voulaient protester, mais il s'était juré de se laisser aller, même si ce n'était que pour un seul jour.

— Il me semble qu'on avait prévu d'aller manger ?

— Il y a une brasserie qui fait des burgers délicieux à un prix raisonnable dans la rue d'en face, proposa Peter en se redressant lentement.

— Parfait.

Plus que parfait encore, Peter passa un bras autour de sa taille, et ils marchèrent ensemble jusqu'à la brasserie, soudés à la hanche comme s'ils ne faisaient qu'un.

PETER OUVRIT la porte pour lui, et Wen avança jusqu'au comptoir, au-dessus duquel une grande télé diffusait une chaîne de sport.

— J'ai une banquette libre dans un petit coin romantique, leur proposa la serveuse avec un clin d'œil.

— Pile ce qu'il nous faut, répondit Peter en souriant et en serrant Wen contre lui.

La serveuse rougit légèrement, et les guida jusqu'à leurs places.

— Je crois que ce sont les fossettes qui l'ont achevé, remarqua Wen une fois qu'elle se fut éloignée.

Peter leva les yeux au ciel et ils se mirent à rire ensemble en parcourant le menu.

— Bonsoir, je suis Ray, et c'est moi qui vais m'occuper de vous ce soir, annonça un jeune homme dynamique en s'approchant de leur table.

— Qu'est-ce que tu veux boire ? demanda Peter. Bière ? Coca ? Milk-shake ?

— Votre meilleure bière pression, répondit Wen en s'adressant directement au serveur.

— Pareil pour moi, ajouta Peter en hochant la tête.

Le serveur les observa pendant un long moment.

— Est-ce que vous êtes majeurs ?

— Vingt-trois ans, soupira Wen. Est-ce qu'il vous faut ma carte d'identité ?

— Non, mon chou, je te crois sur parole, le rassura le serveur en se détendant et en passant au tutoiement. Et toi ? demanda-t-il gentiment à Peter.

— Majeur aussi, dit-il en lui offrant son célèbre sourire à fossettes. Vous voulez mes papiers ?

Ray plissa les yeux en l'observant longuement, puis secoua lentement la tête.

— Non, c'est bon. Mais si le patron passe et qu'il demande, soyez prêt à les lui montrer, leur dit-il.

— Promis.

— Est-ce que vous êtes prêts à commander ou est-ce que vous voulez un peu de temps ?

— C'est bon pour moi, répondit Wen. Je vais prendre le burger au poisson avec des frites.

— Et pour moi, ce sera un double cheeseburger.

Ray nota leur commande et leur sourit.

— Je reviens très vite avec vos bières.

Wen regarda ses mains posées sur la table à quelques centimètres seulement de celles de Peter.

— Je passe un très bon moment, dit-il d'une voix douce. Merci pour ce rendez-vous.

— Moi aussi, je passe un très bon moment.

— Oui, mais toi tu as l'habitude des moments comme ça, pour moi c'est une occasion rare.

— Je suis content que tu puisses en profiter un peu. J'espère qu'on pourra faire ça souvent à l'avenir.

— Ce serait bien.

— Peut-être que tu auras un peu plus de temps maintenant que ça s'est calmé au travail ?

Wen contracta les épaules, puis les relâcha avec un soupir d'abattement.

— Mon patron est du genre à toujours me trouver quelque chose à faire. Mais oui, les choses devraient aller un peu mieux. Pour toi aussi, ça devrait aller mieux. Les Lost Boys et toi allez toucher l'argent pour la pub, ça vous permettra de payer le loyer sans vous inquiéter.

— On va être tellement nombreux à se le partager, je ne peux pas m'empêcher de m'inquiéter. Les gars vont avoir tendance à se lâcher sur l'alcool et la drogue, l'argent va vite filer.

— Avec ton talent, tu trouveras beaucoup d'autres occasions de travail.

— Je ne pense pas, je n'ai aucun diplôme. Et je me vois mal prendre un job de bureau, je n'aurais plus de temps pour l'aventure, ajouta-t-il avec un sourire en coin.

— Tu n'as pas passé ton bac ?

— J'ai quitté l'école avant.

Ray revint avec leurs boissons et leurs burgers.

— Les burgers étaient déjà prêts alors je vous amène tout en même temps.

Peter le remercia en cherchant désespérément à changer de sujet avant que Wen ne lui pose plus de questions sur son passé.

— Alors comme ça, les enfants t'ont aidé à t'habiller ? le taquina-t-il.

— Tu aurais dû les voir fouiller dans la toute petite armoire pour tenter de trouver une tenue qui leur convenait, c'était hilarant.

Peter mordit à pleines dents dans son sandwich en poussant un soupir de satisfaction.

— J'ai cru comprendre que Michaela était branchée musique et que John voulait devenir acteur ? Ils ont l'air d'avoir récupéré le gène artistique.

Wen fronça brièvement les sourcils.

— Oui, et ils ont tous les deux beaucoup de talents, mais je les encourage à rester concentrés aussi sur les autres matières à l'école. Tu sais mieux que personne comme c'est difficile de vivre de son art.

— Ce n'est pas une raison pour les brimer, répondit Peter en plongeant une frite dans le ketchup.

Wen releva la tête vers lui et l'épingla de son regard le plus sérieux. Adieu l'insouciance et la liberté du moment.

— Michaela a seize ans et il lui faut une bourse si elle veut aller à l'université. Je n'ai aucune intention de la *brimer*, mais je veux qu'elle soit prête à affronter la vraie vie.

La vraie vie. Cette terre lointaine et mystérieuse sur laquelle, selon Wen, Peter n'avait jamais vécu. Peter se mordit la langue.

— Je vois, dit-il sèchement.

Wen posa une main sur la sienne.

— Peter, je sais combien tu hais la simple idée d'une vie bien rangée, et je comprends. Mais si tu pouvais obtenir un diplôme qui t'assurerait la sécurité d'un emploi en cas de coup dur, est-ce que ça ne te rendrait pas la vie plus facile ?

Peter le fixa en tentant de calmer les sentiments qui faisaient rage en lui. Il avait la sensation de toujours devoir se justifier.

— Ce serait sans doute plus facile, malheureusement je n'en ai pas eu l'occasion.

— C'est ce que j'essaye de t'expliquer. Tout ce que je veux c'est leur bonheur. Je ne veux pas que dans dix ans ils me reprochent de ne pas avoir de diplôme alors qu'ils en avaient l'occasion.

Peter réfléchit en mâchant lentement son burger. En un sens, il comprenait Wen. Il était même étonné qu'ils aient réussi à mener la conversion jusqu'ici sans que l'un d'entre eux quitte brusquement la table. Ils progressaient.

Il y avait trois écrans de télé fixés au mur au-dessus de la tête de Wen. Un qui diffusait du basket, un autre du base-ball, et le dernier du football.

— Je croyais que chaque sport était diffusé à une saison différente, remarqua-t-il en désignant les écrans.

Wen tourna la tête pour regarder.

— Oh, il y a un match de pré-saison, et une rediffusion d'un vieux match célèbre, expliqua-t-il en attrapant une frite.

— Comment sais-tu tout ça ?

— Le sport. C'était la seule chose dont je discutais avec mon père, dit-il en haussant les épaules.

— Mon père aussi était un fan de sport, remarqua distraitement Peter. J'ai fait exprès de ne pas m'y intéresser pour l'énerver.

— J'en déduis que vous ne vous entendiez pas très bien.

— Quoi ? Oh, oui, non. C'était il y a longtemps de toute façon. Comment trouves-tu ton burger ? Il est bon ?

— Pas mauvais du tout. Tu veux goûter ?

— Non merci, répondit Peter en grimaçant. Plutôt mourir de faim que de manger du poisson dans du pain.

— Tu es pire qu'un môme, dit Wen en riant.

— Et c'est une mauvaise chose ?

— Non, j'aime ta candeur et ton innocence. Je les trouve très belles.

Peter inspira lentement.

— Quand est-ce qu'on pourra se revoir ?

Wen sortit son téléphone de sa poche pour regarder son agenda, et Peter leva distraitement la tête vers les écrans de télé. Le match de basket céda la place à de la pub. Il termina son burger, puis se figea brusquement.

— Wen ! Regarde ! C'est ta pub pour le beurre de cacahuète !

Wen se tourna pour regarder.

— Oui, on a commencé les essais de diffusions, ils ont ciblé les publics masculins qui regardent le sport à New York ce soir. On a testé d'autres publics dans d'autres villes hier.

Les yeux collés à l'écran, Peter vit son art prendre vie et se mouvoir en musique. C'était un sentiment magique. Il en avait la chair de poule. Clochette apparut en dansant, et puis Map qui jouait de la guitare avec une démarche amusante. La caméra s'attarda ensuite sur les pommettes de Dudish, puis Clochette fit tournoyer son ombrelle et se lança dans une valse avec Wingman. Samu entra dans le champ en portant Peter au-dessus de sa tête. Ils étaient tous les deux de dos et avançaient vers l'horizon, comme s'ils s'envolaient vers le futur.

Peter sourit, puis la caméra changea d'angle et offrit un gros plan sur son visage, avant de filmer Clochette qui s'éloignait en faisant tourner son ombrelle.

Peter écarquilla les yeux, prisonnier entre la joie et l'horreur. Il était complètement tétanisé.

— Ils… Ils ont montré mon visage.

Wen tourna son attention vers lui avec une expression choquée.

— Quoi ? Oh, mon dieu, je ne savais pas. Ils ont dû ajouter des plans le soir où je suis parti plus tôt. Peter, je suis désolé…

— Désolé ? Je ne t'avais demandé qu'une seule chose ! Je voulais rester anonyme, tu ne pouvais même pas respecter ça ?

— On était tellement nombreux à travailler sur la campagne, j'aurais dû m'assurer qu'ils ne changeraient rien, jamais je n'aurais imaginé…

— Jamais tu n'aurais imaginé, répéta Peter en quittant la banquette, voilà une phrase qui te décrit à merveille !

Il sortit une liasse de billets de sa poche, la jeta sur la table et fuit la brasserie en ignorant les supplications de Wen.

Peut-être que le manque d'imagination caractérisait Wen, mais s'il y avait bien une chose qui définissait Peter Panachek, c'était la fuite.

WEN SORTIT du métro et se traîna jusqu'à son appartement. Eddie lui fit un signe de main, il lui rendit faiblement, mais n'eut pas le courage de s'arrêter pour discuter.

Il avait passé tellement de temps au téléphone avec les gens de l'agence pour tenter de comprendre ce qui s'était passé qu'il en avait l'oreille encore brûlante.

— *Laila, que s'est-il passé ?*

— *On a juste fait quelques petits changements.*

— *Je t'avais dit que l'artiste voulait rester anonyme.*

— *Pas de soucis, on ne mettra pas son nom au générique.*

Wen soupira. Il s'en serait arraché les cheveux. Arrivé au pied de son immeuble, il leva les yeux et son regard parcourut la gouttière qui courait le long du mur.

147

Il fallait à présent qu'il rentre et qu'il explique aux enfants ce qui venait de se passer. Les enfants. Il les aimait plus que sa propre vie, mais est-ce que ça signifiait que sa vie ne devait se résumer qu'à eux ? Si la réponse était oui, il était prêt à l'accepter. Il y avait des sorts bien plus terribles dans la vie.

Il repensa à sa conversation avec Peter.

— *Tu es pire qu'un môme, dit Wen en riant.*

— *Et c'est une mauvaise chose ?*

— *Non, j'aime ta candeur et ton innocence. Je les trouve très belles. »*

Est-ce qu'il pensait vraiment ce qu'il avait dit ? Est-ce que sortir avec quelqu'un qui se comportait comme un enfant alors qu'il en avait déjà deux était vraiment ce qu'il voulait ?

Wen traîna des pieds jusque dans le hall de l'immeuble, puis tout le long des quatre étages qui menaient à son appartement. Pour la première fois, il aurait voulu qu'il y en ait plus que quatre. Lorsqu'il arriva enfin devant la porte, il prit une grande inspiration. Il était temps de rentrer et de retrouver sa vraie vie d'adulte sérieux et sans imagination.

XVIII

Wen ouvrit la porte. Il était presque minuit, avec un peu de chance, les enfants dormiraient déjà. Mais lorsqu'il entra dans le salon, les deux petits visages curieux de son frère et sa sœur se tournèrent aussitôt vers lui. Ils étaient assis devant la télé avec du pop-corn. Michaela avait l'air étonnée et John fronçait les sourcils.

— Pourquoi est-ce que tu rentres si tôt ? Ça s'est mal passé ? demanda-t-il sur un ton presque fâché.

— Non, j'ai passé un très bon moment. Mais après manger Peter s'est fâché contre moi et il est parti en courant alors, je suis rentré à la maison, expliqua-t-il sur la défensive, déjà près à parer les reproches de John.

— Pourquoi il s'est fâché ? Ne me dis pas que tu l'as encore comparé à maman !

— Non, dit-il simplement en se dirigeant vers la chambre de John pour aller se changer.

Il sentit le regard du petit garçon dans son dos.

— Laisse-lui le temps d'arriver, gronda gentiment Michaela.

Il lui était reconnaissant pour cette minute de miséricorde, mais à en juger par l'expression sur son visage, elle avait elle aussi des comptes à régler.

Il rangea ses vêtements et enfila sa tenue de nuit avec une lenteur exagérée, presque tenté d'aller se coucher sans parler aux enfants, mais il savait que ce n'était pas une solution. Autant en finir tout de suite.

Il retourna dans le salon comme un condamné vers l'échafaud. John était assis sur le bord du canapé, les bras croisés, la bouche pincée. Ce n'était pas bon signe.

Wen alla chercher une bouteille d'eau dans le frigo et en prit une longue gorgée.

— Que s'est-il passé ? demanda enfin John.

Wen se rapprocha d'eux et se laissa tomber sur l'une des vieilles chaises en bois.

— J'ai laissé mon équipe responsable du montage final de la publicité, et il semblerait qu'ils aient rajouté des plans… Des plans dans lesquels apparaît le visage de Peter.

— Non ! s'écria John en bondissant du canapé, une jambe au sol, l'autre repliée sur les coussins. Peter a dit…

— Je sais ce que Peter a dit. J'avais souligné l'importance de garder l'identité de l'artiste secrète, mais ils ont cru qu'il ne s'agissait que de son nom. On était au restaurant et la pub test est passée à la télé. Peter est parti en courant et j'ai immédiatement appelé le bureau, mais on est samedi et c'est la première fois depuis des semaines que l'équipe était en repos. Apparemment, le client a insisté pour inclure le visage de Peter.

— On a trahi la confiance de Peter, lança John, le visage crispé.

— Malencontreusement, oui. Je ne sais même pas pourquoi c'est si important pour lui de ne pas apparaître à l'écran. Est-ce qu'il t'a déjà dit quelque chose à ce sujet ?

— Non, mais je suis sûr qu'il doit avoir ses raisons.

Wen se cacha le visage dans les mains en soupirant.

— Quand je pense que j'ai brisé la seule promesse qu'il m'avait demandé de faire… Il a toutes les raisons du monde d'être en colère.

— Mais vous n'allez pas rester fâchés, hein ? Je veux dire, vous êtes amoureux, non ?

Amoureux ? Où est-ce que John était allé chercher ça ?

— Amoureux, je ne sais pas, John. J'apprécie Peter. Je m'amuse beaucoup avec lui, mais…

— Ça avait l'air un peu plus sérieux que du simple amusement, l'interrompit Michaela.

— Écoutez, je sais que vous avez accroché avec Peter, et que vous auriez voulu qu'on le voie plus souvent. Malheureusement, on a beaucoup d'autres priorités.

— Il va te manquer, pas vrai ?

— Oui, beaucoup.

— Attendez un peu, vous parlez déjà comme si c'était du passé ! protesta John. Comme si on ne reverrait plus jamais Peter !

— Je ne sais pas comment réparer mon erreur, John.

— Tu pourrais peut-être commencer par t'excuser !

— Je l'ai déjà fait. À plusieurs reprises. Il refuse de m'écouter. Tu te rends compte que depuis qu'on se connaît, on a passé presque tout notre temps à nous excuser l'un l'autre ? Je crois qu'il y a un moment où il faut simplement savoir admettre qu'on est trop différents pour que ça fonctionne.

— Non !

— Vous savez quoi ? demanda Wen en se levant et en secouant la tête. J'ai l'impression que c'est surtout à vous qu'il va manquer. Vous n'avez qu'à l'appeler et régler ça entre vous.

Sur ces mots, il sortit de la pièce, alla s'isoler dans la chambre de John, et finit par s'endormir sans s'en rendre compte. Peu de temps plus tard, John vint le secouer pour le réveiller. Sans dire un mot, Wen tituba jusqu'au canapé, sur lequel il s'écroula de fatigue, avant de se rouler en boule et de se rendormir.

PETER SE faufila à travers les portes d'entrée du Pays Imaginaire. Il avait erré dans les rues pendant plusieurs heures, à essayer de mettre de l'ordre dans ses idées. Mais finalement, il était instinctivement revenu ici. C'était vendredi soir et la fête battait son plein dans la boîte de nuit. Il traversa le couloir d'entrée, avec ses néons bleus qui projetaient des ombres longilignes sur les murs en béton. Au bout du couloir, il tomba sur Mouche et Hooker qui discutaient à voix basse.

Et l'apercevant ils se redressèrent rapidement, l'air vaguement coupable, et Mouche lui lança un regard mécontent.

— La boîte est pleine à craquer, pourquoi n'es-tu pas sur la scène en train de chanter ?

— J'avais un rendez-vous, mais je suis là maintenant.

Sans leur laisser le temps d'ajouter quoi que ce soit, il continua son chemin jusqu'aux loges, retira sa veste et se passa un peigne dans les cheveux.

Il bondit sur scène sous les cris de la foule, et Samu s'approcha sans attendre pour le hisser au-dessus de sa tête dans sa pose habituelle. Le public scandait son nom.

Les Lost Boys se lancèrent dans l'une de leurs compositions sur laquelle Peter et Dudish chantaient ensemble. Peter tenta de se perdre dans la musique, mais malgré lui, ses yeux scannèrent nerveusement la foule, guettant la moindre menace, le moindre mouvement inhabituel.

Il ne trouva rien de différent, à part la présence de monsieur Pennymaker, assis à une table avec un groupe de jeunes femmes qui semblaient complètement énamourées. Et si Pennymaker avait menti. Si

151

quelqu'un l'avait envoyé ? Peut-être qu'on l'avait déjà retrouvé avant même qu'il ne passe dans cette maudite pub à la télé.

Pourquoi était-il revenu au Pays Imaginaire ? C'était une très mauvaise idée. Il fallait qu'il sorte d'ici, et vite.

À la fin du concert, ils se mêlèrent au reste de la foule. Tout le monde voulait leur parler ou leur offrir un verre. Peter se glissa discrètement jusqu'aux loges pour récupérer ses affaires, et tomba nez à nez avec Clochette.

— Qu'est-cequit'arrive ? Tuétaisoù ?

— J'étais avec Wen. Et je…

Il regarda nerveusement autour de lui, avant de continuer en chuchotant :

— Tu te souviens quand je t'ai expliqué qu'il pourrait arriver un jour que quelqu'un me cherche ?

Clochette hocha la tête.

— J'ai peur que ce jour soit arrivé. Est-ce que tu veux bien être vigilante pour moi ?

— Pourquoi ? Qu'est-cequiachangé ?

— Quelqu'un de l'agence de com' a ajouté un plan de mon visage dans la pub et elle est passée à la télé.

— Jesavaisqu'onnepouvaitpasfaireconfianceàceWen !

— Ce n'était pas sa faute, Clo. Ils ne l'ont pas consulté avant de faire ce changement.

Il ne savait même pas pourquoi il prenait encore la défense de Wen à ce stade.

— Je vais peut-être être obligé de disparaître pendant quelque temps. Le temps que les choses se tassent.

— Jeviens avec toi.

— Je ne peux pas te demander de faire ça.

— Tunem'asriendemandédutout.

— Ce n'est pas prudent. Je ne sais même pas encore où je vais aller ni comment je vais m'en sortir. Et puis si ça se trouve, je me fais peur pour rien et je deviens parano. Ne t'inquiète pas pour moi.

— C'estàcausedeluisituneveuxpasquejevienneavectoi !

— Ne sois pas ridicule, ça n'a rien à voir. Écoute Clochette, je n'ai pas le temps de me disputer avec toi.

Il tourna les talons, faillit percuter Samu dans la manœuvre, et courut jusqu'à la sortie. Il était presque arrivé à la porte, lorsque monsieur Pennymaker l'arrêta.

— Doucement, mon garçon, tu cours comme si tu étais poursuivi par un monstre.

Peter le fixa avec des yeux ronds, puis le contourna et reprit sa course effrénée. Pas par des monstres exactement, mais c'était presque ça...

Il s'engouffra à toute vitesse dans le petit parc en face de la boîte de nuit, et grimpa dans un arbre avec des branches basses pour observer les allées et venues des clients.

Lorsqu'il s'était installé à New York au début, il fuyait tout contact humain et il gardait toujours ses affaires avec lui, prêt à fuir à nouveau au moindre doute. Mais il était ici depuis si longtemps maintenant, il avait baissé sa garde. Toutes ses affaires étaient encore à l'appartement.

Il ferma les yeux et se força à réfléchir de façon rationnelle.

Peut-être que quelqu'un l'avait aperçu dans la pub, avait fait le lien avec le groupe des Lost Boys et l'avait pisté jusqu'ici. Il se mordit la lèvre. Combien de temps leur faudrait-il pour remonter jusqu'à leur appartement ? Est-ce qu'il était raisonnable d'y dormir cette nuit ? Peut-être qu'il aurait le temps de récupérer un peu de l'argent que l'agence de Wen lui devait. Wen pouvait au moins faire ça pour lui après avoir trahi sa confiance de cette façon.

Il était injuste et il le savait. Ce n'était pas la faute de Wen. C'était la sienne. Il s'était montré trop imprudent.

Il descendit de son arbre, et envoya un texto à Wen.

Est-ce que tu peux me virer l'argent restant de la fresque demain ?

Malheureusement, c'était le week-end, les banques étaient fermées et Wen ne pouvait pas y faire grand-chose.

Peter rangea son téléphone et se mit à marcher.

CLOCHETTE REGARDA Peter s'éloigner. Elle ne l'avait pas quitté des yeux depuis qu'il s'était énervé et était parti en trombe. Il ne se serait jamais énervé comme ça avant. Wen lui avait complètement retourné le cerveau. Elle fronça les sourcils en se mordant l'intérieur des joues.

— Comme tu as l'air féroce.

Clochette leva les yeux vers Hooker. Il était tout le temps dans les parages depuis quelques jours.

— Qu'est-ce qui te met dans cet état ?

Elle secoua fermement la tête.

— Laisse-moi deviner, je parie que ça a un rapport avec Peter.

Elle ne répondit rien. Qu'est-ce qu'elle aurait bien pu dire de toute façon ?

— Et si je t'offrais un verre de champagne ?

Elle fit la moue, et fit semblant d'y réfléchir pendant quelques secondes.

— Pourquoipas.

Il posa délicatement sa main dans le creux de son dos pour la guider jusqu'au bar, comme un gentleman. Les serveurs derrière le comptoir étaient en train de nettoyer des verres et de compter l'argent dans la caisse.

— Troptard. Ilsontoutrangé, dit-elle, déçue.

— Allons, allons, ce n'est jamais trop tard, dit-il en faisant un signe de main à Reg, l'un des barmans. Sers-nous deux verres de champagne, veux-tu ?

— On a fini les comptes pour la journée, monsieur Hooker.

— Ne t'en fais pas pour une petite erreur de caisse, je verrais ça personnellement avec Mouche. Sers-nous deux verres, répéta-t-il sur un ton qui ne souffrait pas de refus.

C'était impressionnant de le voir user de son pouvoir pour lui servir un verre. Clochette devait admettre que c'était même plutôt flatteur.

— Alors, ma belle, dis-moi ce qui te tracasse.

— Rien.

Il fronça ses sourcils noirs de jais, accentuant l'intensité de son regard ombrageux. Clochette frissonna.

— J'ai comme l'impression que quelqu'un pose des problèmes à Peter et au Lost Boys, et ça ne me plaît pas vraiment.

Le barman posa deux flûtes de champagne devant eux avant de s'éloigner aussitôt sans demander son reste. Hooker prit le sien et le leva en attendant, comme pour porter un toast. Clochette hocha la tête, prit son verre elle aussi, et le cogna légèrement contre celui de Hooker.

— Au succès des Lost Boys… et de leur charmante Lost Girl.

Clochette but une gorgée en lui lançant un regard méfiant.

— Peter a l'air préoccupé ces temps-ci…

Clochette fit tourner le champagne dans sa bouche en hochant la tête.

— Le reste du groupe ne semble pas inquiet, à part Dudish bien sûr, mais c'est un autre problème, un problème qui ne se résoudra sans doute jamais.

Clochette n'était pas certaine d'être d'accord avec ça.

— Dois-je en déduire que votre source d'ennui n'émane que de Peter ? Sa vie amoureuse peut-être ? Ou bien sa famille ? demanda-t-il avec un regard inquisiteur.

Clochette essaya de rester impassible, mais le doute dut se lire sur son visage.

— Ah. C'est ce qui me semblait. Notre Peter s'est donc entiché du chérubin aux boucles blondes qui lui courrait après.

Il ne posait pas la question. Il avait déjà l'air sûr de lui. Clochette se contenta de hocher silencieusement la tête.

Hooker soupira.

— J'imagine que la famille de Peter désapprouve, ils vont sans doute très vite chercher à les séparer.

Clochette redressa vivement la tête et scruta son regard noir. Ses yeux brillaient, avides et cruels. C'est alors qu'elle comprit. Il ne savait rien, il était en train de lui soutirer des informations.

— Non. Passafamille. Ilsn'ontrienàvoirlàdedans.

Elle détourna les yeux, l'air faussement désintéressé, mais lorsqu'elle ramena son attention sur lui, il avait l'air plus curieux que jamais.

— Ça m'étonnerait fortement, Clochette. Peter a toujours été très mystérieux sur le sujet de sa famille. Je suis inquiet, pour les Lost Boys, et pour lui. Pour l'aider, il faudrait déjà que nous sachions ce qui ne va pas.

Clochette finit son verre. Il n'avait pas tort.

— Monsieur Hooker ? les interrompit Johnny, l'agent de sécurité qui s'occupait des entrées VIP.

— Qu'y a-t-il ?

— Il y a un homme qui demande à vous parler.

— Quel est son nom ? demanda Hooker, impatient.

Johnny déglutit, et sa pomme d'Adam voyagea nerveusement sous la peau de son cou.

— Il ne s'est pas présenté, Monsieur.

— Et il m'a demandé, moi, spécifiquement ? demanda-t-il franchement agacé.

— Il a demandé à s'adresser au patron.

À ces mots, Hooker afficha un sourire satisfait.

155

— Je n'ai pas réussi à trouver Monsieur Mouche, précisa Johnny, s'attirant un regard foudroyant. Mais il a dit que c'était important et il a parlé d'une récompense, s'empressa-t-il d'ajouter.

Le visage d'Hooker s'éclaira comme un sapin de Noël. Le cœur de Clochette s'emballa dans sa poitrine. Hooker lui jeta un regard ennuyé, et la chassa d'un revers de main.

Clochette se précipita vers la sortie. Il fallait qu'elle retrouve Peter. Et vite.

PETER FOURRA quelques vêtements à la hâte dans son sac à dos, sans parvenir à retenir les larmes qui coulaient à flots le long de ses joues.

Il pleurait tellement qu'il peinait à voir ce qu'il faisait. Il se laissa tomber sur le matelas qu'il partageait avec Samu. Il se sentait vide et creux, comme si on venait de lui arracher le cœur.

C'était ridicule. Les Lost Boys s'étaient toujours mis d'accord sur un point : ils ne restaient ensemble que pour la musique, et parce que ça arrangeait tout le monde. Mais ils n'avaient pas d'attache, pas d'obligation les uns envers les autres.

Alors pourquoi partir lui semblait-il si difficile ? Était-ce parce qu'il n'avait pas le choix ? Parce qu'il se sentait forcé ?

Le visage angélique de Wen et son expression trop sérieuse lui vinrent à l'esprit.

Peter soupira. Il fallait qu'il tire un trait sur Wen. Il n'avait pas besoin de lui.

Du moins, c'est ce qu'il croyait, et il tentait de toutes ses forces de s'en convaincre.

Il s'essuya rageusement les joues et se releva pour finir de rassembler ses affaires. Il tira la vieille malle à roulettes qui contenait son matériel de peinture. C'était une antiquité, Samu l'avait trouvé dans une déchetterie, mais Peter l'adorait. Ce n'était pas une malle de graffeur amateur de métro, c'était la malle d'un véritable artiste. Un véritable artiste qui peignait des choses qui comptaient vraiment. Comme la toile qu'il avait faite pour Wen.

Il secoua la tête, frustré. Qu'est-ce qu'il racontait ? Depuis quand est-ce qu'il dénigrait son travail de graffeur ?

Il se laissa de nouveau tombé sur le matelas. Il était tellement fatigué. Fatigué de courir, de mentir, de regarder par-dessus son épaule. Peut-être qu'il était vraiment devenu parano. Peut-être que personne n'avait vu la publicité. Ça faisait plus de deux ans, et il avait changé sa couleur de cheveux. Il y avait peu de chance pour qu'on le reconnaisse.

Il entendit le bruit de la porte d'entrée et releva rapidement la tête. Clochette entra dans la chambre en trébuchant, et atterrit à genoux devant lui.

— Quelqu'unestàtarecherche, dit-elle dans un souffle. Récompense. Ilaparléd'unerécompense.

— Quoi ? Où ça ?

— AuPaysImaginaire. AvecHooker.

Le cœur de Peter s'emballa dans sa poitrine. Hooker. La dernière personne qu'il voulait mêler à tout cela. Il fallait qu'il se calme et qu'il réagisse intelligemment.

— Hooker sait où on habite.

Clochette hocha frénétiquement la tête.

— Dis-moi exactement ce que tu as entendu.

— Johnnyaditquequelqu'unvoulaitparleràHooker.

— Clochette, je t'en supplie, fais un effort pour parler moins vite.

Elle prit une immense inspiration, et plongea ses immenses yeux bordés de khôl dans les siens.

— Johnny. Il est entré.

— Entré où ? Dans la boîte ?

— Il a dit qu'un gars voulait parler à Hooker. A mentionné une récompense.

— Il n'a pas parlé de moi ?

— Non.

— Mais tu penses que ça a un rapport avec moi ?

— Qu'est-cequeçapourraitêtred'autre ? demanda-t-elle, paniquée.

— Tu as raison. Il faut que je me planque. J'ai demandé l'argent de la fresque à Wen, mais il ne m'a pas répondu. Je ne suis pas sûr qu'il pourra me le donner demain. Il faut que je me débrouille avec ce que j'ai pour l'instant.

— ResteloindeWen, cracha-t-elle avec une expression courroucée.

— Tu as sans doute raison. Je ne peux pas l'impliquer là dedans. C'est trop dangereux.

XIX

Le bruit de la porte d'entrée les interrompit, et Peter et Clochette se regardèrent sans bouger. Quelques secondes plus tard, Samu entra dans la chambre. Il les regarda curieusement.

— Qu'est-ce qui vous arrive ? Vous en faites une tête.

Clochette glissa un regard discret à Peter. Qu'allait-il dire à Samu ? Elle-même ne connaissait même pas tous les détails.

— J'ai besoin d'un endroit où me faire discret pendant quelque temps.

— Pourquoi ?

— Quelqu'un est à ma recherche. Je ne peux pas t'en dire plus.

Samu le regarda pendant un long moment.

— J'ai une idée, dit-il en souriant. Ce sont tes affaires qui sont là ? demanda-t-il en pointant du doigt le sac à dos et le petit sac en toile avec ses affaires de peinture.

Peter hocha la tête.

— Suis-moi.

— Moiaussijeviens, lança Clochette en bondissant sur ses pieds.

— Non, il faut que tu restes là au cas où Vadon viendrait fouiner dans les parages. S'il demande où nous sommes, tu feras l'innocente et tu lui diras simplement que tu ne sais pas.

Elle fronça les sourcils, mais Samu entraînait déjà Peter vers la sortie. Il eut tout juste le temps de la serrer brièvement dans ses bras en lui murmurant un merci.

Il fut soulagé lorsqu'il vit qu'elle n'essayait pas de les suivre. Il préférait qu'elle ne sache pas où ils allaient. Elle se comportait très bizarrement depuis qu'il avait rencontré Peter, et il avait un mauvais pressentiment.

Samu et lui coururent jusqu'au métro et sautèrent dans la première rame venue.

— Où est-ce qu'on va ? demanda Peter, haletant.

Samu se pencha pour observer les autres passagers autour d'eux. Il n'y avait bien que lui pour faire confiance à Peter les yeux fermés et prendre sa sécurité autant au sérieux.

— Tu te souviens l'autre jour, quand je suis descendu chercher des bâches dans le sous-sol de l'immeuble de Wen avec le petit John ?

Le souvenir heurta Peter de plein fouet et il hocha fébrilement la tête.

— C'est l'endroit parfait. Sain, bien isolé, et peu fréquenté. Personne n'ira te chercher ici.

L'idée d'être si proche de Wen faisait battre son cœur à un rythme effréné.

— Comment on va entrer ? Je ne veux pas que Wen et les enfants soient mêlés à tout ça.

— D'accord. On trouvera un autre moyen.

— En fait, Samu, je préférerais que personne ne soit mêlé à ça. Ne dis rien à Clochette et aux Lost Boys.

Samu grimaça.

— Ça va être compliqué avec Clochette, elle ne va pas lâcher le morceau comme ça.

— Je sais bien, répondit Peter avec un petit sourire.

Ils descendirent à l'arrêt suivant et se dirigèrent rapidement vers l'immeuble de Wen. Sur le chemin, ils croisèrent Eddie, le type du stand de tacos, qui leur fit signe.

— Hé amigo, tu veux des tacos pour les enfants ?

— Non merci, pas ce soir, je ne vais pas les voir, répondit maladroitement Peter.

Arrivé au pied de l'immeuble, Peter se cacha derrière un arbre sur le parking, pendant que Samu essayait d'ouvrir la porte du hall. Comme ils s'y étaient attendus, elle était fermée à clé. Samu le rejoignit.

— Il ne nous reste plus qu'à attendre.

Peter s'adossa au tronc de l'arbre en soupirant, et Samu s'accroupit dans l'herbe. Il leva les yeux vers Peter.

— Tu es sûr que tu ne veux rien me dire ? Je te serais sans doute plus utile si j'en savais davantage.

— Moins tu en sais, mieux ce sera. Je ne veux pas que tu te retrouves obligé de mentir pour moi.

— Je ferais n'importe quoi pour toi, mec.

— Mais pourquoi au juste, Samu ?

— T'es mon héros, dit-il simplement, en haussant ses gigantesques épaules.

— C'est ridicule ! Je veux dire, qu'est-ce que tu peux bien admirer chez moi ? À part ma brillante intelligence, mon charme légendaire et ma répartie sans pareil, bien sûr, dit-il en riant.

Mon Dieu que ça faisait du bien de rire un peu.

— Il y a ça, répondit Samu en souriant. Mais c'est surtout ton talent. Quand je vois ce dont tu es capable alors que tu as tout appris tout seul, je n'imagine même pas ce que ce serait si tu avais pu faire une école d'art.

— Moi non plus.

— C'est ta famille qui te cherche ?

— Très probablement. J'ai fugué il y a deux ans.

— Je sais ce que c'est, ne t'inquiète pas. Mais tu as plus de dix-huit ans, ils ne peuvent rien faire.

— Ils n'ont pas l'air d'avoir saisi cette information.

— Tu ne vas pas passer ta vie à fuir comme ça. J'étais très jeune quand je me suis enfui, et j'avais tellement peur qu'il me reprenne, je sursautais au moindre bruit. C'était les pires années de ma vie.

— Pour être honnête, j'en ai assez de fuir tout le temps. Je ne veux pas partir. Tu me manquerais. Clochette et les Lost Boys aussi.

— N'oublie pas Wen.

Peter laissa échapper un petit son de gorge plaintif, puis se racla la gorge.

— Pourquoi dis-tu ça ?

— Allez, Peter, je ne suis peut-être pas gay, mais je sais encore reconnaître de l'attirance entre deux personnes. Il y a quelque chose chez lui qui te fascine depuis le premier jour. Tu n'aurais jamais accepté de peindre pour lui sinon.

Peter hésita un long moment avant de lui poser la question qui lui brûlait les lèvres :

— À ton avis, pourquoi il me fascine comme ça ? C'est complètement incontrôlable et ça me rend dingue.

— Je ne sais pas, c'est peut-être son côté hyper responsable qui te rassure, parce que tu sais qu'il ne te laissera jamais tomber.

— Sauf qu'il a fini par le faire.

Une vieille dame s'approcha de l'immeuble. Samu ramassa les sacs de Peter, et trottina jusqu'à elle en faisant semblant de porter des choses très lourdes. Lorsqu'elle glissa la clé dans la porte, Samu l'interpella.

— Excusez-moi, madame, est-ce que vous voulez bien me tenir la porte s'il vous plaît ?

— Oh, oui, bien sûr mon garçon.

Il se faufila dans le hall en même temps qu'elle, et attendit qu'elle soit montée avant de faire signe à Peter d'approcher. Peter longea l'immeuble en restant dans l'ombre pour le rejoindre, et Samu lui rouvrit la porte.

— Par là, dépêche-toi, dit-il en lui indiquant une petite porte au bout d'un couloir.

Peter courut jusqu'à la porte, l'ouvrit et faillit trébucher sur ses sacs, qui étaient posés en vrac au sommet d'un escalier. Il plongea son regard vers le bas en inspirant. Ça sentait le vieux, et la poussière. C'était toujours mieux que les égouts. Il attrapa ses sacs et commença sa descente.

Les sous-sols de l'immeuble étaient immenses, éclairés par de gigantesques néons qui vrombissaient dans le silence. Il y avait des piles de cartons et des bidons de peinture entreposés sur des étagères en bois. Il y avait également beaucoup de vieux meubles, cachés sous des draps jaunis par le temps. Peter souleva l'un d'entre eux, et sourit. Samu le rejoignit et Peter pointa du doigt la méridienne en bois ouvragé qu'il venait de découvrir.

— Pratique. Il ne me manque plus que mon sac de couchage.

— Je t'avais dit que cet endroit était parfait. Je t'amènerais deux ou trois trucs à boire et à manger.

— C'est temporaire. D'ici lundi ou mardi, Wen m'aura filé l'argent et je pourrais quitter la ville. Il paraît que la vie est moins chère dans le sud, ajouta-t-il en soupirant.

— Bonne idée, répondit Samu avec un reniflement ironique. Je suis sûr que tu vas te plaire en Caroline du Sud.

— Il faut bien que j'aille quelque part, dit Peter en se laissant tomber sur la méridienne.

— Qu'est-ce que tu voulais dire tout à l'heure ? Pourquoi as-tu dit que Wen avait fini par te laisser tomber ?

— C'est une longue histoire, mais pour résumer, quand Wen n'était pas à son bureau, ils ont ajouté un plan sur lequel on voit mon visage dans la publicité. C'est sans doute pour ça que je me retrouve obligé de fuir.

— Donc Wen n'a rien fait.

— Peut-être, mais il savait combien c'était important pour moi.

— Je suis désolé, Peter, vous aviez l'air heureux ensemble.

— Ne sois pas désolé. Se mettre avec quelqu'un, ça veut dire se soucier de ses problèmes, et Wen a plus de bagages émotionnels qu'un membre de la famille royale en voyage. Je suis mieux sans lui.

161

— Si tu le dis. Mais j'ai l'impression que tu te soucies déjà des problèmes des autres. Et quitte à s'inquiéter pour quelqu'un, autant que ce soit quelqu'un à qui tu tiens vraiment, non ?

Peter ne répondit rien.

— Installe-toi confortablement, je vais aller te chercher à manger. Je t'appellerai quand il faudra que tu montes m'ouvrir. Fais attention qu'on ne te voit pas.

Peter acquiesça, mais les mots de Samu raisonnaient encore dans sa tête.

Quelqu'un à qui tu tiens vraiment.

CLOCHETTE SE recroquevilla contre le bar. Hooker était penché sur elle, l'air menaçant, et il la tenait fermement par le bras.

— Tu vas me dire où est Peter.

— Jenesaispas. Juré.

Elle essaya de dégager son bras, mais il la serrait trop fort. Hooker l'avait appelé et lui avait ordonné d'être à la boîte de nuit à sept heures du matin. Elle n'avait pas dormi de la nuit, trop inquiète pour Peter, et maintenant il fallait qu'elle subisse la mauvaise humeur de Vadon.

Il la secoua en resserrant sa main autour de son bras, jusqu'à ce que ses ongles s'enfoncent dans sa peau. Wingman surgit et l'attrapa par l'autre bras. Elle avait l'impression d'être une poupée de chiffon que deux enfants se disputaient.

— Elle t'a dit qu'elle ne savait pas, Hooker. Aucun d'entre nous ne sait où est Peter. Quand on est rentré hier soir, il avait pris ses affaires et il était déjà parti.

— Cela n'a pas de sens, pourquoi serait-il parti aussi précipitamment ? demanda Hooker, à bout de patience.

— Il a toujours dit qu'un jour il partirait. C'est un électron libre, rien ne le retient.

Hooker relâcha Clochette en la poussant brutalement contre Wingman. Elle se frotta le bras.

— Si jamais vous apprenez où il est, et que vous ne me le dites pas, vous le paierez cher, c'est compris ?

Il leur tourna le dos et se dirigea vers le bureau de Mouche.

— Est-ce que tu sais où est Peter ? demanda aussitôt Wingman en se tournant vers Clochette.

162

— Nonc'estpromis !

— Est-ce que quelqu'un sait ?

Clochette hésita. Wingman appréciait Peter, mais elle n'était pas certaine de pouvoir lui faire confiance.

— Quelqu'un d'autre sait, déclara-t-il en scrutant son visage. Il faut que tu me dises qui, Clochette.

Elle fit un pas en arrière.

— Jenesaisriendutout, dit-elle fermement, avant de marcher d'un pas décidé vers la sortie.

Elle franchit la porte à double battants qui menait à l'accueil, au même moment où l'un des gamins de Peter, John, entrait par la porte d'entrée. Il aperçut Clochette et fonça droit vers elle. Qu'est-ce qu'il faisait ici tout seul à une heure pareille ? Il l'attrapa par le bras que Hooker venait de malmener et Clochette grimaça.

— Clochette, il faut que je parle à Peter !

Elle se pencha pour le regarder dans les yeux. Elle n'avait rien contre ce gamin, mais…

— Iln'estpaslà.

— Où est-il ? Il faut vraiment que je le voie, supplia-t-il, au bord des larmes.

— Jenesaispas. Ilestparti.

— Parti ? répéta-t-il en écarquillant les yeux. Non, non ! Il ne peut pas s'en aller. Wen ne voulait pas faire ça, on veut que Peter reste !

De grosses larmes se mirent à rouler sur ses joues et il s'écroula sur le sol.

Clochette se dandina d'un pied sur l'autre, mal à l'aise. Que fallait-il qu'elle fasse ? Le gamin était arrivé jusqu'ici tout seul, il pouvait très bien rentrer chez lui. C'était trop dangereux pour Peter qu'il reste ici. Clochette retourna dans la boîte de nuit en laissant John pleurer tout seul dans le hall.

Après quelques minutes, elle revint sur ses pas et entrouvrit très légèrement la porte pour voir s'il était parti.

Il était toujours à genoux par terre, en train de s'essuyer le nez avec sa manche. Puis il leva brusquement la tête et afficha une expression terrifiée. Clochette se contorsionna pour essayer de voir ce qui le faisait réagir comme ça. Elle cessa de respirer. Hooker s'approchait à grands pas du petit garçon.

— Bonjour jeune homme, je te connais, il me semble. Tu es un ami de Peter.

Il tendit une main au petit garçon pour l'aider à se relever. Puis tourna la tête vers la double porte, comme s'il savait qu'elle était là, et croisa le regard de Clochette. Il sourit.

Wen tenta vainement de discipliner ses boucles blondes, mais c'était un combat perdu d'avance. Il prit une grande inspiration, et se tourna vers le lit défait de John. Les draps étaient en bataille, comme s'il avait passé la nuit à tourner dans tous les sens. Pauvre John, il s'était tellement attaché à Peter. Wen refusait de l'admettre, mais c'était sans doute en partie parce qu'il lui rappelait leur mère. Quoi qu'il fasse, elle lui manquerait toujours.

Il était temps de se montrer responsable et d'avoir une grande discussion avec John et Michaela. D'habitude, le dimanche à cette heure-ci, ils étaient tous les trois, ensemble sur le canapé. Ils devaient être très en colère après lui pour l'ignorer comme ça.

Wen entra dans le salon, et trouva Michaela, assise sur le canapé, en train de lire un livre. Une odeur de café et de bacon flottait dans la pièce. Elle avait déjà préparé le petit-déjeuner.

— Tu en as mis du temps pour te préparer, ce matin, dit-elle en levant le nez de son livre.

— Je sais, désolé.

Il se servit un café, sans trop savoir par où commencer.

— Ne sois pas désolé, tu as le droit de prendre du temps pour toi. Tu veux déjeuner ?

— Reste assise. Pour une fois, c'est moi qui vais servir le petit-déjeuner.

— J'ai déjà mangé, mais tu devrais aller réveiller John.

Le cœur de Wen cessa de battre.

— John n'est pas dans sa chambre.

— Pardon ? demanda-t-elle, un tremblement de panique dans la voix.

— Quand je suis entré pour prendre mes vêtements, son lit était déjà vide !

Élever la voix ne servirait à rien. Il se força à respirer calmement pour réfléchir.

— Où est-ce qu'il a pu aller ?

— Peut-être qu'il est allé jouer chez un ami parce qu'on dormait encore et qu'il s'ennuyait ?

— Peut-être. Tu as le numéro de téléphone de ses amis ?

Elle courut jusqu'à la cuisine, sortit une feuille de papier pliée en quatre d'un tiroir et décrocha le combiné de téléphone.

— Allô, Madame Goldberg ? Oui, bonjour, c'est Michaela. Je cherche John, est-il chez vous par hasard ? Oh. D'accord, je vois. Merci quand même. Si vous le voyez, est-ce que vous pouvez lui dire de nous appeler ? Merci beaucoup.

Elle raccrocha en regardant Wen dans les yeux.

— Il n'est pas là.

Durant le quart d'heure qui suivit, elle appela près de six autres de ses amis, mais pas un seul ne savait où était John. Elle replia la liste de numéros.

— Je ne sais plus qui appeler. Mon Dieu, Wen, où est-ce qu'il est ?

Wen se passa une main sur le visage.

— Pas de panique. Réfléchissons. Quels sont ses endroits préférés ?

— Le terrain de foot ? Mais il n'y va jamais tout seul.

— D'accord, quoi d'autre ?

Ils se regardèrent en réfléchissant, et leur visage s'illumina presque au même moment.

— Les sous-sols ! s'exclamèrent-ils à l'unisson.

XX

WEN ET Michaela dévalèrent les escaliers de l'immeuble en faisant un tel vacarme que certains des habitants sortirent sur leur palier pour voir ce qui se passait. Arrivé dans le hall, Wen se précipita sur la petite porte de la cave, mais s'arrêta juste avant de l'ouvrir.

— Il ne faut pas lui faire peur, dit-il en l'ouvrant doucement.

Ils tendirent tous les deux l'oreille, mais il n'y avait aucun bruit.

— Je n'ai pas l'impression qu'il est là, dit Michaela en fronçant les sourcils.

Ils descendirent les marches. Il n'y avait pas de lumière, l'espace n'était éclairé que par les rayons du soleil qui filtraient par les courtes fenêtres rectangulaires au ras du plafond. Il ne semblait y avoir personne.

— J'étais tellement persuadée qu'on le trouverait ici, murmura Michaela.

Wen passa un bras rassurant autour de ses épaules. Un bruit de respiration attira leur attention. Wen tourna la tête et aperçut un tas de tissus en boule sur une vieille méridienne contre le mur. La masse de tissus bougea.

— Il a dû venir dormir ici après notre dispute d'hier soir, chuchota Wen.

— Le pauvre.

Ils avancèrent sans bruit jusqu'à la petite banquette, et Wen secoua gentiment la masse endormie.

— John, John, réveille-toi.

Le corps endormi sous les vieux draps bougea légèrement, puis s'immobilisa. Il rejeta brusquement le vieux drap et se redressa en position assise, torse nu, le regard apeuré, les poings serrés.

Ce n'était pas John. C'était Peter.

— Toi ! Mais qu'est-ce que tu fais là ? s'exclama Wen en reculant d'un pas.

Peter les dévisagea en essayant de calmer sa respiration. Avec la lueur méfiante de ses étranges yeux verts en amande et ses cheveux ébouriffés, il ressemblait à un chat effrayé.

— Vous m'avez fichu la trouille de ma vie, soupira-t-il enfin.

— Où est John ? lui demanda Michaela sur un ton implorant.

— Quoi ? Je n'en sais rien, pourquoi ?

— Attend une minute, les stoppa Wen en levant une main. Et si tu nous expliquais ce que tu fais là, pour commencer.

— Ça ne te regarde pas

— Au contraire, je te rappelle que c'est mon immeuble, et que tu n'as rien à faire ici.

Peter soupira et enfila un tee-shirt, caché sous le drap.

— Quand tu as dévoilé mon visage avec ta publicité…

— Ce n'était pas moi !

— Très bien ! Quand ton *agence* a dévoilé mon visage, certaines personnes que j'aurais préféré ne jamais revoir ont retrouvé ma trace. Ils sont après moi et j'avais besoin d'un endroit où me cacher. Samu a pensé que ce serait l'endroit idéal.

— Comment ça, ils sont après toi ?

— Une fois de plus, ça ne te regarde pas.

— Tu ne pouvais pas aller à l'hôtel, comme une personne normale ? Tu ne peux pas dormir dans une cave, ce n'est pas sain et ce n'est pas confortable !

— Je n'ai pas d'argent. Je te rappelle que je t'ai envoyé un message à ce sujet, mais tu ne m'as jamais répondu.

— Tu m'excuseras, je dormais. Et à mon réveil, John avait disparu alors, j'ai…

— Disparu ? Qu'est-ce que tu veux dire ?

— Quand on s'est levés ce matin, son lit était vide, expliqua tristement Michaela.

— Il est peut-être avec monsieur Pennymaker ?

— Le petit gars qui s'habille bizarrement ? demanda Wen en fronçant les sourcils. Qu'est-ce qu'il ferait avec lui ?

— Tu ne les as pas beaucoup vus ensemble, mais crois-moi, John est rapidement devenu fan de lui.

— Mais comment est-ce que John l'aurait retrouvé ?

— Aucune idée, peut-être qu'il lui a donné son numéro de téléphone. Ou peut-être que John est parti le chercher au Pays Imaginaire.

— À sept heures du matin ?

— Tu as essayé de contacter ses amis ?

Wen hocha nerveusement la tête. Un vague sentiment de nausée le submergea.

— Il était très fâché quand il est allé se coucher hier soir…

— Pourquoi ?

Wen glissa un regard plein de culpabilité à Michaela. La jeune fille croisa les bras, inquiète et exaspérée.

— Wen nous a raconté que vous vous étiez disputé pendant votre rendez-vous et John l'a très mal pris, expliqua-t-elle.

Peter se tourna vers Wen.

— Je suis désolé, tout est de ma faute… Je n'aurais jamais dû m'impliquer avec votre famille.

Cette phrase heurta Wen de plein fouet.

— Ça n'a plus d'importance, continua Michaela, le fait est que vous vous êtes comportés comme deux gamins immatures, et maintenant John a disparu ! Tout ce qui compte c'est qu'on le retrouve.

Les épaules de Peter s'affaissèrent.

— Je ne peux pas prendre le risque de sortir d'ici. Mais vous devriez aller voir au Pays Imaginaire, peut-être que quelqu'un l'aura vu.

Le téléphone de Peter se mit à sonner. Il l'extirpa de son jean slim en se contorsionnant et lut le message qu'il venait de recevoir.

— Hooker veut me voir, dit-il sur un ton lugubre.

— Qui est Hooker ? demanda Michaela.

— Crois-moi, tu ne veux pas savoir.

Le téléphone de Peter se remit à sonner. Un appel cette fois. Le nom de Hooker clignotait sur l'écran. Ils le regardèrent tous les trois comme s'il s'agissait d'un animal venimeux, mais Peter ne décrocha pas.

— Je ne veux pas qu'il trace l'appel, il en est capable.

— On a perdu assez de temps, il faut qu'on aille à la boîte de nuit, lança Michaela en tirant avec insistance sur le bras de Wen.

Wen commença à la suivre, lorsque son téléphone se mit lui aussi à sonner. C'était peut-être John. Il décrocha aussitôt.

— Allô ?

— Wendell Darling ?

— Oui, c'est moi. Est-ce que vous appelez au sujet de John ?

La voix au bout du fil se mit à rire. Un rire qui redressa les poils sur les bras de Wen.

— Quelle coïncidence, c'est précisément de lui dont je voulais parler.

— Est-ce qu'il va bien ? Où est-il ?

— Il va bien. Pour l'instant. Quant à savoir où il se trouve, j'ai bien peur qu'il faille que ça reste un mystère.

— Je vous demande pardon ? À quoi jouez-vous ?

— J'ai un marché à te proposer, Wendell Darling. Si tu me donnes ce que je veux, tu récupères le petit John.

— Je... Vous avez kidnappé mon petit frère ? demanda-t-il d'une voix faible en tombant à genoux sur le sol.

Michaela se précipita à ses côtés, et Peter se leva instinctivement pour se rapprocher d'eux.

— Mais enfin, je n'ai pas assez d'argent pour une rançon, pourquoi lui ?

— Allons, allons, mon garçon, ce n'est pas de l'argent que je veux. Ce que je veux c'est Peter Panachek, ou plutôt devrais-je dire Alan Wellington. Si tu me l'amènes, alors tu récupéreras ton petit John en un seul morceau.

— Si vous touchez à un seul de ses cheveux, je vous tuerai, vous m'entendez ? cria Well.

Michaela attrapa ses mains et les serra dans les siennes.

— Inutile de s'énerver. Après tout, ce n'est pas très prudent tant que le petit John est avec moi.

Wen contracta les muscles de sa mâchoire, et leva les yeux en direction de Peter.

— Je ne sais pas où est Peter.

Peter écarquilla les yeux.

— Quel dommage ! Je te suggère de le retrouver très vite, sans quoi je ne donne pas cher de la sécurité de ton petit frère. J'ai toujours rêvé de dire quelque chose d'aussi mélodramatique, ajouta-t-il en riant cruellement. Je te conseille de retrouver Peter sans tarder et de le convaincre de se rendre, Wendell Darling.

— Comment puis-je être sûr que vous relâcherez John ?

— Je crains qu'il ne te faille me faire confiance, tu n'as pas d'autre choix.

— Qu'est-ce que vous voulez à Peter ?

— Rien qui ne te concerne.

— Est-ce que vous avez l'intention de lui faire du mal ?

— Du mal ? Non, répondit-il en riant. Peter va simplement m'aider à gagner beaucoup d'argent. Ramène-le-moi et tu récupéreras John sain et sauf.

Il raccrocha. Wen baissa lentement le téléphone. Peter était blanc comme un linge.

— C'était Hooker ? demanda-t-il.

— Il détient John. Il veut l'échanger contre toi.

Michaela se mit à pleurer et Wen la prit dans ses bras.

— Il dit que tu vas l'aider à gagner beaucoup d'argent.

— Et merde ! s'écria Peter en donnant un violent coup de pied dans une pile de cartons vides.

— Il faut qu'on prévienne la police, sanglota Michaela.

— Qu'est-ce que tu en penses ? demanda Wen en regardant Peter.

— Hooker est quelqu'un d'influent, et il est sans pitié. C'est... c'est un dealer de drogues.

Les pleurs de Michaela redoublèrent.

— Qu'est-ce qu'il te veut ? demanda Wen.

Peter baissa les yeux.

— Il existe sûrement une récompense pour quiconque saurait où je me trouve.

— Mais enfin, qui est à ta recherche ?

— Ma famille.

— Ta famille ? répéta Wen, incrédule. Mais pourquoi ne leur dis-tu pas tout simplement où tu es ?

— Ce n'est pas aussi simple que ça, répondit Peter dévasté, en se laissant retomber sur la méridienne. Ils veulent que je rentre à la maison et que je reprenne la gestion de l'entreprise familiale.

— Toi ? Gérer une entreprise ? Ils ne te connaissent pas, ou quoi ? demanda Wen, qui n'en croyait pas ses oreilles.

— Je sais que ça ne se voit pas, mais avant de m'enfuir j'étais en école militaire, répondit Peter sur la défensive.

— Mais enfin, c'est complètement absurde. Tu es majeur, ils ne peuvent pas te forcer à gérer leur entreprise à la noix !

Peter se prit la tête entre les mains.

— Non, mais ils me harcèleront jusqu'à ce que je cède. Et maintenant qu'ils m'ont retrouvé, je n'ai plus aucune chance de leur échapper.

— Est-ce que tu penses à John ? Aux chances qu'il a d'échapper à ce maniaque ? demanda Michaela sur un ton accusateur.

Wen étudia longuement la silhouette abattue de Peter. Livrer Peter à sa famille serait comme enfermer une fée dans une bouteille en verre.

— On ne peut pas demander à Peter de sacrifier sa vie tout entière, Michaela, dit-il d'une voix douce. On va trouver un autre moyen. Si on réussit à trouver le montant de la récompense promise par la famille de Peter, peut-être que je pourrais emprunter cette somme à l'agence et la donner à Hooker en échange de John.

— Aux dernières nouvelles, elle s'élevait à plus de cent mille dollars. J'imagine qu'elle a dû augmenter. Hooker a probablement négocié.

— Quoi ? Mais combien d'argent possède ta famille ?

Peter se contenta de soupirer, impuissant.

— On devrait retrouver monsieur Pennymaker, suggéra Michaela en reniflant. Il avait l'air de bien aimer John et Peter. Peut-être qu'il acceptera de nous aider. Il faut qu'on retrouve John, et vite. Il doit être terrorisé, dit-elle en essuyant ses joues.

— On le connaît à peine, protesta Wen, et je ne sais même pas comment le joindre. Il est peut-être au Pays Imaginaire.

— N'allez pas là-bas. Maintenant qu'on sait qu'Hooker détient John en otage, on ne peut pas prendre le risque, intervint Peter.

— Mais il faut bien qu'on fasse quelque chose ! s'exclama Wen en colère.

Un bruit de pas dans les escaliers les interrompit. Wen resserra instinctivement son bras autour de Michaela. Samu apparut. Il eut l'air brièvement surpris de voir Wen et Michaela, mais se dirigea droit vers Peter.

— Il faut qu'on te sorte d'ici, et vite. Hooker a envoyé une armée de ses sbires de dealers à ta recherche. Quelqu'un a parlé à Eddie, le gars du stand de tacos.

— Je craignais un truc dans ce genre quand on l'a croisé.

— Dépêche-toi, rassemble tes affaires. Ça ne leur prendra pas longtemps avant de faire le rapprochement et de se pointer ici.

— Hooker a John.

— Quoi ?

— Hooker a kidnappé John. Il veut l'échanger contre Peter, expliqua rapidement Wen.

Le visage de Samu s'effondra.

— Ce type est diabolique. Mais on ne peut pas le laisser mettre la main sur Peter. Les types qu'il a envoyés ne plaisantent pas, il faut qu'on le sorte d'ici. Ensuite, on réfléchit à un moyen de récupérer John.

Il attrapa les sacs de Peter, l'attrapa par le bras et ils disparurent dans les escaliers en quelques secondes à peine.

Michaela leva les yeux vers son grand frère.

— Ils sont partis. Peter est parti, nous n'avons plus aucun moyen de récupérer John, dit-elle en se remettant à pleurer.

— Allez, viens, sortons d'ici.

Ils remontèrent jusqu'au hall d'entrée, et à travers les portes vitrées, Wen aperçut monsieur Pennymaker. Il se jeta sur la porte pour lui ouvrir.

— Oh, mon Dieu, vous êtes là ! Comment avez-vous su qu'on vous cherchait ?

— Je n'en avais aucune idée, mon garçon, répondit-il en souriant avec bienveillance. Je venais juste voir comment allait votre petite famille.

— Ça ne va pas du tout. Hooker a kidnappé John et il demande une rançon.

— Oh, c'est une bien mauvaise nouvelle, dit-il en fronçant les sourcils.

— On s'est dit que vous pourriez peut-être nous aider ? tenta Michaela.

— Ce n'est pas vraiment ma spécialité. Mais montons discuter de tout ça dans votre appartement. Loin des oreilles qui traînent, dit-il mystérieusement en regardant autour de lui.

Cette fois encore, il gravit les quatre étages avec l'aisance d'un sherpa, et entra dans l'appartement avec Wen et Michaela.

— Est-ce que vous voulez boire quelque chose ? demanda Michaela.

— Volontiers, mon enfant, répondit-il en déboutonnant son pardessus, une saharienne d'un orange vif, avant de s'asseoir sur le canapé.

Il croisa les jambes, découvrant une impressionnante paire de bottines en peau de crocodile.

— J'imagine qu'Hooker réclame Peter en échange de John.

— Il veut surtout la récompense promise par la famille de Peter s'il le retrouve.

Michaela leur apporta deux verres de jus d'orange qu'elle leur tendit, puis s'assit sur le sol à côté de Wen.

— Je doute qu'il s'en tienne là. Vous êtes trop nombreux à connaître son identité, il va vouloir conserver un avantage qui lui permettra de ne pas finir en prison.

— Je n'avais pas pensé à ça, dit Wen catastrophé, en se passant une main sur la nuque d'un geste fatigué. J'arrive tout juste à comprendre ce qui est en train de se passer.

— Je dois reconnaître que ce monsieur Hooker est inventif dans ses machinations. J'imagine que la première chose à faire serait de proposer à Hooker la même somme que la récompense et de voir comment il réagit.

— C'est impossible. Peter nous a dit qu'elle s'élevait à plus de cent mille dollars. C'est plus que ce que je gagne sur une année entière, et jamais l'agence pour laquelle je travaille n'acceptera de me prêter une somme pareille.

— Il va de soi que je vous prêterais l'argent. Rappelle ce monsieur Hooker, mon garçon, mais surtout ne lui dit pas où tu as eu l'argent.

— Pourquoi faites-vous cela ? Vous nous connaissez à peine. Je vous suis infiniment reconnaissant, mais j'en aurais pour des années à vous rembourser.

— Ne t'en fais pas. Je vois ça comme un investissement dans votre futur, à Peter et à toi. Appelle ce grossier personnage.

Wen fixa monsieur Pennymaker pendant un long moment. La situation tout entière était complètement surréaliste, mais il avait l'étrange sentiment qu'il pouvait faire confiance au petit homme. Il prit une grande inspiration et rappela Hooker.

— Est-ce que tu as Peter ? gronda la voix d'Hooker après seulement une sonnerie.

— Non, je n'ai pas réussi à le trouver. Mais j'ai peut-être un moyen de vous payer le montant de la récompense. De combien est-elle ?

— Espèce d'imbécile, ma priorité est de récupérer Peter. Une fois que tu me l'auras livré, alors peut-être qu'on pourra discuter du prix que te coûtera la libération du petit John.

— Attendez une minute, je croyais que c'était Peter contre John !

Hooker éclata de rire.

— Oui, mais c'était avant que je sache que tu avais suffisamment d'argent pour couvrir la récompense.

— Espèce de salopard !

— Et tellement fier de l'être, si tu savais. Je serais toi, je me dépêcherais de retrouver Peter, surtout si tu tiens à revoir ton petit frère un jour.

Wen raccrocha.

— Vous aviez raison. Maintenant, il réclame Peter *et* l'argent.

— Je ne suis pas surpris. Pas de demi-mesure avec ce monsieur Hooker, c'est un sombre personnage de bout en bout.

On frappa à la porte et Michaela sursauta.

— C'est peut-être Peter qui est revenu, suggéra-t-elle.

— C'est peu probable, répondit Pennymaker en se levant pour aller ouvrir. Ah, Murphy, c'est toi. Je vois que tu es accompagné.

Murphy, le chauffeur de monsieur Pennymaker, entra en traînant derrière lui un type mal fagoté avec une dentition déplorable.

— Je l'ai trouvé essayant d'entrer dans l'immeuble par une fenêtre ouverte du rez-de-chaussée. Et j'ai trouvé ça dans sa poche, dit-il en tendant un objet devant lui.

— Un pistolet ? s'exclama Wen en reculant machinalement.

Monsieur Pennymaker fixa l'arme en question, puis dit à Murphy :

— Fais-le asseoir, j'ai quelques questions à lui poser.

XXI

Samu bloqua Peter à la vue des autres passagers à l'aide de sa silhouette massive, sans jamais cesser de surveiller leurs alentours.

— Où va-t-on au juste ? chuchota Peter.

— Chez un gars que je connais et qui a un appartement en bord de rivière. Il me le prête deux ou trois jours, il n'est pas là en ce moment.

Ils franchirent ainsi sept stations dans un silence tendu. Arrivés à destination, Samu tira Peter derrière lui sur le quai, s'assura que personne ne les suivait, et se pressa jusqu'à la sortie du métro. Une fois dehors, Peter pila net, en secouant la tête. Samu s'arrêta pour le regarder.

— Quoi ?

— Je ne peux pas faire ça.

— Qu'est-ce que tu racontes ? Peter, je ne plaisante pas, les gars qui te cherchent sont dangereux, ce n'est pas un jeu.

— La vie de John, non plus, répondit-il en plongeant ses yeux verts dans le regard sombre et intelligent de Samu. C'est de ma faute s'il est dans cette situation. Et je suis le seul à pouvoir la résoudre.

— Il est hors de question que tu ailles te rendre à Hooker. Il ne te lâchera plus jamais, il se servira de toi pour extorquer de l'argent à ta famille jusqu'à plus soif. Il va te faire du mal.

— Je n'ai pas l'intention de me rendre à Hooker, dit-il en prenant son téléphone, le visage triste, mais décidé.

— Peter, qu'est-ce que tu fais ? On va trouver un autre moyen de récupérer John. Ne fais pas ça.

— Moi ou quelqu'un d'autre, qu'est-ce que ça change ?

— Tu racontes n'importe quoi.

— À ton avis, qu'arriverait-il à John et Michaela si Wen ne pouvait plus s'occuper d'eux ?

— Je ne sais pas, j'imagine qu'ils finiraient aux services sociaux.

— Qu'est-ce que je ferais si tu ne veillais pas sur moi ?

— Peter, ça n'a aucun rapport. Il y a des tas de gens qui le feraient à ma place.

175

— Tu sais que c'est faux. Je suis comme Gandhi, à qui il a fallu tant d'argent de ses amis pour rester pauvre. Je joue les esprits libres, je dis à qui veut l'entendre que je n'ai pas d'attaches, et à côté de ça je vous laisse toi, les Lost Boys et Clochette, vous occupez de mes problèmes. Je crois qu'il est temps que je grandisse.

— Peter, tu ne comprends pas, lui dit Samu en souriant doucement. Tu es notre exemple, notre lueur d'espoir.

— Je suis désolé, Samu, mais ce sont de faux espoirs.

Il composa un numéro, et deux sonneries plus tard, une voix qu'il connaissait décrocha.

— Allô ?

La personne semblait méfiante. Normal, personne n'était censé avoir ce numéro.

— C'est Alan.

L'homme à l'autre bout du fil poussa un immense soupir.

— Où es-tu ? demanda sèchement Peter.

— À la maison.

— Rejoins-moi en ville. On peut se retrouver où tu veux, mais dépêche-toi. À cause de tes imbéciles de détectives privés, un très bon ami à moi se retrouve dans une situation dangereuse, et tu as plutôt intérêt à régler la situation.

— Deux ans qu'on ne s'est pas parlés, et tu me donnes des ordres ?

Son père ne supportait pas qu'on lui dise quoi faire, c'était un trait de famille.

— Tu proposes un véritable pactole à la personne qui pourra me retrouver, j'en déduis que tu tiens vraiment à ce que je rentre. Alors, dis-moi où on se retrouve ou bien je raccroche, et crois-moi, cette fois-ci tu ne me reverras plus jamais.

— Rendez-vous dans mon club d'ici deux heures. Dis-leur qui tu es en arrivant, ils te laisseront entrer.

— Très bien.

Il raccrocha, rangea son téléphone, et se tourna vers Samu.

— Allez, viens mon pote, je crois qu'on a bien mérité une glace.

Deux heures plus tard, ils se tenaient devant l'impressionnant bâtiment du club de son père, comme deux âmes à l'entrée du royaume d'Hadès. Peter s'approcha de Samu et le prit dans ses bras.

— Merci pour tout ce que tu as fait pour moi, Samu. Et si tu as besoin d'un exemple dans la vie, regarde dans le miroir.

176

Il s'écarta légèrement de lui, le regard triste.

— Tu voudras bien veiller sur Wen de temps en temps ? Il est comme toi, c'est quelqu'un de bien.

Samu cligna des yeux et hocha la tête, la gorge serrée.

Peter gravit les quelques marches qui menaient à la porte et appuya sur l'interphone. Quelqu'un décrocha et il donna son nom.

— Alan Wellington, je suis ici pour voir mon père.

La porte s'ouvrit, et Peter franchit le seuil d'un monde dont il avait tout rejeté deux ans auparavant.

L'homme qui vint l'accueillir dut contrôler l'expression choquée sur son visage en l'apercevant. Avec ses cheveux rouges et son tee-shirt vert à paillettes, il violait sans doute toutes les règles du code vestimentaire du club de son père.

— Je... si vous voulez bien me suivre.

Peter lui emboîta le pas et ils traversèrent plusieurs élégants couloirs hauts de plafond, croisant différents membres du club sur leur chemin, avant de s'arrêter devant une immense porte à double battant. L'homme les ouvrit, puis s'écarta sur le côté, et annonça :

— Monsieur Wellington, voici votre fils.

Peter entra dans la pièce. Si l'homme qui venait de l'escorter avait fait l'effort de contrôler sa surprise en le voyant, son père ne se donna pas cette peine.

— Mon Dieu, tu es habillé comme un véritable arc-en-ciel.

— Ça tombe bien, c'est aussi mon drapeau, rétorqua Peter en traînant des pieds jusqu'au petit canapé devant la cheminée.

Il y avait un pichet de thé glacé et un verre vide sur la table devant lui, alors il se servit. Debout à quelques pas, son père l'observa, vêtu d'un élégant costume gris, presque exactement de la même couleur que ses cheveux.

— Tout ce qui compte c'est que l'on t'ait retrouvé Peter. Je suis content de te revoir.

Peter but une gorgée de son verre et leva les yeux vers son père.

— Tu ne m'aurais jamais retrouvé sans tes laqués et ta récompense de milliardaire désœuvré qui ont valu au petit frère d'un très bon ami à moi de se faire kidnapper.

— Qu'est-ce que c'est que cette histoire ?

— Un individu peu recommandable, répondant au doux nom de Vadon Hooker, a kidnappé le frère âgé de onze ans de mon ami, et veut l'échanger contre moi pour s'assurer de toucher l'intégralité de ta récompense. J'ai besoin que tu uses de ta légendaire influence pour récupérer le petit garçon.

Son père s'assit sur le bord du fauteuil, de l'autre côté de la table basse.

— Il faut qu'on appelle la police.

— J'ai bien peur que cette ordure d'Hooker ne fasse du mal à John si on risque quoi que ce soit de ce genre.

— S'il s'agit vraiment d'un kidnapping, je ne vois pas vraiment ce que je peux faire à part prévenir la police et le FBI.

— J'aurais très bien pu faire ça tout seul.

— Comme tu l'as judicieusement fait remarquer, nos cercles d'influence ne sont pas les mêmes.

Se pouvait-il que ce soit aussi simple que ça ? Est-ce que le nom et l'argent des Wellington étaient la solution à tous ses problèmes ?

— Tu n'as pas d'hommes de main qui pourrait s'occuper de ça discrètement ?

— Je n'ai pas ce genre de relations, voyons Alan. Et avant de continuer cette conversation, je voudrais que nous nous mettions d'accord sur ce que tu devras faire pour moi.

— Qu'est-ce que tu veux ?

— Je veux que tu rentres à la maison, que tu intègres la société et que tu sois formé pour prendre ma suite après ma mort.

— Pourquoi ? Elle arrive bientôt ?

— Non, j'espère avoir encore quelques belles années devant moi. Mais je ne rajeunis pas non plus.

— Tu as un conseil de direction et des cadres avec les dents qui rayent le parquet à n'en plus savoir quoi faire. Je suis un artiste. Je l'ai toujours été. Et ça ne changera jamais. Je n'ai ni les capacités, ni le niveau d'études, ni même l'envie de gérer une société. Et tu le sais très bien.

— Dès que tu auras quitté cet univers de rêves et de fantaisies dans lequel tu vis, tu comprendras. Une fois intégré à la société, tu y prendras goût, Alan, j'en suis sûr. C'est un défi excitant, tu verras.

— Pour toi peut-être. Mais ce n'est pas ce que je veux faire de ma vie.

Son père soupira tristement.

— Ton arrière grand-père a fondé cette société, ton grand-père l'a aidé à se développer et m'a donné la suite. Je ne fais qu'honorer une tradition. Tu es le dernier des Wellington, est-ce que tu tiens vraiment à ce que l'héritage centenaire de notre famille finisse entre les mains d'un étranger ?

Peter détestait devoir l'admettre, mais quelque part, il comprenait son père. Deux ans plus tôt, ses racines familiales étaient comme des chaînes qui l'empêchaient d'avancer, à présent, il n'en était plus si sûr.

Soudain, les portes de la pièce s'ouvrirent à la volée, et Peter releva la tête.

— Qu'est-ce que ça signifie ? rugit son père en bondissant sur ses pieds.

Abasourdi, Peter découvrit Wen dans l'encadrement de la porte.

— Wen ? Mais enfin, qu'est-ce que tu fais là ?

— Monsieur Pennymaker, répondit simplement Wen en souriant.

— Carstairs ? demanda le père de Peter, complètement perdu.

— Je suis venu t'empêcher de faire une énorme bêtise, annonça Wen en rejoignant Peter pour lui prendre les mains.

— Une bêtise ?

— Qu'est-ce que tu es venu faire ici ?

— Sauver John.

— En sacrifiant ta liberté ? En sacrifiant tes rêves et ton art ?

— C'est la seule solution, répondit Peter en se perdant dans le bleu de ses yeux qui lui avaient tant manqué. Je pensais que tu serais heureux.

— Alan, qui est ce jeune homme ? Demanda son père en se rapprochant d'eux.

— C'est Wen, répondit Peter en détachant à grand regret son regard du visage de Wen. C'est l'ami dont je t'ai parlé, celui dont le petit frère s'est fait kidnapper à cause de moi. Ou plutôt devrais-je dire, à cause de toi, se reprit-il en dévisageant son père.

— Et on va le sauver, mais pas de cette façon. Tu es Peter Panachek, et c'est en tant que Peter Panachek que tu vas régler ça.

— Mais comment ? demanda Peter, le cœur battant à tout rompre. On ne sait même pas où il est.

— Maintenant si, répondit Wen en souriant, mais il faut qu'on se dépêche avant qu'Hooker ne comprenne ce qu'on manigance, ajouta-t-il en le tirant par la main.

— Tu réalises que c'est complètement fou et irresponsable ? demanda-t-il avec un sourire en coin.

— Ça dépend pour qui.

Ils échangèrent un regard complice.

— Alan, je te rappelle que nous avons un marché.

— Non, père, plus maintenant. J'ai d'autres responsabilités.

Ils sortirent en courant, s'attirant les regards outragés des autres membres. Dehors, Wingman, Map, Dudish, Samu, Clochette et monsieur Pennymaker les attendaient. Peter éclata de rire.

Monsieur Pennymaker portait une tenue de safari complète, chapeau compris, et une paire de bottes en croco.

— Parfait, dit-il en tapant dans ses mains, tout le monde en voiture. Il est temps d'expliquer notre plan à Peter.

À MI-CHEMIN, Peter pressa le téléphone de monsieur Pennymaker contre son oreille et attendit.

— Oui ? répondit la voix grave et impatiente d'Hooker.

— Vadon, c'est Peter.

— Ah, Peter, dit-il d'un ton satisfait.

— Je suis en chemin, tu es au Pays Imaginaire ?

— Peut-être. Peut-être pas.

— Arrange-toi pour y être. Et amène John. Je viens pour me rendre.

— Je veux être sûr que tu seras bien là avant de relâcher le gamin.

— Et je veux être sûr que Wen récupérera son frère avant de me rendre.

— Écoute-moi bien, le roi des fées, si vous voulez revoir ce gamin un jour, tu as intérêt à te pointer.

— Ne lui fais pas de mal. Je serais là. C'est promis.

— Très bien.

Peter raccrocha.

— Ça devrait le faire sortir de l'appartement.

— Ses sbires n'ont pas l'air très malins, une fois qu'il sera parti ils seront des cibles faciles, ajouta Wen.

— Nous avons l'élément de surprise, mes enfants, c'est la meilleure arme qui soit, annonça monsieur Pennymaker.

Murphy se gara dans une rue d'un quartier délabré de Manhattan. Il alla ouvrir à monsieur Pennymaker, qui sortit du véhicule, suivi de près par le reste de la petite bande.

— Vous n'êtes pas obligé de prendre ce risque, monsieur, lui dit Wen, vous en avez déjà fait tellement pour nous aider.

— Ne sois pas ridicule, mon garçon, je ne vais quand même pas manquer la meilleure partie.

— Non, j'imagine que non, répondit Wen en souriant malgré lui. Tout le monde sait ce qu'il a à faire ? demanda-t-il en se tournant vers les autres.

Tout le monde hocha la tête.

— Très bien, on y va alors.

Ils repérèrent sans difficulté l'horrible immeuble qu'ils cherchaient, et s'engouffrèrent dans l'ascenseur pour rejoindre le onzième étage en gloussant nerveusement. Arrivés devant l'appartement 1127, Wen frappa à la porte. Ils se mirent tous sur le côté, pour qu'on ne puisse pas les voir à travers le judas.

— Qui c'est ? demanda une voix peu commode de l'autre côté de la porte.

— Hey, mec, c'est JZ, répondit Wen en prenant l'accent de Brooklyn et en utilisant le nom du type qu'ils avaient surpris en train d'essayer d'entrer dans son immeuble. J'ai trouvé le gars qu'Hooker cherche, laisse-moi entrer.

— Mets-toi devant la porte que je te vois.

Peter avança devant la porte, les mains dans le dos, comme s'il était attaché.

— Merde, tu l'as vraiment trouvé !

À peine avait-il déverrouillé la porte, que Samu hissa Peter au-dessus de sa tête dans son habituel porté de super héros. Les trois types dans l'appartement les regardèrent entrer, complètement abasourdis. Puis clochette suivit le cortège en brandissant son ombrelle, pointe vers l'avant, et leur fonça dessus. Les trois hommes se mirent à crier, et Wen entra en brandissant le pistolet qu'ils avaient pris à l'homme que Murphy avait capturé.

Samu reposa Peter au sol, puis, lui, Wingman et Map immobilisèrent les trois malfrats. Wen confia l'arme à Mister P. et courut dans le couloir de l'appartement, Peter juste derrière lui.

Il ouvrit une première porte, mais la pièce était vide. Il tenta d'ouvrir la deuxième, mais elle était fermée à clé.

— Samu ! appela Peter.

Samu arriva aussitôt, jeta un simple coup d'œil à la porte, puis la défonça d'un coup d'épaule qui explosa littéralement le bois de l'encadrement de porte. Peter et Wen se précipitèrent dans la pièce.

John était allongé sur un petit lit une place, pieds et poings liés.

— Wen ! Peter !

Il se tortilla dans tous le sens pour aller vers eux et manqua tomber du lit, mais Wen le rattrapa à temps.

Peter songea que c'était la vraie définition du jeune homme : toujours là pour rattraper tout le monde à temps.

Wen coupa les liens de John et le serra très fort contre lui.

— Mon Dieu, j'ai eu tellement peur. Comment vas-tu ? Est-ce qu'ils t'ont fait du mal ?

— Non, je ne me suis pas laissé faire ! Ils ont même été obligés de m'attacher. Je savais que vous viendriez me sauver.

— Je suis désolé, John, lui dit Peter en s'agenouillant devant lui. Tout est de ma faute.

— Moi je crois plutôt que c'est la faute de ce Hooker, répondit John en fronçant les sourcils. Il est parti il y a pas très longtemps, vous avez failli l'avoir.

— Oh, mais nous en avons bien l'intention, mon garçon, chantonna la voix de monsieur Pennymaker derrière eux. Pourrais-je parler à l'inspecteur Tac ? dit-il, le téléphone à l'oreille. Dites-lui que c'est de la part de Carstairs Pennymaker. Oui, bonjour inspecteur. Oh, Tic vraiment ? Mes excuses. Je rencontre un problème qui nécessite votre expertise.

Mister P. entreprit alors d'expliquer toute l'histoire du kidnapping.

— Le petit garçon est désormais sain et sauf. Mes amis et moi-même sommes parvenus à le récupérer, sans difficulté, je vous rassure. Je vous appelle concernant l'arrestation de l'homme responsable du kidnapping. J'ai une liste interminable de témoins qui accepteront de confirmer les faits. Oui, son nom est Hooker, dit-il en lançant un clin d'œil aux trois garçons. Vous pourrez le trouver au Pays Imaginaire.

XXII

WEN ÉTAIT assis sur l'une des chaises de bar du Pays Imaginaire, John juste à côté de lui. Il était clair que le petit garçon essayait de faire bonne figure devant l'inspecteur Tic (que tout le monde s'acharnait à appeler Tac), mais Wen pouvait le sentir trembler contre lui. Michaela était assise sur une chaise à quelques mètres d'eux. La police lui avait demandé de rester éloignée, juste le temps que John raconte ce qui s'était passé.

— Je sais que ce n'était pas une bonne idée, mais j'étais tellement triste que Peter s'en aille, je me suis dit que je pourrais le faire changer d'avis, alors je me suis rendu au Pays Imaginaire. En arrivant, Hooker m'a attrapé et ils m'ont traîné jusqu'à l'immeuble où vous m'avez trouvé.

— Qui ça « ils » ? demanda l'inspecteur d'une voix douce en prenant des notes.

— Les trois types qui étaient dans l'appartement, et un autre qui est parti ailleurs quand on a quitté la boîte de nuit.

— On va sans doute te demander d'identifier cet homme, après.

John hocha la tête.

— Quant à vous, monsieur Darling, vous avez reçu un appel de monsieur Hooker vous demandant une rançon, c'est bien ça ?

C'était au moins la cinquième fois qu'on l'interrogeait et qu'on lui demandait de répéter encore et encore les mêmes choses.

— Oui, il voulait que je trouve Peter et que je le lui amène. Il a dit que c'était pour toucher la récompense offerte par sa famille, et quand je lui ai proposé de lui payer le même montant, il a refusé et insisté pour que je lui livre Peter.

— Et quel était le montant exactement ? demanda l'inspecteur, son stylo suspendu à quelques centimètres de son carnet.

— Un peu plus de cent mille dollars si j'ai bien compris. Je n'ai jamais su le montant exact. Selon monsieur Pennymaker ça n'avait pas d'importance, il se doutait qu'Hooker ne libérerait jamais Peter et qu'il se servirait de lui pour faire chanter sa famille à l'infini.

— C'était une supposition de sa part ?

— Oui, mais vous remarquerez que Mister P. a une forte tendance à faire des suppositions qui s'avèrent exactes par la suite.

— En effet, répondit l'inspecteur en haussant un sourcil.

De l'autre côté de la pièce, un autre inspecteur était en train d'interroger Peter, et plusieurs agents de police étaient assis avec Clochette et le reste des Lost Boys à différents endroits de la grande salle. Wen croisa le regard de Peter. Peter lui sourit, mais il avait l'air étrangement triste. L'estomac de Wen se contracta. Est-ce que la police allait lui créer des ennuis ?

— Puis-je savoir pour quelle raison vous avez décidé de… disons de faire justice vous-même, et de partir à la rescousse de votre frère sans informer les autorités.

— Hooker ne pouvait pas se permettre de perdre le seul avantage qui lui permettrait d'échapper à la prison, ce qui signifiait que jamais il n'aurait libéré John *et* Peter. Quand par chance nous avons découvert où John était détenu, je me suis arrangé pour éloigner Hooker, et nous avons profité de son absence pour surprendre ses acolytes.

— Comment avez-vous découvert l'endroit ?

— Clochette, répondit Wen en souriant.

— Pardon ?

— Chloé Kingston. Elle a convaincu Hooker qu'elle était de son côté et a réussi à extraire l'information de l'un de ses sbires.

— Très malin, mais également extrêmement dangereux.

— Je ne suis pas un grand preneur de risques, inspecteur, mais j'ai estimé que celui-ci en valait la peine, dit-il en serrant John contre lui.

— John, j'en déduis que vous admirez beaucoup le jeune monsieur Peter ? Je veux dire, Alan Wellington ?

— Ça sera toujours Peter Panachek pour moi, mais oui, il est comme un membre de la famille, répondit le petit garçon en levant les yeux vers son frère.

— Est-ce qu'on a bientôt terminé ? demanda Wen. John a besoin de se reposer.

— C'est bon pour aujourd'hui. Il se peut que nous ayons d'autres questions à vous poser ultérieurement, et vous serez bien sûr amenés à témoigner.

— Avec plaisir. Hooker est un homme dangereux, il a fait souffrir beaucoup de gens et sa place est derrière les barreaux.

Wen se leva en tenant John, et se tourna vers lui.

— Tu es prêt à rentrer à la maison ?

— Je voudrais aller remercier Peter, les Lost Boys, Clochette, et aussi monsieur Pennymaker, de m'avoir sauvé.

— D'accord, mais seulement si la police a fini de les interroger.

Le petit garçon n'avait subitement plus l'air si fatigué que ça. Il courut à toute vitesse à travers la pièce et se jeta sur Peter.

— Peter !

L'inspecteur Tic se mit à rire.

— Il a l'air de beaucoup l'aimer.

— C'est indéniable, soupira Wen, debout à côté de lui.

Peter attrapa John dans ses bras de justesse, et recula sous le choc de la collision. Wen les rejoignit.

— Hé, dit Wen doucement.

Peter reposa délicatement le petit garçon sur le sol, mais John lui prit aussitôt la main.

— Merci de m'avoir sauvé.

Une expression peinée traversa le visage de Peter.

— Ce n'est pas moi qui t'ai sauvé, c'est Wen. C'est de ma faute si tu t'es fait kidnapper.

— Je croyais qu'on avait réglé ça, protesta John en fronçant les sourcils. Tu ne pouvais pas deviner ce qui allait se passer, tout est la faute d'Hooker.

— Il a raison, ajouta Wen en se rapprochant encore. Ce n'était pas ta faute, et John n'aurait jamais dû se rendre au Pays Imaginaire tout seul. Tu nous as aidés à le retrouver et à le sortir de là, nous n'aurions jamais réussi sans toi.

Peter haussa maladroitement les épaules, et Wen prit une grande inspiration.

— Il y a autre chose. Je… J'en suis venu à la conclusion qu'on ne s'en sort pas très bien sans toi, Michaela, John et moi. Je sais que tu vas avoir beaucoup de décisions à prendre dans les jours à venir, mais est-ce que tu accepterais de rester dans nos vies ? demanda-t-il, les poings serrés, le regard plein d'espoir.

— Wen, tu n'es pas sérieux. Je n'ai pas d'emploi, pas de toit sur la tête, et une famille qui menace de me hanter jusqu'à la fin de mes jours. Tu élèves deux enfants, tu payes tes impôts et tu as un travail stable, même si à mon avis ils ne te méritent pas. Comment est-ce que ça pourrait fonctionner entre nous ?

— J'entends qu'on parle d'avenir ? intervint monsieur Pennymaker en s'approchant.

— Oui, répondit Wen en baissant les yeux. Peter vient très justement d'énumérer toutes les raisons pour lesquelles on ne peut pas en avoir un ensemble.

— Allons, allons, asseyons-nous pour parler de tout ça.

Wen se tourna vers John.

— Est-ce que tu veux rester avec nous, ou bien est-ce que tu veux que Michaela te ramène à la maison.

— Tu plaisantes, j'espère, bien sûr que je reste ! Et Michaela, viens voir, on va parler de Wen et Peter ! appela-t-il en faisant signe à sa sœur.

La jeune fille, qui n'attendait que ça, bondit de sa chaise et se joignit à eux. Ils s'installèrent autour d'une table, et Samu, qui était dans les parages au moment de l'annonce bruyante de John, se rapprocha discrètement. Wingman, Map, Dudish et Clochette remarquèrent aussitôt son manège, et s'approchèrent également, curieux. Ce qui était censé être qu'un tout petit rassemblement de famille se changea très vite en rassemblement de famille agrandi. Wen ne put s'empêcher de sourire.

—Avant toute chose, commença monsieur Pennymaker en s'appuyant contre le dossier de sa chaise, je remarque que vous êtes sans arrêt en train de souligner les différences qui vous séparent : Wen est un adulte responsable, parfois sans doute un peu trop, et Peter la créature féerique imprévisible sur laquelle on ne peut pas compter. Mais aujourd'hui, j'ai vu Peter prendre en main la responsabilité de la sécurité de John, prêt à sacrifier sa liberté pour le sauver.

Peter releva brusquement la tête, comme s'il était surpris d'entendre quelqu'un décrire ses actions de cette façon.

— C'est ce que j'ai vu, moi aussi, ajouta Samu. Et Peter croit que les Lost Boys sont responsables de lui, alors qu'à mon avis, c'est plutôt l'inverse.

— Il me protège toujours, dit timidement Dudish, et il prend toujours ma défense auprès de Mouche.

— C'est toujours lui qui range et qui nettoie l'appartement, renchérit Map.

— Ils partagent toujours l'argent qu'il gagne avec nous, ajouta Wingman.

— Je n'en gagne presque pas, protesta Peter en se frottant les yeux.

Monsieur Pennymaker posa une main sur l'épaule de Wen.

186

— Quant à toi, mon garçon. Tu tires au quotidien une masse incroyable de responsabilités comme un vaillant cheval de trait, mais ça ne t'empêche pas d'exprimer ta nature créative dans tout ce que tu fais. Et quand il a fallu sauver ton petit frère, tu as su sortir des sentiers battus et prendre des décisions qui paraissaient délirantes parce que tu refusais de laisser Peter se sacrifier.

— Ça, et en plus il est drôle, ajouta la petite voix de John.

— Tout ça pour dire, mes enfants, que vous êtes bien plus similaires que vous le croyez.

Peter lança un regard tendre en direction de Wen.

— Ça ne change malheureusement rien à la situation, dit-il. Ma famille m'a retrouvé. Une fois que Wen m'aura donné l'argent de la toile, il faut que je disparaisse.

— On vient avec toi ! s'exclama aussitôt John.

Peter eut l'air complètement pris de cours.

— Tu ne peux pas, tu as l'école. Il faut que tu étudies et que tu continues le théâtre si tu veux devenir acteur.

— Mais je veux venir avec toi, protesta John, les yeux pleins de larmes.

— Moi aussi, ajouta brusquement Wen. On va tous venir avec toi.

— Wen, tu ne peux pas faire ça. Ton travail, les enfants…

— Je suis un adulte. Un adulte doit parfois savoir faire des choix.

— Super ! s'exclama John en levant le poing en l'air.

Puis, il se tourna vers sa sœur.

— Michaela, toi aussi tu veux venir, hein ?

— Tout ce que je veux, c'est être avec toi et Wen… Et Peter.

— Moiaussijeviens, annonça Clochette en faisant un pas en avant.

— Moi aussi, ajouta Samu en passant un bras autour de ses épaules.

Peter ne savait plus s'il devait rire ou pleurer.

— Ne soyez pas ridicules, on ne peut pas fuir tous ensemble. Comment sommes-nous censés rester cachés ?

— On trouvera un moyen, répondit Wen, déterminé.

— Il y a juste un petit problème, mes enfants, les interrompit monsieur Pennymaker. Les Lost Boys doivent venir jouer dans mon établissement, aucun de vous ne peut donc s'en aller.

— Votre établissement ? répéta Peter en fronçant les sourcils.

— Celui-là même, évidemment. Monsieur Mouche n'a pas été très difficile à convaincre, surtout lorsqu'il a réalisé que la police pourrait l'accuser de complicité dans le commerce de drogue de monsieur Hooker. Il a préféré quitter la ville.

— Mais c'est génial ! s'exclama Wingman. Vous êtes d'accord pour nous garder comme le groupe principal de la boîte ?

— Cet endroit ne serait pas le même sans vous. J'ai l'intention d'organiser une grande opération de promotion du groupe partout en ville. J'ai beaucoup d'amis qui seraient enchantés de découvrir votre talent. Et il se trouve également que je possède plusieurs appartements à Brooklyn, je pense que l'on devrait pouvoir vous trouver de meilleures solutions de logement.

Le petit groupe sautilla sur place, puis ils se sautèrent dans les bras les uns des autres en poussant des exclamations de joie.

— J'ai aussi l'appartement parfait pour vous, Michaela, John et Wen. Un peu plus grand que votre actuel logement, si je puis me permettre.

John se jeta sur Mister P. pour le serrer dans ses bras.

— C'est super ! Wen va enfin pouvoir dormir dans un vrai lit !

— Mais monsieur Pennymaker, sans vouloir vous manquer de respect, je peux déjà à peine payer le loyer de notre actuel appartement, et j'arrive à peine à couvrir les frais pour les enfants.

— Le loyer serait exactement le même, et il faut qu'on parle sérieusement de ton salaire.

Peter soupira.

— Je suis très content pour vous tous, mais vous n'avez pas besoin de moi. Dudish peut très bien chanter toutes les chansons du groupe, et je dois m'en aller. C'est mieux ainsi, et je serais tellement plus rassuré de savoir que vous êtes tous ici, en sécurité.

— MoijeparsavecPeter, répéta Clochette, obstinée.

Wen, John et Michaela échangèrent un bref regard.

— Nous aussi, Mister P. Merci pour votre offre généreuse, mais notre décision est prise.

— Je comprends parfaitement mon garçon.

— Attendez une minute ! s'exclama Peter en tapant du plat de la main sur la table. Vous ne pouvez pas faire ça.

— Essaye de m'en empêcher, répondit Wen en se pressant contre lui.

— Juste un petit instant, reprit monsieur Pennymaker. Peter, rappelle-moi le nom de l'entreprise de ton père.

— Wellington Worldwide, pourquoi ?

— Tu plaisantes ? s'écria Wen en écarquillant les yeux.

— Non, c'est mon arrière grand-père qui l'a fondée. C'était une petite affaire de design au début, mais mon grand-père l'a étendu au pays tout entier, et mon père l'a exporté à l'international.

— Pour ceux qui ne comprendraient pas de quoi on parle, expliqua monsieur Pennymaker en souriant, Wellington Worldwide est l'une des plus grandes agences de communication dans le monde entier. J'imagine que ton père veut que la société reste dans la famille, ajouta-t-il en se tournant vers Peter. C'est la raison pour laquelle il a remué ciel et terre afin de te retrouver.

— Oui, il se fiche pas mal de ce que je voudrais faire de ma vie. Tout ce qui compte pour lui, c'est de garder un membre de la famille à la tête de la société.

— Et si nous pouvions lui proposer une alternative ?

Peter ouvrit grand les yeux. Il n'était pas sûr d'être très rassuré.

C.D. Wellington avait l'air bien plus sûr de lui aujourd'hui qu'il ne l'était la dernière fois que Peter l'avait vu. À sa décharge, la dernière fois, Wen avait débarqué pour défier son autorité, alors que là, il était maître des négociations.

Wen réajusta sa cravate, et jeta un regard en coin à Peter, qui n'arrêtait pas de tirer sur le col de sa chemise. Une chemise verte, bien entendu, avec un jean de couturier noir et une véritable veste en cuir. Cadeaux de Mister P., qui était tranquillement assis dans un fauteuil, vêtu pour sa part d'un pantalon de costume à rayures, et d'une veste tartan rouge et jaune par-dessus un veston bleu roi.

Un feu impressionnant ronflait dans l'âtre de la cheminée. C'était la même pièce que celle dans laquelle Wen avait fait irruption, au Club de monsieur Wellington. Wen l'aurait presque qualifiée de cosy s'il n'avait pas été aussi stressé.

— Compte tenu de ta présence, Carstairs, j'imagine que la proposition que je m'apprête à entendre va s'avérer farfelue, et que je vais en détester chaque point ? se lamenta monsieur Wellington.

— Farfelue, oui, C.D., je te le concède. Mais quelque chose me dit que tu approuveras malgré tout.

Monsieur Wellington jeta un regard en direction de Wen et de Peter. Maintenant qu'il savait qui était en face de lui, Wen ne pouvait pas s'empêcher d'être terriblement intimidé. Peter était assis à côté de lui,

189

immobile et stoïque. Monsieur Wellington tenait dans sa main un verre de ce qui ressemblait fort à du whisky, bien qu'il ne soit que onze heures du matin. Il devait sans doute en avoir besoin.

— Je vous écoute.

— Avant toute chose, laisse-moi te présenter Wendell Darling, l'un des agents de communication les plus doués et les plus talentueux de sa génération. C'est lui qui a créé la publicité de Comfort Foods dans laquelle tu as reconnu Peter. Je veux dire, Alan.

— Est-ce qu'on pourrait s'en tenir à Peter, s'il vous plaît ? demanda Peter, exaspéré.

— Bien sûr, mon garçon.

Wellington se pencha vers Wen pour le scruter de son regard intense.

— Très beau travail. Une fois que j'ai aperçu Al... Peter, j'ai été un peu distrait, dirons-nous, mais cette publicité est un chef d'œuvre. C'est l'agence Allworth, c'est ça ?

— Oui monsieur, répondit Wen. Je suis l'assistant du directeur de création chez eux.

— Ah, ce qui signifie que c'est en fait le travail de Borsinski, dit-il en reculant dans son siège avec un sourire forcé.

— Cet imbécile ne serait pas foutu de dessiner un bonhomme bâton, grogna Peter. Il a failli leur faire perdre le client. Sans le génie de Wen, il serait au chômage. Et maintenant, cette bande d'ordures raconte à qui veut l'entendre qu'ils ont fait tout le travail, c'est une honte. Wen m'a trouvé, et j'ai peint pour lui dans son appartement. Il a tout géré de A à Z.

Wen dut se retenir de ne pas sauter sur Peter pour l'embrasser sauvagement.

— Je vois.

— C'est la raison pour laquelle j'ai pensé que tu voudrais engager Wen, conclut Mister P.

Wen déglutit péniblement.

— Attendez une seconde, est-ce qu'il s'agit d'un entretien ? Je suis ouvert à cette possibilité, mais je croyais que nous étions là pour parler du futur de mon fils.

— Mais c'est le cas, répondit Pennymaker. Tu voudrais que ton fils fasse quelque chose qui ne lui ressemble pas. Peter est brillant, mais c'est un artiste. Tu ne peux pas lui demander de gérer une multinationale, peu importe à quel point tu l'auras préparé. Il finira toujours par fuir.

Wellington grommela quelque chose d'indistinct et probablement grossier.

— Que dirais-tu s'il conservait ses parts de la société, mais que la gestion des affaires se fait par le biais de quelqu'un qu'il aime et qu'il respecte ? Quelqu'un comme son mari, par exemple.

— Son mari ? Est-ce que tu es sérieux ?

— Plus que jamais, mon cher. Si Peter disparaît à nouveau, sa relation avec Wen est condamnée, et tu seras responsable de leurs deux cœurs brisés. Mais s'ils se marient et que Wen prend la direction de la société, elle restera dans la famille. Peter se sentira sans doute bien plus investi dans les affaires si c'est son mari qui dirige, et il aura ainsi tout le temps de faire une école d'art et de réaliser ses rêves, plutôt que de te fuir.

— C'est... C'est une sacrée idée, déclara monsieur Wellington en se passant une main sur le visage.

— Si je me souviens bien, Mary meurt d'envie de devenir grand-mère ; or il s'avère que Wen a la garde de son frère et sa sœur, les deux plus adorables enfants du monde. Qui plus est, Peter et lui pourraient bien décider d'avoir des enfants plus tard.

— Il faut que je sorte d'ici, s'exclama brusquement Peter en bondissant sur ses pieds.

Il quitta le bureau à toute allure, et Wen se lança à sa poursuite en appelant son nom.

Derrière eux, Mister P. et monsieur Wellington échangèrent un regard inquiet.

XXIII

PETER SE précipita dans la rue, regarda autour de lui, puis prit la direction du métro. Il entendit le bruit des pas de Wen qui lui courait après.

Il se lança dans les escaliers de la bouche de métro et vit que les portes de la rame qui était à quai s'apprêtaient à se refermer. Il jeta un coup d'œil par-dessus son épaule, et vit que Wen était en train de le rattraper.

Il plongea juste à temps entre les portes du métro, et fonça dans un type a l'air renfrogné qui portait un bonnet en laine et une veste en cuir vintage. Peter se redressa aussitôt en s'excusant, puis s'accrocha à la barre en métal pour reprendre son souffle.

— Est-ce que tout va bien ? lui demanda le type au bonnet.

Peter tenta de reprendre son souffle et leva une main pour signaler qu'il allait bien.

— Oui, je… Je suis poursuivi par un gars.

— Hé, ne t'inquiète pas. Je ne le laisserai pas te faire de mal.

Voilà qui était pour le moins inattendu.

— Oh. C'est gentil, merci, mais il ne me veut aucun mal.

— Pourquoi est-ce qu'il te court après, alors ?

— Parce qu'il veut m'épouser.

Le type au bonnet éclata de rire.

— Et tu n'es pas d'accord ?

— Non !

— Pourquoi ? Qu'est-ce qui cloche chez lui ?

— Rien. Il est merveilleux.

— Tu m'excuseras, mais je suis confus. Est-ce que tu veux l'épouser, oui ou non ?

Peter ouvrit la bouche pour répondre, hésita, puis se mit lui aussi à rire.

— Je veux l'épouser, mais je ne suis pas sûr qu'il le fasse pour les bonnes raisons.

— Je peux déjà t'en donner une, répondit l'inconnu en souriant. Tu es très séduisant. Quand tu as bondi dans le métro, je me suis dit que tu avais

192

l'air d'une créature magique qui venait d'un monde sans doute beaucoup plus amusant que le nôtre.

— Oh. Waouh. Merci.

— Tu veux m'épouser, moi, à la place ? demanda-t-il malicieusement.

— Je... Je crois que je suis déjà pris, désolé. Il faut que je descende à la prochaine station.

Il embrassa le type sur la joue.

— Merci. Tu viens de jouer ma marraine la fée.

Les portes se rouvrirent, et Peter se remit à courir. Il était juste à côté de chez Wen. Il passa devant le stand de tacos d'Eddie, et arriva au pied de l'immeuble où habitaient les Darling. Il s'assit sur les marches devant la porte, et attendit.

WEN REMONTA les escaliers du métro, la tête baissée, le cœur lourd. Il avait perdu Peter. Il avait tout perdu. Il l'avait manqué de si peu. Leur futur venait de se jouer à un quart de seconde.

— Salut, Wen, le salua Eddie.

— Salut, Eddie, répondit-il sans parvenir à sourire.

Il aurait passé sa vie à courir après Peter s'il l'avait fallu, mais il savait que ce n'était pas la solution. Il ne pouvait pas le forcer à rester.

— Je t'ai mis des tacos de côté, tiens, ce sont les préférés de Peter.

— Merci, répondit Wen en attrapant la boîte. Peter n'est plus là, mais je suis sûr que ça fera plaisir aux enfants.

— Comment ça, il n'est plus là ? Je l'ai vu courir vers chez toi tout à l'heure. Au fait, John m'a raconté ce qui s'était passé. Je suis vraiment désolé de vous avoir causé tant d'ennuis en parlant.

Le cerveau de Wen resta bloqué sur la première information, et il répondit distraitement.

— Ne t'en fais pas, tout s'est bien fini. Tu as dit que tu avais vu Peter passer ?

— Mais oui, il n'y a même pas une demi-heure de cela.

— Merci, Eddie. Il faut que j'y aille, je te réglerai la prochaine fois, promis.

— Cadeau de la maison.

Wen se précipita vers son immeuble aussi vite que son costume et ses chaussures de ville le lui permettaient. Arrivé sur le parking, il scruta les alentours avec attention, derrière les voitures, derrière les arbres, mais rien.

Désespéré, il ouvrit la porte avec des mains fébriles, et monta les escaliers quatre à quatre. Il ouvrit la porte de l'appartement à la volée, et trouva Michaela assise sur le canapé, John endormi, la tête sur ses genoux. Dans une chaise à côté se trouvait monsieur Pennymaker.

— Est-ce que Peter est ici ?

Michaela secoua la tête en portant un doigt à ses lèvres pour lui faire signe de parler moins fort.

— Est-ce que vous savez où il est ? chuchota Wen. Eddie prétend l'avoir vu passer il y a une demi-heure.

Ce fut au tour de Mister P. de secouer négativement la tête.

— Où est la limousine ? Je ne l'ai pas vue dehors.

— Murphy est parti acheter des tacos.

— Oh, tenez, Eddie m'en a donné en passant.

Il posa la boîte sur la table basse, et fit aussitôt demi-tour.

— Il faut que je trouve Peter. Il le faut.

Soudainement, John se dressa en position assise, tel un zombie sortant de sa tombe, et offrit un sourire plein de sommeil à son frère.

— Tu sais déjà où il est.

Le cœur de Wen se mit à battre très fort. Il courut jusque dans la chambre pour retirer sa veste et prendre ce dont il avait besoin, sous les rires amusés de John, puis quitta l'appartement comme une fusée.

Quelques minutes plus tard, il entrait au sous-sol sur la pointe des pieds, et aperçut très vite la silhouette endormie sur la méridienne. Il vint s'asseoir délicatement sur le bord. Peter battit des paupières et ouvrit les yeux.

— Hé, dit Wen en souriant tendrement.

— Hé.

— Tu es revenu ici, tu ne t'es pas enfui.

— Est-ce que je peux te poser une question ?

— Bien sûr, répondit Wen en replaçant une mèche de cheveux rouges égarée derrière son oreille.

— Est-ce que tu m'épouserais, même si je ne faisais pas une école d'art pour avoir un diplôme et que je continuais à fuir ma famille ?

— Tu veux dire, s'il n'y avait pas cette histoire d'argent et d'entreprise familiale ?

— Oui, répondit Peter en se redressant sur ses coudes.

— Non.

— Tu… Tu ne voudrais plus m'épouser ?

— Pas tout de suite. Je prendrais le temps de te séduire pour te convaincre que tu ne peux pas vivre sans moi. J'attendrais qu'on ait eu le temps de faire l'amour un nombre incalculable de fois et qu'on connaisse nos corps par cœur. Je te laisserais le temps de t'habituer à la vie de famille. Malheureusement, je crains que ton père ne soit un peu trop pressé pour tout ça. Il veut des garanties, et je préfère t'épouser sur le champ plutôt que de te perdre à jamais, dit-il en posant un doigt sur le bout du petit nez en trompette de Peter. Je n'ai aucun doute, Peter. C'est vrai que tu me rappelles parfois ma mère, mais seulement ses bons côtés. La créativité, la passion... Mais cette magie entre nous ? C'est toi, et seulement toi. Avant que tu n'entres dans ma vie, j'étais en train de suivre les traces de mon père vers une vie de discipline et d'ennui. Tu m'as sauvé. Et je veux que tu continues à le faire tous les jours jusqu'à la fin de nos vies.

Peter se rallongea, et leva les yeux vers Wen.

— Grâce à toi, j'ai compris qu'il y avait des choses plus importantes que sa propre liberté, mais que j'étais en sécurité avec toi parce que jamais tu ne me demanderais de la sacrifier.

Wen se pencha pour l'embrasser, et laissa son odeur d'agrumes envahir ses sens. Peter passa ses bras autour de ses épaules pour le tirer contre lui et murmura :

— Tu ne crois pas qu'il est grand temps qu'on fasse l'amour dans des conditions dignes de ce nom.

— Tu me blesses, j'ai beaucoup aimé les conditions des fois précédentes, même si elles étaient quelque peu... restreintes.

— Mais là, je te parle de toi et moi, nus, seuls et tranquilles. Je te parle de pouvoir te sentir en moi sans m'inquiéter qu'on nous surprenne.

— Me sentir en toi, hein ? Je vois que tu y as déjà beaucoup pensé.

— Si tu savais...

— Et bien, devine ce que j'ai là avec moi, dit Wen en sortant de sa poche les préservatifs et le lubrifiant qu'il avait attrapés à la hâte avant de descendre.

— Je te reconnais bien là. Très prévoyant.

— Et je voudrais être responsable... de ton plaisir.

— Avec plaisir. Enfin, en espérant qu'aucune des huit personnes qui semblent ne plus vouloir me lâcher ne débarque subitement.

— Ils n'ont pas intérêt.

— Ne prenons pas de risque, autant s'y mettre tout de suite.

195

Ils se déshabillèrent rapidement et se glissèrent ensemble sous le vieux drap de la méridienne. Wen ouvrit le lubrifiant et commença à préparer Peter avec ses doigts, sans jamais le quitter des yeux.

— Je ne te fais pas mal ?

— Tu veux rire ? Le premier soir où je suis rentré chez toi en passant par la fenêtre, j'étais déjà déterminé à te chevaucher comme un sauvage. Et si tu n'avais pas eu deux enfants avec toi dans l'appartement, crois-moi, j'aurais mené mon plan à bien.

— J'en déduis que tu n'as rien contre le fait que je prenne les choses en mains ? demanda Wen en enfilant le préservatif.

— Au contraire, monsieur le futur PDG.

Wen pressa le bout de son sexe contre l'entrée de Peter, et fit de petits mouvements de va-et-vient pour détendre progressivement l'anneau de muscles.

— Quand on sera mariés et qu'on vivra dans le gigantesque appartement de monsieur Pennymaker, on aura notre propre chambre et on pourra faire l'amour toutes les nuits. Plus de branlettes clandestines sur le vieux canapé, murmura Wen en pénétrant très lentement Peter.

— Peut-être qu'on pourra prendre un avion pour Vegas ce soir ? Accélérer un peu les choses ? suggéra Peter, le souffle court.

— C'est bien d'attendre aussi, susurra Wen dans son oreille en donnant un coup de hanches qui fit gémir Peter.

Il laissa la chaleur de leur étreinte l'envahir lentement et bouillir dans ses veines, jusqu'à ce qu'elle l'emporte dans un ouragan de plaisir et qu'il n'existe plus rien d'autre que Peter. Peter, Peter, Peter.

WEN ENTRA dans l'immeuble, un carton entre les bras, et appuya sur le bouton de l'ascenseur. Il sourit en songeant que Peter, Michaela, John, Clochette et les Lost Boys étaient en ce moment même en plein emménagement. Ils allaient tous habiter dans la même rue, mais pas dans le même bâtiment. Wingman, Map et Dudish allaient partager un appartement ensemble, et Samu et Clochette avaient décidé de devenir colocataires. Tout le monde avait été surpris de découvrir que la famille de Clochette était presque aussi riche que celle de Peter, et qu'elle avait renoué le lien avec eux. Elle venait d'entrer dans une école de musique, et le reste du groupe continuerait à jouer au Pays Imaginaire, que monsieur Pennymaker était en train de refaire du sol au plafond.

L'ascenseur s'arrêta, et Wen entra tranquillement dans l'open space du département artistique d'Allworth, jusqu'à son petit bureau. Il examina le peu d'effets personnels qui étaient dessus.

— Salut, toi.

Wen se retourna et sourit.

— Salut.

— Tu l'as enfin fait. Tu as démissionné. C'est bien fait pour Allworth, ils ne te méritent pas. Je suis tellement heureuse pour toi, murmura Laila en le prenant dans ses bras.

— Ne t'inquiète pas, je vais vite voir si je ne peux pas t'embaucher.

— Tu parles sérieusement ?

— Évidemment, je sais reconnaître le talent quand j'en vois.

— Tu veux que je t'aide à rassembler tes affaires ?

— Si tu veux. Tu veux bien mettre toutes les photos dans cette boîte pendant que je récupère mes livres ?

— N'en profite pas pour prendre des choses qui ne t'appartiendraient pas, Darling.

Wen se tourna lentement vers Arnie en haussant les sourcils.

— Pas de risque, il y a déjà quelqu'un ici qui est trop habitué à voler ce qui n'est pas à lui.

— Qu'est-ce que tu sous-entends ?

— Oh, rien du tout.

— Tu peux faire le malin. Wellington est démodé. Les clients préfèrent les petites agences de nos jours.

— Si ça te rassure de te dire ça, Arnie, répondit Wen sur un ton sucré.

Arnie grimaça et s'éloigna en marmonnant.

— Quel crétin ! Je ferais mieux de retourner travailler avant qu'il ne m'accuse de sa dernière catastrophe en date. Bon courage pour tout.

— Tu seras là au mariage ?

— Bien sûr que je serai là.

— Alors, à très vite.

Laila s'éloigna et Wen jeta un dernier regard autour de lui pour être sûr de n'avoir rien oublié. Il trouva un vieux pull qu'il gardait au fond d'un tiroir pour les soirées de travail tardives, et se pencha pour le récupérer.

— Wendell ?

— Bonjour, monsieur Henderson, dit-il en se tournant vers son ancien client.

— J'ai entendu dire que vous quittiez Allworth.

197

— Oui monsieur, je pars travailler chez Wellington.

— Excellente agence. Sans votre campagne de génie, j'aurais sans doute fait appel à eux.

— Ce n'était pas ma campagne, monsieur, il s'agissait d'un travail d'équipe.

— Je ne suis pas stupide, Wen. On ne peut pas s'attribuer le mérite d'autrui très longtemps sans être percé à jour.

Il sortit de sa poche une carte de visite au dos de laquelle était griffonné un numéro personnel au stylo, et la tendit à Wen.

— N'hésitez pas à m'appeler quand vous aurez pris vos marques chez Wellington.

— Mais monsieur, vous avez un contrat chez Allworth.

— Pour une seule publicité seulement.

— Pardon ?

— J'ai refusé de signer le contrat pour la refonte complète de notre marque, je voulais attendre de voir ce qui se passait avec la première pub. Les résultats ont été extraordinaires, bien entendu, mais je n'aime pas la façon dont les choses se font ici, si vous voyez ce que je veux dire.

— Je vois très bien, monsieur, répondit Wen en souriant et en lui serrant la main. Sachez également que les illustrations qui vous avaient tant impressionnées dans la pub ont été réalisées par mon futur mari.

— Voyez-vous cela, répondit Henderson avec un haussement de sourcil amusé, avant de quitter l'agence en riant.

XXIV

— EN VERTU des pouvoirs qui me sont conférés, je vous déclare unis par les liens du mariage. Vous pouvez embrasser le marié.

Wen tendit les bras vers Peter en même temps que lui, ils cherchèrent maladroitement à ajuster leurs positions, jusqu'à ce que Wen décide de prendre les choses en mains, de basculer Peter en arrière et de l'embrasser passionnément. Ils se redressèrent en riant, et se tournèrent pour faire face à l'église pleine à craquer de personnes qu'ils ne connaissaient même pas pour la plupart.

La majorité d'entre eux applaudit, même si certains leur lancèrent des regards désapprobateurs. Ça leur était bien égal. Wen prit la main de Peter dans la sienne, et ils redescendirent l'allée centrale.

Dehors, il faisait un grand soleil, et ils retrouvèrent madame Mary Wellington, qui prit aussitôt Peter dans ses bras et l'embrassa sur les deux joues.

— Je suis tellement heureuse pour toi Al... Peter.

Elle prit ensuite Wen dans ses bras.

— Bienvenue dans la famille, Wen. C.D. est tellement enthousiaste à l'idée de travailler avec un beau fils aussi talentueux. Quant à moi, je suis juste aux anges de revoir mon fils, dit-elle en essuyant discrètement une larme. Et je compte sur vous pour me donner beaucoup d'autres petits enfants.

Ils prirent le temps de saluer et de remercier les quelques personnes qu'ils connaissaient, avant de descendre les marches de l'église et de rejoindre la limousine de monsieur Pennymaker qui les attendait, accompagné de Michaela et de John.

— Ah, les garçons, vous voilà. Profitez bien de la réception, je ne peux pas rester, il faut que je retourne au Pays Imaginaire.

John gloussa et Wen lui lança un regard curieux.

Ils montèrent dans le véhicule et monsieur Pennymaker leur fit un petit signe de la main avant de s'éloigner.

John ne tenait pas en place dans le magnifique costume que la famille Wellington lui avait offert.

— Plus que quelques heures et on va enfin pouvoir faire la fête pour de vrai, dit-il sur un ton excité.

Michaela, vêtue d'une splendide robe vert pâle qui lui donnait l'air très adulte, répondit :

— Ce n'est pas parce que monsieur Pennymaker a dit que tu pourrais assister à la réouverture de la boîte de nuit qu'il faut que tu te comportes comme un enfant durant la réception. C'est le mariage de Wen et Peter et le but est qu'ils passent un moment inoubliable.

Wen serra Peter contre lui et l'embrassa sur la tempe.

— Je suis désolé que la réouverture de la boîte ait lieu le même jour que notre mariage.

— On ne pouvait pas faire autrement, répondit Peter en poussant un soupir de contentement et en se blottissant dans les bras de son mari. Mais on a encore du temps.

— Si tu es trop fatigué pour chanter, Mister P. comprendra, tu sais.

— Oh non, Peter ! trépigna le petit John. Mister P. a dit que tu devais baptiser le Pays Imaginaire avec la magie de ta voix. Il faut que tu chantes au moins une chanson.

— J'ai de la magie à revendre aujourd'hui, répondit Peter en riant.

La limousine se gara devant l'hôtel où avait lieu la réception.

— Tout ce que je demande pour l'instant, c'est quelques minutes seul avec toi dans notre chambre d'hôtel, lui murmura Wen à l'oreille.

Murphy vint leur ouvrir la portière, et madame Wellington, qui devait sans doute avoir utilisé un peu de la magie de Peter pour arriver avant eux, se jeta pratiquement sur John et Michaela.

— Les deux bouts de chou, vous êtes à moi. Quant à vous, les amoureux, voici la clé de votre chambre, allez-vous reposer un peu avant le début des festivités.

— Merci beaucoup, madame Wellington, répondit Wen en souriant.

— Appelle-moi Mary, mon garçon.

Elle entraîna les enfants avec elle, puis se retourna pour demander.

— Au fait, où est Carstairs ? Après tout, c'est un peu lui le commanditaire de toute cette histoire.

— Il n'a pas pu venir, il supervise la réouverture de son établissement nocturne.

— Quel dommage, j'aurais tellement voulu le voir.

— Ne t'inquiète pas, la rassura Peter en riant, je suis sûr qu'on va le voir souvent dans le futur.

Wen et lui montèrent ensuite jusqu'à la suite nuptiale qui leur avait été réservée. Elle était immense et offrait une vue panoramique sur New York. Un immense canapé couleur crème trônait devant la baie vitrée, et sur la droite, caché dans une alcôve, se trouvait un lit gigantesque, couvert d'édredons et de coussins blancs.

Peter ne perdit pas une seconde pour courir et se jeter dessus.

— Ils n'auraient jamais dû nous laisser monter maintenant. Je ne suis pas sûr qu'on redescende un jour.

Wen éclata de rire et s'avança lentement vers lui. Il s'assit sur le bord du lit.

— J'aurais tendance à être d'accord, mais je viens de réaliser quelque chose.

Peter se tourna sur le ventre, le visage entre les mains, pour le regarder avec attention.

— Quoi, donc.

— Ça y est. Nous avons officiellement le droit et l'occasion de faire l'amour quand on veut, et ce, jusqu'à la fin de nos jours.

— Si on réussit à empêcher John de venir fouiner, répondit Peter avec un sourire en coin.

— Au pire, il nous reste toujours les sous-sols de mon ancien appartement, dit Wen en posant une main sur sa joue. Alors, dites-moi, Monsieur Panachek Darling Wellington, comment vous sentez-vous ?

— Qu'est-ce que tu veux dire ?

— Je te rappelle que tu te retrouves marié à un homme qui travaille pour ton père, qu'il a deux enfants, et que tu vas sans doute être obligé de passer beaucoup de temps avec la famille que tu as fuie pendant plus de deux ans.

— Je ne vais pas te mentir, à certains moments, je me prends encore à rêver qu'on s'enfuit, rien que toi et moi.

Wen hocha nerveusement la tête. Il ne pouvait pas lui en vouloir. Sa vie tout entière venait d'être bouleversée.

Peter releva vers lui ses étranges yeux verts et félins.

— Mais quand je nous imagine en train de fuir, je ne peux pas m'empêcher de nous imaginer avec les enfants.

Wen s'allongea sur le flanc pour lui faire face.

— C'est bizarre la vie. Quand on s'est rencontrés, je croyais qu'on était de parfaits opposés, et maintenant je ne peux plus envisager de passer un seul jour sans toi.

— Toi et moi, nous sommes les deux faces d'une même pièce.

— Une pièce porte bonheur, murmura Wen en se penchant pour l'embrasser.

La sonnerie de l'interphone les fit sursauter.

— Retour à la réalité.

Wen descendit du lit et alla décrocher. Il reconnut aussitôt la voix de madame Wellington.

— Tous les invités sont arrivés, les garçons, il faudrait peut-être songer à descendre.

— On arrive tout de suite, Mary.

Peter descendit lui aussi du lit et prit Wen dans ses bras.

— Il ne nous reste plus qu'à patienter le temps de la réception et de la réouverture du Pays Imaginaire avant de pouvoir profiter pleinement de notre vie de jeunes mariés.

Wen passa tendrement une main dans ses cheveux.

— Mais si l'envie te prenait de fuir, sache que je serai toujours à tes côtés.

Par un mystère inexplicable, madame Wellington était parvenue à organiser une réception grandiose en moins de deux semaines. De magnifiques compositions florales étaient posées au centre de la centaine de tables qui se trouvaient dans la salle. Lorsque Peter et Wen entrèrent, tout le monde les applaudit, puis quelqu'un les guida jusqu'à la table des mariés, où les attendaient déjà John et Michaela

— La décoration est époustouflante, s'extasia Michaela.

— C'est un peu intimidant, hein ? lui demanda Wen.

— Oui, mais dans le bon sens du terme, dit-elle en plissant les yeux.

— Je suis tellement content que tu sois là. Je veux que toi aussi tu passes un bon moment. Je sais combien ces dernières années ont été difficiles, et j'espère qu'à partir de maintenant, tu auras davantage l'occasion de vivre une vie d'adolescente normale.

— Tu as toujours pris soin de nous, dit-elle en posant une main sur son bras. Tout ce que j'ai fait, je l'ai fait avec amour, et je n'ai aucune amertume.

— J'ai de la chance de t'avoir, tu le sais ça ? dit-il en passant un bras autour de ses épaules.

Les gens défilèrent à leur table pour les féliciter. Heureusement, deux serveurs étaient chargés de leur apporter leur repas, sans quoi ils n'auraient jamais eu le temps de manger quoi que ce soit.

Ils ouvrirent le bal avec la première danse, coupèrent la première part de gâteau main dans la main, et Peter rassembla quelques fleurs ici et là pour improviser un lancer de bouquet.

Alors qu'ils s'écartaient de la piste de danse, monsieur Wellington les interpella.

— Les garçons, venez par là que je vous présente à des amis. Jake Houston et Angelica Murt, voici mon fils et son mari.

Il avait l'air tellement fier. Wen leur serra la main, lorsque quelque chose lui revint en mémoire.

— Monsieur Houston, Wellington a déjà créé une publicité pour vous, je me souviens, je l'avais beaucoup aimé. Et vous, Madame Murt, vous êtes une nouvelle cliente, je crois. L'agence pour laquelle je travaillais avant a essayé de vous convaincre également, hélas, ils n'ont pas fait le poids.

Le sourire de fierté sur le visage de monsieur Wellington s'agrandit encore, et Peter serra tendrement sa main dans la sienne

— Appelez-moi Angelica, lui dit aussitôt madame Murt. J'ai vraiment hâte de travailler avec vous, je n'ai jamais rien vu d'aussi créatif que cette publicité pour le beurre de cacahuète que vous avez réalisée.

— Nous avons bien l'intention de faire preuve d'autant de créativité pour Murt Electronics, répondit Wen en souriant.

Ils regagnèrent leur table et Peter lui murmura à l'oreille :

— S'il s'agissait d'un test de mon père, je crois que tu viens de le réussir haut la main.

— On ne devrait pas tarder à y aller.

— Tu ne crois pas qu'il est un peu tôt ? répondit Peter en regardant sa montre. L'ouverture n'est que dans deux heures.

John et Michaela échangèrent un regard discret.

— Je crois que le groupe voulait répéter l'entrée en scène pour leur grand retour.

— Bon, très bien.

— Pas de repos pour les braves, mon amour, le taquina Wen. Ils ont besoin du pouvoir de Peter Panachek pour ce nouveau départ.

Peter se pencha vers son père, qui s'était rassis à côté de lui, et lui dit :

— Il faut qu'on y aille. Monsieur Pennymaker nous attend pour la réouverture.

— Carstairs te fait travailler le jour de ton mariage ? C'est de l'esclavagisme, non ? dit-il en haussant un sourcil.

— Ce n'est pas grand-chose, juste une apparition rapide sur scène. Il avait déjà tout prévu bien avant qu'on organise le mariage, je lui dois au moins ça.

— C'est vrai que tout s'est un peu fait dans la précipitation. Je sais que j'ai pu me montrer parfois un peu despotique, dit-il en regardant Wen et Peter, l'air soucieux, mais je ne peux me résoudre à regretter quand je vois le résultat final. Peter, je suis désolé de m'être comporté comme si je me moquais complètement de ce que tu voulais. Ta mère me répète assez souvent que je ne suis pas facile à vivre, mais je te promets de faire des efforts. Je suis plus qu'heureux de la tournure des événements, je n'aurais pas pu rêver mieux, ajouta-t-il en riant doucement.

— Je n'ai pas fugué avec plaisir, papa. Ç'a été difficile, tu sais ? Partir, quitter ma propre famille… Mais j'ai beaucoup appris, et sur mon chemin, j'ai trouvé bien plus que ce que j'aurais pu imaginer, dit Peter en se tournant vers Wen pour le regarder dans les yeux.

— J'ai hâte de réapprendre à te connaître, mon fils. Je compte sur Wen pour jouer les interprètes, plaisanta-t-il.

Puis il se leva, et tapa sur son verre avec son couteau.

— Mes amis, Peter et Wen ne vont pas tarder à s'en aller. Je vous invite donc à leur dire au revoir dès maintenant.

Ils franchirent la porte de l'hôtel sous une pluie de grains de riz, et coururent en riant jusqu'à la limousine avec les enfants.

— En avant pour une nouvelle aventure ! s'exclama Peter.

— Peut-être qu'on devrait d'abord passer déposer John et Michaela à l'appartement pour qu'ils se reposent, suggéra Wen, inquiet.

— Quoi ? Non ! protesta John en bondissant sur son siège. S'il te plaît, Wen, laisse-nous au moins venir voir la répétition. Je n'aurais probablement plus jamais le droit de revenir avant ma majorité.

— D'accord, tu peux venir, céda Peter en lui ébouriffant les cheveux. Mais tu n'auras pas intérêt à râler sur ton frère quand il faudra te ramener en te portant parce que tu dors à moitié.

— Promis.

— Repose-toi un peu maintenant, on en a pour un petit moment avec la circulation à cette heure-ci.

John se rassit correctement, silencieux, mais il regardait par la vitre en gigotant impatiemment sa jambe droite.

— On va passer devant mon école, fit remarquer Peter en se penchant vers Wen.

204

— Pratt est une excellente école d'art, j'ai lu beaucoup d'articles à ce sujet, les informa Michaela en lissant le tissu de sa robe. C'est extraordinaire que monsieur Pennymaker ait pu t'obtenir une place aussi rapidement.

— C'est vrai. Il dit qu'il a besoin de ma magie, mais c'est lui le faiseur de miracles.

Wen ferma les yeux et posa la tête sur l'épaule de Peter. Il inspira profondément, et somnola légèrement.

— Nous sommes arrivés, annonça Murphy par l'interphone presque une demi-heure plus tard.

John était excité comme une pile électrique. Wen se pencha pour regarder par la vitre.

— Waouh, vous avez vu ça ?

Peter et Michaela se penchèrent par-dessus chacune de ses épaules.

Murphy leur ouvrit la portière et ils se hâtèrent à l'extérieur.

L'endroit était méconnaissable. Un nouveau portique était installé à l'entrée, et le bâtiment tout entier avait été repeint. À l'endroit où trônaient autrefois les gigantesques lettres lumineuses qui annonçaient Le Pays Imaginaire, un grand drap blanc couvrait mystérieusement l'espace.

— Il a dû remplacer les néons, les anciens tenaient à peine le coup, ils clignotaient en grésillant.

Murphy passa devant eux pour leur ouvrir également la porte d'entrée de l'établissement, et ils passèrent un à un devant lui en lui faisant la révérence. Il éclata de rire en levant les yeux au ciel, et les suivit à l'intérieur.

Le hall d'entrée était entièrement repeint en argenté, et des appliques murales en verre soufflé multicolore éclairaient le couloir. De grands tableaux avec des dessins de fleurs étaient accrochés un peu partout.

— C'est tellement beau, s'exclama John émerveillé en tournant sur lui-même pour essayer de tout voir en même temps.

Les vieilles portes-coupe-feu qui menaient à la salle principale avaient été remplacées par d'impressionnantes portes en métal, dans un style très industriel.

— C'est tellement étrange, murmura Michaela sans savoir où poser les yeux. On dirait un décor de conte de fée ultra moderne.

— Je suis content que vous puissiez voir ça, dit Wen en posant une main dans le dos de la jeune fille.

— Allez, au travail, lança Peter en les pressant vers la porte.

Il ouvrit la porte de droite, et Murphy celle de gauche, puis il se figea si brusquement que Wen faillit lui rentrer dedans.

— Surprise ! crièrent à l'unisson une bonne centaine de voix différentes.

— Qu'est-ce que...

— Surprise ! Surprise ! chanta John en sautant sur place.

Wen regarda la scène devant lui, la bouche grande ouverte. Les Lost Boys et Clochette se jetèrent sur Peter. Laila courut jusqu'à Wen pour le prendre dans ses bras. Tous les employés de son ancienne agence avec lesquels il s'était bien entendu étaient là. Eddie, du stand de tacos, était là. Les employés et les clients fidèles du Pays Imaginaire étaient tous là eux aussi. Tout le monde applaudissait en leur criant des félicitations.

Quelques minutes plus tard, Wen et Peter étaient au milieu de la foule, une flûte de champagne à la main, lorsque monsieur Pennymaker apparut.

— Mes amis ! Wen et Peter ne se sont pas seulement unis dans l'amour, ils ont également célébré l'union de deux idées très importantes : le pouvoir de la liberté et de la créativité, mêlé au pouvoir égal de contrôler et d'exprimer cette créativité pour mieux l'offrir au reste du monde. J'ai donc jugé qu'il était normal qu'ils aient deux cérémonies de mariage, pour faire honneur à ces deux idéaux qu'ensemble, ils incarnent à la perfection.

Tout le monde leva son verre avec enthousiasme.

— Avant que la fête ne commence vraiment, je voudrais que vous partagiez avec nous ce que vous avez retenu de votre expérience, mes enfants.

— Je crois que j'ai appris que responsabilité et créativité n'étaient pas des antonymes, déclara Wen avec un petit sourire malicieux.

Peter esquissa l'un de ces mystérieux sourires d'elfe, souligné par ses irrésistibles fossettes.

— Et moi j'ai appris, pour reprendre les mots du grand Picasso, qu'il faut du temps pour devenir jeune.

De la musique retentit, et tout le monde se mit à danser. Le champagne coulait à flots, au grand bonheur de Clochette, et tout le monde avait l'air parfaitement heureux. Mister P. annonça à Peter qu'il avait encore quelques cadres vides, et qu'il comptait sur lui pour les remplir.

Puis, lorsque l'aiguille approcha de vingt heures, heure à laquelle ouvrait habituellement le Pays Imaginaire, monsieur Pennymaker reprit la parole.

— Je crois pouvoir affirmer que cet endroit a joué un rôle primordial dans l'histoire de Wen et de Peter, mais il est temps de lui donner un nouveau nom, aussi je vais vous demander à tous de me rejoindre dehors.

Tout le monde se rassembla à l'extérieur devant les portes. Il y avait déjà des dizaines de nouveaux clients dans la file d'attente qui attendaient pour rentrer. Mister P. avait fait venir un petit orchestre et fait installer des projecteurs pour l'occasion. Wen et Peter étaient debout, juste sous le drap, la tête levée, impatients de découvrir le nouveau nom de la boîte de nuit.

La lune s'était déjà levée, et le ciel était d'un noir d'encre. Peter posa sa tête sur l'épaule de Wen.

— Tu es fatigué ? murmura Wen.

— Peut-être un peu. Mais je ne me suis jamais autant amusé de toute ma vie.

— Mesdames, Messieurs, merci à vous de vous être joints à nous ce soir, à l'occasion de l'ouverture d'un temple de la vie, de l'art, de la danse et de la créativité. Sans oublier de l'amusement !

Il leva une main, les trompettes retentirent, et il annonça.

— Je vous présente « La Nouvelle Aventure » !

Le drap tomba, les projecteurs s'allumèrent, et les trois mots brillèrent à travers la rue. À travers la ville. À travers le monde.

Peter attrapa Wen par la taille.

— Notre nouvelle aventure, murmura-t-il contre ses lèvres.

Ils s'embrassèrent, jusqu'à ce que Samu débarque et les interrompt.

Il prit Peter dans ses bras, le hissa au-dessus de sa tête et, tout en tenant la main de Wen qui marchait à côté, Peter entra dans La Nouvelle Aventure en volant.

les braises
sous la cendre

TARA LAIN

Les contes de Pennymaker, numéro hors série

Mark Sintorella (surnommé Cendres) travaille sans relâche en tant que valet dans un hôtel de luxe le jour, et dessine des vêtements la nuit, dans l'espoir secret de réussir un jour à entrer en école de mode. Mais tous ses plans tombent à l'eau le jour où il rencontre Ashton Armitage, fils de la cinquième plus grosse fortune des États-Unis. Le Prince Ashton est sans conteste le jeune homme le plus séduisant que Mark ait jamais vu de sa vie.

Le testament du grand-père d'Ashton le contraint à se marier s'il veut toucher l'héritage familial, aussi décide-t-il d'épouser Kiki Fanderel. Ce que personne ne sait, c'est qu'en réalité, Ash est gay, et c'est le garçon qui nettoie les cheminées qui fait battre son cœur.

Pour compliquer encore la situation, l'étrange Carstairs Pennymaker, petit homme espiègle et facétieux, découvre que Mark est styliste et décide de lui faire porter ses créations en le faisant passer pour une femme, espérant ainsi impressionner les gourous de la mode qui séjournent à l'hôtel. Et lorsque sonnent les douze coups de minuit, le prince se retrouve confronté non pas à une, mais deux princesses. Seulement l'une d'entre elles n'est pas ce qu'elle semble être. À qui la chaussure ira-t-elle ? Seul le mystérieux Monsieur Pennymaker le sait…

www.dreamspinner-fr.com

BLANC
COMME NEIGE

TARA LAIN

THE
PENNYMAKER
TALES

Les contes de Pennymaker, numéro hors série

Le jeune Snowden « Snow » Reynaldi est brillant, beau et seul. Bien qu'il soit timide, étrange et toléré par les étudiants de l'Université NorCal parce que c'est un champion d'échecs réputé et qu'il aide à faire connaître l'école, cela ne l'empêche pas de fantasmer sur l'objet de ses désirs : Riley Prince, quarterback de l'équipe de football.

Lorsque Riley a besoin de cours de soutien en physique, Snow saute sur l'occasion et très vite, leur relation fait des étincelles – mais Riley doit encore sortir du placard avant de pouvoir avancer. Entre-temps, le véritable ami et mentor de Snow, le professeur Kingsley, épouse une femme qui veut secrètement s'accaparer la gloire et l'argent du championnat d'échecs. Peu de temps après, le professeur perd connaissance et Snow se retrouve submergé – littéralement. Dans une voiture !

Sept membres d'une fraternité de l'université de Grimm sauvent Snow juste à temps pour que sa vie aille de mal en pis et qu'il découvre que la seule relation qu'il a toujours désirée est en train de lui échapper. Avec le « diable » qui l'attend à chaque tournant, Snow se doit de survivre ne serait-ce que pour prouver qu'il est le plus honnête de tous et retrouver la confiance de son prince charmant.

www.dreamspinner-fr.com

Les contes de Pennymaker, numéro hors série

La beauté se limite-t-elle à notre apparence extérieure ?

Le docteur Robert Belleterre, surnommé Belle, a trois grandes passions dans la vie : les plantes, sa meilleure amie, Judy, et son "bébé" : un projet de nouvelle crème pour le visage qu'il a mis au point afin d'aider au développement du petit commerce de cosmétiques de son père.

Malheureusement pour lui, son père est un alcoolique notoire, accro aux jeux, et après une fatidique partie de poker durant laquelle il a parié son propre fils, Belle se retrouve à la merci de Magnus Strong, le PDG de Beauty Inc., la plus grande société de cosmétiques des États-Unis. Magnus Strong est réputé pour son apparence effroyable et son visage couvert de cicatrices, plus proche de la bête que de l'homme.

Du jour au lendemain, Belle est arraché à sa propre vie, et enfermé dans le gigantesque appartement d'un certain monsieur Pennymaker, un endroit à la décoration ahurissante. Très vite, et malgré lui, Belle développe une attirance incontrôlable pour le charismatique Magnus Strong. Révolté par ses propres sentiments, il les refoule avec force, mais plus le temps passe, et plus la bonté et l'humilité de Magnus lui font oublier son terrible visage. Et lorsque la famille de Belle décide contre toute attente de venir mettre son nez dans cette affaire, le destin se retourne contre lui et menace de faire voler en éclats le bonheur fragile qu'il a cousu avec sa tendre bête…

www.dreamspinner-fr.com

LES COWBOYS SE MURENT DANS LE SILENCE

TARA LAIN

Ce que font les cowboys, numéro hors série

Rand McIntyre se contente d'une vie satisfaisante. Il aime son petit ranch en Californie, élever des chevaux et apprendre à monter aux enfants – mais pour avoir ses propres enfants et une personne à aimer, il serait obligé de révéler son homosexualité et cela mettrait en péril tout ce qu'il a construit. Un jour, malgré sa phobie de prendre l'avion, il part en vacances à Hana, Hawaii, avec ses parents et rencontre le ténébreux et mystérieux Kai Kealoha, un vrai cowboy hawaiien. Rand se prend d'affection pour le petit frère et la petite sœur de Kai autant qu'il s'éprend du jeune homme, mais Kai est plus piquant qu'un lézard à cornes et plus mystérieux que le territoire exotique dont il est originaire.

Kai tient à son intimité et vit pour protéger ses «enfants». Pour le bien de tout le monde, il vaut mieux qu'il garde ses distances avec le beau et grand cowboy – mais comme cet homme n'est qu'un *haole* venu prendre de courtes vacances, peut-il vraiment causer des dommages? Quand les plus grandes peurs de Kai et les cauchemars les plus atroces de Rand deviennent réalité, il y a peu d'espoir pour une relation entre deux cowboys qui ne peuvent pas – ou ne veulent pas – se révéler au grand jour.

www.dreamspinner-fr.com

DREAMSPUN DESIRES

UNE MARIÉE SUR MESURE

Tara Lain

Il épousera la femme
de chambre pour hériter de
50 millions de dollars, mais un secret
pourrait faire capoter l'affaire.

Il épousera la femme de chambre pour hériter de 50 millions de dollars, mais un secret pourrait faire capoter l'affaire.

Taylor Fitzgerald a besoin d'une mariée de dernière minute.

À la veille de son vingt-cinquième anniversaire, le fils du milliardaire découvre, bien qu'il soit gay, qu'il doit épouser une femme avant minuit ou perdre un héritage de cinquante millions de dollars. Il file donc à Las Vegas… où il rencontre la belle femme de chambre Ally May.

Il y a juste un problème de taille : Ally est en fait Alessandro Macias, fils d'un imposant magnat de l'hôtellerie brésilien. Mais si Ally continue à prétendre être une fille un peu plus longtemps, y a-t-il une chance qu'ils puissent découvrir que ce mariage est fait pour eux ?

www.dreamspinner-fr.com

TARA LAIN écrit les aventures de ceux qu'elle appelle ses « Beaux Garçons Romantiques », des personnages aussi charismatiques qu'inoubliables. Ses romans les mieux vendus lui ont valu de nombreux prix, tels que celui de la Meilleure Série, Meilleure Romance Contemporaine, Meilleure Romance Érotique, Meilleur Couple, Meilleure Romance LGBT et Meilleur Personnage Gay. Quand à Tara elle-même, elle a été élue Auteure de l'Année aux LRC Awards. Ses lecteurs qualifient souvent ses livres de « tendres », même si les scènes d'amour peuvent être torrides à souhait, parce que dans le fond, Tara est une romantique invétérée, et elle croit dur comme fer aux fins heureuses. Dans la vie de tous les jours, Tara est également à la tête d'un cabinet de communication et de relations publiques. Son amour pour les titres de romans percutants lui provient sans doute des années qu'elle a passées à devoir trouver des phrases d'accroche pour des instruments d'analyse et des semi-conducteurs. Elle organise des ateliers sur la promotion des auteurs, ainsi que des ateliers d'écriture. Elle vit avec ses deux âmes sœurs, son mari et son chien (qui est toujours un peu jaloux de toutes les photos de chats qu'elle poste sur Facebook), à Laguna Niguel, en Californie, tout près du bord de mer qui lui sert si souvent de toile de fond dans ses romans. Fervente défenseuse de la diversité, de la justice et des nouvelles expériences, Tara aime se dire que sur sa pierre tombale on écrira simplement « Oui ! ».

Email : tara@taralain.com
Website : www.taralain.com
Blog : www.taralain.com/blog
Goodreads : www.goodreads.com/author/show/4541791.Tara_Lain
Pinterest : pinterest.com/taralain
Twitter : @taralain
Facebook : www.facebook.com/taralain
Barnes & Noble : www.barnesandnoble.com/s/Tara-Lain?keyword=Tara+Lain&store=book
Amazon : www.amazon.com/Tara-Lain/e/B004U1W5QC/ref=ntt_athr_dp_pel_1

Par Tara Lain

UN AMOUR À LAGUNA
Le chevalier de l'avenue de l'Océan
Le valet des cœurs brisés

CE QUE FONT LES COWBOYS
Les cowboys se murent dans le silence

DREAMSPUN DESIRES
#5 – Une mariée sur mesure

LES CONTES DE PENNYMAKER
Les braises sous la cendre
Blanc comme neige
Beauty, Inc.
La nouvelle aventure

Publié par Dreamspinner Press
www.dreamspinner-fr.com

www.ingramcontent.com/pod-product-compliance
Lightning Source LLC
Chambersburg PA
CBHW022139240626
47153CB00007B/2417